夜色

王矿清中短篇小说选

夜色

王矿清中短篇小说选

王矿清 著

河北大学出版社
·保定·

出 版 人：朱文富
选题策划：杨显硕
责任编辑：马　敏
装帧设计：王占梅
责任校对：冯博楠
责任印制：常　凯

YESE WANG KUANGQING ZHONGDUANPIAN XIAOSHUO XUAN

图书在版编目（CIP）数据

夜色：王矿清中短篇小说选 / 王矿清著 . -- 保定：河北大学出版社，2021.10
ISBN 978-7-5666-1911-2

Ⅰ . ①夜… Ⅱ . ①王… Ⅲ . ①中篇小说 – 小说集 – 中国 – 当代②短篇小说 – 小说集 – 中国 – 当代 Ⅳ . ① I247.7

中国版本图书馆 CIP 数据核字（2021）第 179249 号

出版发行：河北大学出版社
地址：河北省保定市七一东路 2666 号　邮编：071000
电话：0312-5073019　0312-5073029
邮箱：hbdxcbs818@163.com　网址：www.hbdxcbs.com
印　　刷：保定市文昌印刷有限公司
幅面尺寸：170 mm × 240 mm
印　　张：18.75
字　　数：266 千字
版　　次：2021 年 10 月第 1 版
印　　次：2021 年 10 月第 1 次印刷
书　　号：ISBN 978-7-5666-1911-2
定　　价：100.00 元

目　　录

夜　色

水一样的夜色悄悄地从山梁上漫溢开来，把所有的声音都堆放在了山路上,在那弯弯曲曲的绵长和深沉里便有了一阵阵向着远方的鼾声。

山　路

1

那一条一条扭结在一起的土黄色的山路像蛇一样蠕动着，散发着一种黏糊糊、阴森森的气息。

马蹄声、牛车声、汽车声、男人女人间的招呼声、物体间的碰撞声不时地交织在一起，汇成了一条嘈杂而又有序的河流。

这天夜里，新华社和《解放日报》的大部分人员在社长 302 的率领下，翻山越岭六十多里，向着青化砭方向进发，然后再赶向瓦窑堡的战备点。

白天的时候，302 还乐观地鼓励大家说："现在咱们撤离延安这座空城，意味着在不久的将来，我们不但要收复它，还要他蒋介石用西安、用整个西北来加倍偿还呢!"说完这些，他又不断地指挥大家整队编组，收拾行装；把那些器材打包装箱，然后交给运输队驮运；对那些笨重而不急需的东西，就掩埋在了附近的山沟里。直至傍晚，大家才全部完成了撤离前的准备工作。

延安新华广播电台在播完当天中午的节目后，才开始准备转移。而《解放日报》在头一天就出完了最后一期的报纸。

那是一条由厚重的黄土凝结而成的山路，仍然夹带寒意的来自陕北高原的风像梳子一样在上面梳来梳去，两旁那些光秃秃的树木有点稀疏地竖立在那里，不过这一切都已被夜色覆盖了。

不一会儿，一位女同志带着哭腔走到了302的面前，十分强烈地想要表达什么，后边跟上来的一位稍微有些年长的男同志想要阻拦她。

302心想，他们这是唱的哪一出？他知道，男同志是延安新华广播电台的行政秘书。他先在中央党校，后调到延安鲁艺，最近才来到新华广播电台的。女同志叫燕子，大家伙儿都叫她小燕子。她是燕京大学的学生，是从国统区投奔到这里的，在延安新华广播电台担任播音员，大家对她的印象都很好。

后来，302上前一步追问才知道，这个小燕子在白天收拾行装的时候，由于她不小心把那个用炮壳做成的奖杯给弄丢了，非要回去找回来。这是她在一次评功活动中被评上功臣后一位小战士特意为她做的。后来，这位小战士却在一次战斗中牺牲了，但也让她永远地记在了心里。

302理解她的心情，但这个时候又怎么能够返回去呢？他又看了这个小燕子一眼，刚要说些什么，忽然听到不远处传来了炸弹的爆炸声，接着又听到了飞机的超低空飞行声，急忙呼唤大家注意隐蔽，并且不要发出任何火光。

面对这种情景，小燕子也有些慌张，刚要从302的身边离开，一颗炸弹就呼啸着向这边飞来，302忙叫大家趴下。与此同时，他一把拉过小燕子，让她隐蔽在自己的身旁。

小燕子身边的男同志想去保护302，自己却摔在了地上。

不知过了多长时间，整个队伍才又继续向前行进，脚步声、马蹄声、车轮声与夜色中的山路绞缠撕扯在一起的声音又在向前延续着，并且把每个人紧紧地笼罩起来，这样大家反而产生了一种安全感。

2

302此时回首延安城，那早已是一座被火海淹没的城市。这些天来，轰炸成了这里的家常便饭。他们在行进中也随时有可能遭到轰炸。可他知道，延安新华广播电台的一小部分留下来的同志还在继续播音，这些闪动的电波像火焰也像灯塔一样照耀着他们每个人前行的路。

新华社的语言广播部原来在清凉山西边的石窑洞里办公，播音室和发射台都在文化沟。那还是在 1946 年的 6 月底，蒋介石挑起全面内战后，语言广播部就搬到了清凉山东边山头的一孔土窑洞里。这里面还有防空洞。敌机轰炸和扫射时同志们就进入防空洞，等敌机飞走了，他们还照常编写稿子。

老温清楚地记得，他们在这紧张的工作间隙，还要在 302 的带领下参加军事训练科目。大家都被编入了自卫军，每人发了枪支和子弹，练习打靶。302 要求大家在将来万一与敌人遭遇时，首先要保护好自己，然后再去尽可能地消灭敌人。如果发现敌人的伞兵一定要就地消灭。

有一次打靶时，老温三枪才打了十九环，而很多人都是二十几环，其中 302 打了二十九环。老温有些紧张，302 还在一旁鼓励他呢。

每天晚上，大家都要轮流站岗放哨。由于没有手表，302 就让大家用燃香的办法计算时间，每燃完两支香便换一次岗。

为了对付和粉碎蒋介石对陕北的进攻，党中央在 11 月 11 日又召开了中央机关和延安地区共上千人参加的保卫陕甘宁边区动员大会。那次会上，不少领导同志都先后讲了话，号召边区三十多万壮年男子和三十多万壮年妇女，都要紧急动员起来参加战争，最好人人学会最简单的埋地雷和投手榴弹两项战术，实现全民皆兵，来保卫边区。

……

这次留下来的同志中，有不少是播音工作经验丰富的老同志，本来夜鹰也要留下，但组织上安排她到瓦窑堡去。

1947 年 3 月 13 日中午的时候，老温他们就接到了通知，胡宗南的部队就要向延安发起进攻，要他准备好派人到瓦窑堡，周密安排文字广播和口头广播的接替工作，老温马上进行了布置。

老温是一位素质很高又多次通过党的考验的好同志。他先在《解放日报》工作。一次傍晚，在土场上散步时恰遇一位中央领导同志，他就大胆说出了想到延安新华广播电台工作的想法，后来又找了 302，终于如愿以偿。

这次将要赶到瓦窑堡的除了老温、小刘、小苗和小周外，其他的播音员还有小杨和小吴两位同志，但他们播了没多久就疏散了。

临告别时，302 还特意留下一个药箱子交给了老温，里面放了一些常用药品，还有绷带、棉花等。这也是考虑到他有一些医药常识，可以做个临时的兼职医生。

时间在他们身边不时冒着的硝烟中一点一点地流逝着。等待中的老温终于在下午四点多钟的时候接到了 302 的命令，他当即和范长江坐上那辆由组织上特意安排的吉普车到瓦窑堡去。可那辆车竟是一辆老爷车，随行的司机小高用摇把摇了好大一会儿车才动了起来，穿行在流水一般的夜色里。

由于山路崎岖不平，他们整整走了一夜才在天蒙蒙亮时赶到了目的地。

根据 302 的安排，老温他们又从已经疏散到这里的人员中抽调了十多人一起做接替工作。

延安新华广播电台在延安的最后一次播音是 3 月 14 日的中午，也是在敌机的狂轰滥炸下完成播音工作的。

当时，几十架敌机向延安新华广播电台轮番轰炸足有八个小时之久，敌机的狂轰滥炸造成的气流像强台风似的冲进来，播音的窑洞都受到了震荡和冲击，长时间嗡嗡作响，爆炸的烟雾又使窑洞内一片昏暗，窑洞外的石头和土块不停地溅落在洞口，顶部的土块也不时地掉落下来。

为了保证播音不中断和播音员的生命安全，一位负责同志勇敢地上前将毛毯披在了头上，内臂将毛毯撑开，像伞一样罩住不停地播音的夜鹰，阻挡着从洞口涌进来的硝烟，这才保证了播音员的正常播音。

当天晚上，瓦窑堡的战备台就全部接替了延安新华广播电台的所有工作。这里的工作人员从 17 日才开始撤退，赶在 19 日之前到达了位于子长县的瓦窑堡，终于与老温他们会合。

18日，国民党军队占领了延安，不过，此时延安已成了一座空城。

素有“西北王”之称的胡宗南在占领延安的第二天就洋洋得意地走进了毛主席曾经住过的窑洞，左看右看，最后从抽屉里找到了一张早已写好的便条，上面写着：胡宗南，你占领延安这座空城后，进也进不得，退也退不得……。他还没看完就狂笑起来，整个身子都在颤抖。

3

瓦窑堡虽然接替延安新华广播电台的广播，但302清楚，这里离延安较近，地形又无险可守，若长期坚守是不现实的。

中央决定，在延安东北一百八十里的瓦窑堡建立第一线战备电台；在黄河以东（晋绥、晋察冀、晋冀鲁豫三个解放区中选一个地点）建立第二线战备电台。

当时，302形象地将这个办法叫作“狡兔三窟”，即延安一摊，瓦窑堡一摊，河东一摊。延安不能广播时，由瓦窑堡接替，瓦窑堡不能广播时，由河东接替。河东指晋察冀和晋冀鲁豫两个面积较大的解放区。

其中晋冀鲁豫又是当时较大的解放区，经过上党和邯郸战役后，整个太行山区已与广袤的冀南平原连接在一起，尤其具备接替新华电台广播的条件。眼下，302认为最主要的是做好延安台每一天的广播工作，把中央的指示和精神及时地传递到全国人民的心里去，让他们能够知道我们的党中央和人民军队正在与国民党反动派做着艰苦卓绝的斗争，将会取得一个又一个的胜利。

后来，在中央的重视和关怀下，302又对撤出延安和保证广播不中断的工作做了周密的部署，开始了积极而紧张的战备工作。

不久之后，一封加急的以中共中央宣传部名义拟就的电报就发向了晋冀鲁豫中央局的驻地——河北武安冶陶镇。

此时的302，他不仅是位出色的社长，在部署战备工作时又是一个卓越的总指挥。会后，他立即派出先遣队到瓦窑堡筹建战备点，最终选中史家畔、任家畔、丹头、冯家岔、好坪沟等村子作为营地。紧接着，他又指挥大家紧急运送器材物资和疏散老弱妇孺及有病的人员。302两地奔忙，异常辛苦，但他指挥若定，领导新华社出色地完成了战备任务。

现在，他又要带领新华社和新华电台的大队人马向晋冀鲁豫根据地的涉县西戌镇进发，以做长期打算。

本来，开始预定的方向是晋察冀的张家口新华广播电台，后来才知那里不具备接替的条件，这才转向了涉县的西戌镇。

为了保密起见，302在带领新华总社人员的转移途中多次变动单位名称，把“昆仑支队”改为“文化供应社”，以转移地方上的注意力。

302似乎已习惯了与夜色打交道，它厚重、广袤又时时处处散发出一种清凉的气息，只有沉浸在这种气息里他才感到周身是舒畅的。

为了防止空袭，302带领大家白天宿营，晚上行军。那些陕北老乡们仿佛有着永远释放不完的热情。他们又出动牲口和船只，护送新华社的妇孺和病号安全渡过黄河。

暂时留在瓦窑堡的同志又根据302的意见马上组成了一个临时编辑部，由范长江负责。这个编辑部在现时条件下统一担负起文字广播、口头广播和英文广播以及翻译、译电的全部工作。口头广播稿的编辑只有老温和张潮两人，张潮原来在《解放日报》当过记者。素有夜鹰之称的小梅这时也留在了这里，夏莎则去了晋察冀。

他们一共十几个人，大伙儿集中在一个大窑洞里，搭起了门板当桌子，垒砌了土坯当凳子，范长江就坐在靠墙的土炕上审稿。老温则找了一块木板垫在大腿上，坐在土坯上编稿子，每天都要编八千多字，上午编新闻性的节目，下午又要编第二天就要播发的《对国民党军广播》节目的稿子。

瓦窑堡的播音室和发射台在好坪沟，离编辑部的所在地二十五里路。范长江和老温常常要给小通讯员们另加任务，广播稿由编辑编好后就得十万火急地送往播音员那里，不论刮风下雨。

有一次在往播音室送稿子时，小通讯员在半路上突然肚子疼。他满头大汗淋漓，身子都快站不住了，可他还是坚持着一步一步向前行进，终于在规定的时间内把稿子送到了目的地。

这时候的播音室也很简陋，是在村外十字路口旁边的一座破旧的观音庙中，幸好有两层，上层做了播音室和播音员的宿舍，满打满算也就四五平米。话筒放在了一张只有三条腿的桌子上，门上和室内的墙上都挂满了羊毛毡子，以作为隔音设备。下层则是机房和机务员宿舍，一些杂七杂八的东西也堆得满满的。

20日的那天傍晚，夜鹰以延安新华广播电台的呼号在观音阁上播发了“西北解放军主动撤出延安”这条消息，这声音飞越万水千山，震慑着蒋介石政府，鼓舞着在解放区和敌占区中英勇作战的广大军民。

也就是从这一天起，延安新华广播电台更名为“陕北新华广播电台”。

4

涉县位于太行山的南麓，地处河北、河南、山西三省的交界地带。西戌镇又位于涉县的西北部，并且是当时的涉县三区政府的所在地。这个镇子共有西戌、东戌、沙河、宋家庄、水溢河、鸡鸣铺6个行政村，全镇的人口不足五千人，是一个相对封闭的小山镇。这里的村民千百年来都沉浸在那种日出而作日落而息的古老而又纯朴的生活气息中。

然而，历史却选择了这个小山镇，并且赋予它特殊的历史使命。

晋冀鲁豫中央局经过慎重的考虑后，最终决定把西戌镇作为即将到达的新华总社在太行山区的新驻地。一是因为这里与武安搭界，离晋冀鲁豫中央局的驻地冶陶和新创建的晋冀鲁豫《人民日报》的驻地石洞乡不远；二是因为在中宣部的电报到来之前晋冀鲁豫中央局就已在这个小山镇的沙河村建起了邯郸新华广播电台，并且在当年的9月1日正式开播。

只是去年冬天，因为设备检修和木炭取电问题，邯郸新华广播电台已经停播一段时间，由于不断接到各地群众要求复播的来信，正在抓紧检修。现在，他们又接到中央局即将有重大接替任务的指示后，台长老常和军区通讯处的大王这对儿老搭档就更加日夜不停地忙上了。

老常原在中央局宣传部的教育科任科长，自打电台一成立就被张部长点了将，末了还把妻子小余也带过来了。他知道这电台就是大王的命根子，差不多都快把老命给拼上了。本来嘛，这个邯郸新华广播电台就是人家在一个偶然的机会第一个提出并具体创办起来的。

那还是抗战刚刚胜利的时候，远在重庆的国民党当局为了保持与新乡之间的敌人的联络，派出空军把两部美制的导航台运往新乡，结果由于天气的原因误把焦作当新乡。当敌机降落后才知这里已被我军占领，但为时已晚，他们只得束手就擒。解放区的人们都把这称为“天上飞来的礼物”。

那个时候，大王还在八路军总部的通讯股。他得到这个消息后就带着张生意等人马不停蹄地赶到现场，仔细检查后如获至宝，先让人拉往了与涉县交界的左权县看后村。

从此，他走路想着这两个导航台，吃饭想着这两个导航台，甚至连睡觉都想着这两个导航台。可是，看后村地处偏远，连照明都是靠着豆油灯。他就只能望着导航台而兴叹了！

后来，部队机关改编后进入邯郸城，大王也由八路军通讯股的股长成为晋冀鲁豫通讯三处的副处长，更加坚定了他要把这两部导航台改造成为广播电台的想法。

有一回，他骑马从邯郸城往涉县去，恰巧碰到了已经调任晋冀鲁豫中央局宣传部部长的张部长也往邯郸去，就一股脑儿地倒出了自己的所有想法，一下引起了这位新上任的宣传部部长的注意。他狠狠地抽了一口当地的旱烟卷后才笑呵呵地说：“大王啊，你这可是要送给我一份大礼啊。那我就不客气了，照单全收！”

不久，邯郸新华广播电台在峰峰矿区的街儿庄开始筹办，主要是考虑到那里距离邯郸不远，又守着煤矿，寻找各种工具和用电都很方便。

但是，导航台只能用于短距离对话，而要用于口语广播，必须进行技术改造。当时，由于国民党反动派对解放区的封锁禁运，造成各种广播器材的严重缺乏，给改装工作带来了很多困难。特别关键的是改装时需要绕制调幅变压器，大王只能带领大家使用从峰峰煤矿的废旧器材中捡来的原料，一次一次地试着进行绕制，但大多时候都失败了。

看到这种情况，邯郸市市长王悦臣等不下去了，他又心急火燎地找来电话局局长卢文晋，让他化装后去天津购置回来一部分电讯器材，这才算解了大王的燃眉之急。

大王从3月初开始改装，经过日夜奋战，反复研制、反复试验，到五月份，终于把这两部导航台成功改装成了输出功率为250瓦的广播发射机。

正当电台准备播音时，蒋介石调兵遣将进攻邯郸，企图打通平汉线，一场大战不可避免。

中央局从安全的方面考虑，又把电台迁到了涉县西戌镇的沙河村，这里地形隐蔽，位于三条山谷的交叉点上，周围是高大的山岭，村南上场的山头是附近最高的地方，有利于架设发射天线。

另外，这个村子只有一百多户人家，不足五百口人，距离西戌镇政府所在地西戌村只有五华里，很适合保密工作，是建立电台比较理想的地方。

后来又经过紧张的改造，1946年9月1日，邯郸新华广播电台终于在这里成功开播，呼号XGHT，短波49米、6120千周和长波240米、1250千周两个频率。他们首次播音的主要内容就是“中共中央的声明”“中共晋冀鲁豫中央局号召”“民主建国军总司令高树勋将军的反内战通电”“九·一记者节各地贺电”“XGHT（本台）介绍”“时事讲话——苏皖六次大捷”等。

这个时候，谁也没有忘记我们的大王，他成了特等功臣，还被晋冀鲁豫中央局授予了“通讯大王”的称号呢。

从邯郸新华广播电台里听到大王立功受奖的消息后，大王失散多年的妻子王新竟然从东北一站一站地找到了这里。当时，正在窑洞里忙着改造电台的大王看到她时一下呆住了，好半天反应过来后却说不出一句话，只是把两只脏乎乎的大手在那里搓来搓去。王新马上知道他想干什么，慢慢地走过去从他的上衣口袋里掏出一支烟递给了他。要知道，这在过去根本是不可能的，她从结婚以来就一直反对大王抽烟！

一开始，他们两人一起假扮夫妻在白区做地下工作。后失散开来，一个到了东北，一个到了太行山。再后来，又是电台把他们再一次联系在了一起。

……

现在，大王又特意地提到了天线问题，还必须到峰峰矿区的仓库里找材料，并且注意保密。

“这个好说，让民兵队长山根他们安排。我和他们一起去。”常台长说。

“哪能劳你常台长的大驾呢？还是我去吧！”大王说。

“不，不，你去了谁来陪人家王新呢？”

“当然有人陪。对了，还有电力的稳定问题，她不是会烧木炭吗？就让她带着妇女们去干这个！”

“这就有点儿委屈她了，我让苦桃儿她们和她一起去！”

“还有我们儿童团呢？我们也要去！”

老常和大王回过头来，见沙河村的儿童团长小虎背着小号角、拿着红缨枪从外面走了进来。

老常赶紧迎住他说：“原来是小虎，正要找你呢？你们儿童团可是另有重任。这些天一定要格外的留心，发现什么异常情况一定要及时向武委会报告呀。”

“常台长放心，我们儿童团一定完成任务！”

“这小子，比我们刚来时机灵多了，格外有股虎劲儿！”大王忍不住说。

5

这天傍晚，老温在窑洞里编完稿子就向观音庙的播音室走去。走到村口的时候，他看到了一位中央领导的身影，有个警卫员跟在后面。中央领导上前一步问老温：“小伙子，你们现在还播音吗？”

“正在播音。”

“那好，你陪我上去看看吧。”

他们轻轻地走上观音庙二层的走廊，然后进入播音室，看到夜鹰正在那里聚精会神地播发最后一个节目。中央领导站在一旁耐心地等她播完，才亲切地跟她握手。

夜鹰这是第一次跟中央领导握手，感到一股暖流瞬间涌遍了自己的全身，年轻俊俏的脸庞也有些红润起来。

别看夜鹰年轻，却已经是一名老播音了。她大学没毕业就跟随年近古稀的父亲从国统区来到革命圣地延安，很快走上了播音工作岗位。她的声音甜润中透着刚劲，很快被人们称为高原夜色中的一只苍劲飞翔的雄鹰。

后来，中央领导又故意用轻松的语调说："小姑娘，别紧张，你播得很不错嘛！现在我军刚刚在青化砭打了一个大胜仗，正在清查战果，查清了就要发战报的。"停了一下他又说："我今天就要离开瓦窑堡了，你们随后也要离开。可是你们一定要播完这个消息后再从瓦窑堡撤离，根据地的人民可是在等待你们传送胜利的消息呀！"

老温赶忙上前一步说："请领导放心，我们一定完成任务！"

"请领导放心，我一定不负您和大家的期望！"夜鹰站起来说，还行了一个十分标准的军礼。

窗外，浓重的夜色已把整个观音阁严严地笼罩了起来，只有几颗星星还在那里透射出点点的光芒。

6

这不，光是回家撞了一头，也没顾上吃晚饭，更没心思吹上一下他经常背着的那把心爱的小号角，小虎就到村公所找民兵队长山根汇报情况，才知山根队长带着民兵去峰峰拉木头等器材还没回来。他又到苦桃儿家里找苦桃儿，她也在山上烧木炭没有回来，就顺着河沟到南头巷被称作"磨电厂"的邯郸新华广播电台去找老常，他想一定会在那里找到答案的。由于步子迈得急，身上的夹袄也被树枝挂破了一条口子，瘦瘦的小脸也被汗水浸得红扑扑的。

今天一大早，小虎就带着儿童团员们去沙河村的各个路口查路条。他给那些小伙伴们下了"死命令"，一定不能放过任何一个可疑的人。

作为儿童团团长，他就在各个点上转来转去，哪里有情况就接应哪里。

沙河村虽然不大，但是邯长古道从村边的河道里穿过，又分布着土木河、豆庄、西戌等多个路口，南来北往的人员还是不少的。

小伙伴儿们都瞪圆了眼睛看着经过这里的每一个人，特别是对那些操外地口音的人尤加注意。多半后晌的时候，南瓜发现一个人顺着河道向村子走来，好像还拿着什么东西，走走停停，停停走走，一开始也没有注意，后来细看，发现这不是李德润吗，他已离开家好些天了，一定是办什么事儿去了。

等走到跟前瞄了再瞄，他正是那个李德润。可又总觉得哪里不对劲儿，看人的眼神也闪烁不定，见了小孩子们他就从衣兜里掏出那洋花糖，说话的声音多少带了股洋味儿。以前从来没见过他这样啊！

可这分明就是那个李德润，难道他真的变了吗？

南瓜很快把自己的发现悄悄告诉了土豆，土豆一手拄着红缨枪，一手摸着自己的光脑袋说："你要不说我还没有注意。这里面会不会有啥情况啊！要不你赶紧找小虎去？"

"我也是拿不准才给你说的，要是拿准了我早就找小虎去啦。"

"倒也是。"土豆又在那里挠起了脑袋。

天麻麻黑的时候，小虎扛着红缨枪，吹着那把破旧的小号角来到了他们这个点儿上，见他俩还在那里愁眉苦脸的，就上前去问发生什么事情了，南瓜又把碰到李德润的情况说了一遍。小虎这时马上想到，前些天听山根队长说起过，李德润要出门去找他的孪生兄弟，难道是今天回来了？

要说李德润这个人，他在区政府创办的高级小学校里上过几年学，有些文化知识。虽然家庭成分是富农，土改时，村上分了他家多出的房子和土地，但他却能积极参加村里的各项活动，哪项工作都没有落下过。可按南瓜和土豆刚才所说的情况，确实是有些不正常的。谁又知道，他出去这么多天都是到了哪里？见到了些什么人？发生了哪些情况？

老常看到小虎这么着急的样子，就先让他坐下，又倒了一碗加了红糖的开水才对他说："慢慢说，不要着急，有什么紧急情况吗?"

小虎赶紧汇报了李德润的情况。

老常略为沉思了一下，问道："他家里现在都有什么人？住在哪个巷口?"

"听大人们说，他父母早亡，他本人从离村几十里的武安管陶川里讨了个老婆，可人家也带着孩子离开了，后又到了附近的土木河。他还有个兄弟，土改之前在安阳彰德府上学，到现在都没有回来过。他这回可能就是去找自己那外出多年的兄弟的。"

"小虎呀，你刚才所说的情况很重要，咱们一定不能放过任何蛛丝马迹。有什么新的情况随时来找我。"

"你现在也是大孩子了，要明白事情的复杂性。就在前几天的夜里，西戌区上的区公所被抢，正在值班的司务长李老四被打死，不少纸币被抢走。紧接着，又发生了咱们电台通向西戌的电线被割，沙河、西戌、东戌的水井里被人投毒等事件。那些还乡道、一贯道等地下会道门组织也是蠢蠢欲动!"老常又补充了几句，并拿起毛巾给小虎擦汗。

他们现在哪里知道，这个人确实不是李德润，而是他的弟弟李德发。

这时的李德发早已回到了位于西头巷的老宅里，多年离开故里现在又回到这里，他早已在心灵深处有了一种陌生的感觉。可是他还得尽快回到这里，正巧哥哥李德润去找自己，他也就可以名正言顺地回来了。

多年以前，李德发不负父母的期望考上了河南彰德府的高等师范学校，李德发的父母从此也就把李家的希望寄托在了他的身上。可不久之后，自己的老家开始搞土改，他的父母眼瞅着村上把家里的土地和房产都分给别人。本来就有病的老父亲一口气没上来就死了过去，后来母亲受不了老伴突然离开的打击也去了。家里就丢下了他的大哥李德润一家，嫂子也走了。

李德发的家中本是农耕起家，是靠祖上的本分做人一点一点地积攒下的家产。可邻居马大山家的祖上本来也是殷实人家，到了他这一代时却吃喝嫖赌，硬是把偌大个家产给败了个光，但人家在土改时却成了根红苗正的贫下中农，而李德发的父亲虽没成为地主但也成了板上钉钉的富农阶层。他又是个小肚鸡肠的人，怎么能够受得了呢？

在外读书的李德发听到这些突如其来的消息后，一头便栽到了地上，等醒来时才发现躺在了医院的病床上，旁边不仅有自己的女朋友韩瑞花，还有一位不认识的男人。

后来他才知道，韩瑞花早已是国民党军统的人，而站在她背后的那个男人就是她的上峰。大概就在那个时候，李德发才明白眼下的自己已经别无选择，又想到多少次的花前月下瑞花对自己的眉目传情无微不至，慢慢地闭上了自己的眼睛。

他接到的指示就是利用一切机会潜回老家涉县，不露声色，韬光养晦，但要随时掌握电台和其他方面的动态，随时准备被唤醒或主动醒来。他的代号就是“神针”。

这次李德润在安阳找到他，弟兄两个好好相聚了几天，可以说是无话不谈。又想到小时候哥哥疼爱自己的好多事情，李德发眼泪珠子几次忍不住掉了下来。

李德润还说了老娘在临终前的遗言，要他无论如何都要把弟弟找回去，一定要做一个正经人，不要像他老子那样小气，要跟着人家共产党在自己的老家干正事。

后来，李德发在听到上峰的指令后，始终下不了手。可哥哥真的出了车祸后，李德发哭了，一个人关在屋子里几天几夜都不出来，连瑞花都不见。他怎能不知道这是瑞花的上峰派人干的，目的就是让他以哥哥的名义潜回老家去。

现在，他已经回到了自己的老宅。他将会按照哥哥的方式在这里生活下去。

7

一弯冷月不知什么时候已挂在了山坡之间的柿树上，弯弯曲曲的小道间，一排肩扛手推各种器具和木料的人们在艰难地行进着。山根一会儿走在前面，一会儿又转到后面，不时地照看着这支匆匆而行的庞大的队伍。

大王走在了队伍的最前面，肩膀上还扛着一大捆子镀了锌的铁丝。

从峰峰到沙河也就160多里，可他们从安全角度考虑，专走那些山间小道，行进速度就大打折扣。

山根看到大家太累，就想招呼大家休息一下。

忽然，一阵枪声划破了宁静的夜空，紧接着又是一阵。

“不好!”山根大叫一声就拔出了腰间的盒子枪，其他人也都把东西放下，拿出了长枪大刀。

“此山我来开，此树我来栽。要从此路过，得留买路财!”

“听说过你‘铁磨头’爷爷吧，识趣的赶紧把手里的东西留下，爷爷给你们让一条生路!”

……

“铁磨头”可是邯郸一带有名的惯匪，他们怎么会出现在这里?

山根啪的一枪就甩了过去，双方顿时枪声大作，周围所有的暮色都被重重地燃烧起来。

山根就要向前冲去，身边的大王却哎哟了一声，山根赶忙护住了他。

山根想，这样跟他们耗下去也不是个办法，就想让大家往后退。突然听到轰一声，紧接着土匪的身后乱作一团。他马上想到一定是自己人来接应了。他赶忙正面带头发起了冲锋。

他原以为一定是老常他们带着区上的民兵赶来接应，却没想到是在山中烧完木炭正往回返的苦桃儿领着那帮娘子军们冲了过来，其中就有大王的妻子王新，她抱着一支步枪一边往前冲一边不停地射击，一连打中了好几个土匪。

王新知道大王就跟山根他们在一起。她的那双眼睛一直在寻找着大王，生怕他有什么闪失。但是，大王并不知道她就在自己对面，只是远远地看着在越来越浓的暮色中不断闪烁着的激烈的火光。

忽然，不远处响起了一阵一阵的号角声，一开始还是隐隐的，后来就越来越响亮。

山根知道，这是小虎他们的儿童团赶来了。

8

李德发回到村里后，也像他哥哥李德润过去一样积极参加村上的各种工作。他早出晚归，早已丢掉了读书人的那点儿小架子。村上人对他的印象还跟他哥哥李德润在村里时差不了多少。不过，老常还是让山根和小虎对他多留着点儿意。

有一天早上，李德发主动到村公所找山根，却在那里碰到了常台长，他也弄不清人家是什么职位，再三表明自己追求进步的意思。他一再说："自从去了外面一趟寻找自己的弟弟李德发，从沿途所看到听到的，自己的心里就更加明白了，还是跟着共产党走有奔头儿。"常台长当即就表扬了他这追求进步的好思想，还建议他找下山根，争取加入到民兵队伍里来。他就点头哈腰地离开了。

可他刚出了村公所的大街门就碰上了一个人，一开始还以为看错了，可是一点儿也没有错，这个人就是他的女朋友瑞花的好友李翠兰。李翠兰并不认识自己。

李德发有点儿发愣，她是什么时候到的，自己怎么一点儿也不知道？难道发生了什么紧急情况？

李德发不清楚，那个李翠兰是在他回村之后才潜伏到了这里，她和上峰之间的联系都是单线的，与他是井水不犯河水。她这次来的目的就是炸掉很可能已经存在的即将接替陕北新华广播电台广播的邯郸新华广播电台，也就是村里人常说的"磨电厂"。上峰还单独交代她，一定见机行事，必要时可以单独采取行动。

李德发悻悻地离开了这里。

9

不知怎么，夜鹰今天傍晚的心情特别激动，从事播音工作以来她还没有这样过。她知道，完成这次播音任务，他们就要离开这个地方了。虽然在这里待的时间不是很长，却对这里有了很深的印象。

不过，她现在最担心的是张家口那边能不能在自己完成播音任务后马上接替自己的播音工作，确保党中央的声音一分钟也不要中断！她相信 302 已经到了那里，说不好正在焦急地等待着他们呢。

在正式播音之前，她走出了那个小小的播音室，在小小的走廊里来回走动并瞥了几眼头顶上那深邃遥远的星空，几分带着凉意的夜风不时地就向她拂了过来。

10

这些天来，老常和大王一直就没有离开过将要接替陕北新华广播电台广播的那孔窑洞，生怕哪里出现疏漏。

29 日的中午，中央局宣传部张部长的电话已来过好几次，一定让他们监听好陕北新华广播电台的广播。一旦发现陕北新华广播电台停播，马上以陕北新华广播电台的呼号进行广播，确保党中央的声音“一分钟也不能中断”！

到了下午的时候，老常又召集了由全台人员参加紧急会议，每个人的神情都是那样严肃，仿佛面临一场重大的战斗！

傍晚时分，正在被收听的陕北新华广播电台的信号忽然出现异常，大王瞪大眼睛关注着这一切。老常的脸上也显出了焦急的神情！就在这时，人们看到电台新来的编辑人员李翠兰端着一碗白开水走近了新华广播电台的窑洞，她的脸上虽然挂满了笑容，步子却似乎有些慌乱。

一米，两米……

忽然，电台的大门里冲进了三四个人，他们以迅雷不及掩耳之势走近了李翠兰，并且把她控制住，又从她的身上搜出了一枚微型炸弹。其他的人看到这种情形后都惊呆了！

正在村外巡查的山根等人，很快知道了这个消息，急得直抽自己的大嘴巴子，他忽然想起前天在路上碰到这个李翠兰时，她还冲着自己笑了一下，特意露出了那排整齐洁白的牙齿呢。

原来那几个人就是太行军区特务科的，在破获一起特务案中意外获得了这条线索，并且在第一时间赶到了这里。

这时，窑洞里陕北新华广播电台的声音又出现了异常，一会儿便什么都没有了。

大王上前还要细听一下，老常已命令早已备好的邯郸台改用陕北新华广播电台的呼号（XNCR）进行播音，波长 40 米，7500 千周。他们先是播放兄妹开荒的开始曲，紧接着又播报了一遍青化砭大捷的新闻。

这声音马上飞越太行群峰，也飞向了世界各地！

非常有意思的是，就在几天后，国民党的中央社竟然大言不惭地说，共产党恃作宣传武器的广播电台已经被他们彻底消灭了。原因是他们在延安的一些地方找出了我们撤退时抛下的一些旧设备，就拿来作为吹牛的资本。

4 月 1 日，邯郸新华广播电台正式接替了陕北新华广播电台的广播，并且在一个时期内成为中国共产党人面向全国、全世界的唯一的宣传通道！

11

就在 3 月 30 日的中午，新华社晋冀鲁豫总分社的负责人安岗从中央局驻地冶陶开完会回到了石洞乡河西村的晋冀鲁豫《人民日报》机关驻地，他马上传达党的决定，要求立即从报社抽调一大部分电务、编辑人员前往涉县西戌镇，同其他方面抽调的人员会合，组成新华总社的临时班子。他们将从 4 月 1 日起，全面接替延安新华总社对国内外的文字和口语广播。

由于任务非常紧急，报社先派了齐越和张更生、李洋打前站，限他们天黑以前务必赶到西戌村，做好一切准备工作。这几个人哪敢怠慢，以每小时十里地的速度行进着，终于在傍晚六点前赶到了西戌村。

其实，在他们往这里赶时，村干部和老乡们就准备好了住房，烧好了开水，专门等着报社的同志到来呢！

天黑以后，在朦胧的月光下，报社的大队人马终于赶到了，电务人员立即动手架设电台，不久就喊通了新华社晋察冀总分社和山东总分社，他们很快传来了“平汉战役我军开始反攻，收复阳武等三座县城”

的好消息。

编辑人员们一边打扫房屋，一边编写稿件。总务人员的负责人忙着安置大家的吃住，一直到了深夜。

第二天，报社的负责同志就以新华临时总社的名义召开了全体干部会议，传达了薄一波副政委的指示，以302为首的新华总社人员已随党中央安全转移，几个月后就可以来到这里与我们汇合。302再三强调，“在今后的很长一段时间内，我们就要在西戌这山沟沟里面对全国、全世界，代表党中央发言……”

同志们听到这里，都忍不住热血沸腾起来！

开完会后，已是傍晚，可编辑罗林还得到沙河村送稿子，沙河村与西戌村相隔虽然只有五里，但大半是山路，不时有野狼出没，他早早就从老乡的家里找来一根木棒准备着。

天上繁星点点，山路曲曲弯弯。远处的山梁上不时地传来野狼的嚎叫声，给这太行春夜添了一些严酷的气氛。

12

这天晚上，夜鹰他们按原计划播完了青化砭大捷的全部节目后，又跟机务人员一起埋藏了身旁的播音设备。

与此同时，老温他们也搞起了坚壁清野，把不能带走的稿子也都烧毁了。大家这才一起从好坪沟急行军到史家畔。

这时已是3月29日深夜十二点多钟了。

当天的中午，老温他们才接到了302传来的中央的命令，要他们当晚务必撤离瓦窑堡。按照这个时间算，他们已经是中央机关最后撤退的一个单位了。

他们没有想到的是晋冀鲁豫《人民日报》《东北日报》山东《大众日报》等在第二天就根据他们的广播把这条消息刊登了出来，起到了振奋人心的作用。

夜很黑很黑，伸手不见五指。这支三十多人的队伍在老温和范长江、刘祖春的带领下，按照军用地图标出的方位前进。为了保险，他们还找了一位老乡带路，他们沿着山间的羊肠小道穿行，几乎不停地走了三十几个钟头，才到了绥德的田庄，赶上了中央纵队的队伍。

这时他们才知道，晋察冀根本就不具备接收新华社工作的条件，特别是没有设备接替陕北台的广播，中央已经决定将由晋冀鲁豫的邯郸新华广播电台接替陕北台的广播，而他们那天晚上播完最后一篇稿子后也是由邯郸台按照陕北台的呼号继续广播的。

现在，302 又指定由老温负责，组成一个快速行动小队，包括夜鹰和搞文字工作的王宗一和何力夫等六位同志，先行到达涉县西戌这个目的地。

夜　的　眼

1

李德发知道李翠兰被抓的消息已是几天以后的事，他还是从村里的儿童团那帮小孩子那里听到的。那时已是暮色时分，他从自家所在的小巷子里拐出来，想到村外的土场上去透透气，就听到了土豆和南瓜等几个小伙伴们在那里说着悄悄话。

“知道吧，咱们的‘磨电厂’刚刚抓住了一个女特务，多亏了军区特务科的人及时赶到！”

“听说还从她的身上搜出了一个跟红薯一样的小炸弹呢！”

“山根哥可是着急啦，他又一次提醒咱们啦，一定不能放过任何一个可疑的目标！”

……

李德发马上就明白了，一定是翠兰出了事。他又转身折了回去。

一路上，他一直在思考着一个问题，在自己回来的这些日子里，有没有留下什么破绽呢？他真真切切地感受到这沙河村的每一寸夜色里都像是长了眼睛和翅膀的，它们每时每刻都会动起来，然后向自己扑来。

随即他又摇了下头在心里说：“不可能的，不可能的。那个山根不是已通知自己和苦桃儿她们一起上山烧木炭吗？这说明自己还是赢得了他们的信任的。不能乱了阵脚，明天就跟着那帮娘儿们一起上山去玩儿玩儿！”

2

又是一个傍晚时分，老温他们这个小分队来到了黄河边上，面对着波涛奔涌的河水，老温和夜鹰等人的心里一阵感慨！他们知道，渡过这黄河后他们就要到达晋西北了，他们就会在老乡的带领下，沿着那些乡间小镇设立的兵站一站一站地往前行进。

过河后，两个老乡就迎了上来，他们穿得都很普通，其中一个还是女的，身后竟然背着个仍在吃奶的孩子。由于天太黑，彼此都看不清对方的面目。

这个时候，老温他们才知道，为了安全起见，他们每天只能走一站，而站与站之间的距离，大多是六十里左右，最长的超过了一百二十里，最短的也有三十里。他们这一行人专挑山梁上或河沟内的小路走，哪里路险往哪里走，哪里天黑往哪里走。

在洪洞县和赵城之间，敌人早就在那里设置了一条封锁线，一下挡住了小分队的去路。这时，中央其他机关的二十多个同志也来到了这里，其中有几个还是带着小孩的女同志，小分队若和他们一起过去，目标太大容易暴露。

老温脸上的那些皱纹又堆积在了一起。

两位老乡本来已经完成任务该回去了，可他们还不放心，又一站一站地往前送。现在，他们和来这里迎接的另外一位老乡碰头后，拿出了一个可以通过的“方案”。

那条封锁线就是一条十几里宽的大走廊，沿线每隔五里路就在一个路口上筑上碉堡，每个碉堡口上都架着机枪，敌人日夜钻在里面轮流注视着外面的动静，晚上还用探照灯不断地探照。五里之内的开阔地上又密布着地雷和陷阱。

几位老乡做了认真的准备，并反复叮嘱大家，一定不能让小孩子哭，一定不能让牲口叫，一定不要发出任何声响，一定不要暴露目标，这样才能不让碉堡里的敌人发现。

老乡们说得没有错，老温他们在几位老乡的指挥下，在那漆黑漆黑的夜色下，绕开了地雷，避开了陷阱，又躲开了探照灯的灯光，摸索着向前一点一点地前进，终于顺利地通过了那条封锁线。

就在与这几位带路的老乡高高兴兴地告别时，老温他们还不知道，那位带着孩子的老乡后背上的孩子已经没有呼吸了。在通过封锁线时，为了避免同志们暴露，她回过身来紧紧地捂住了刚要哭泣的孩子的嘴，就那样一直捂着往前走，直到孩子的气息一点一点地消失在自己的手掌中。这时的她是那样的惊恐和痛苦，但她顾不上去想这些，只感到自己被一种无比神圣的紧张所包围，全身心都被汗水浸得湿淋淋的。

又走过了一段山路，老温他们终于看到了一个小村子，带路的老乡说那里是安全的，大部分都是堡垒户。进到村里后，老乡轻轻地敲开了几户人家的门。

老温他们进到院里的那一家，只有一位七十多岁的老太太，头发花白，满脸皱纹，态度非常和蔼。老人家把老温他们引到屋里，让他们坐到土炕上、凳子上，还忙着为他们熬了一锅放了老南瓜的小米汤，那异常寒冷的夜色里很快飘荡起了一股股南瓜和米混在一起的香味儿。

喝完米汤，天已快亮，带路的老乡来催他们上路。老乡说："下面就要经过晋东南的屯留、长治等地，那段路就好走了。也快进入咱们的根据地了，说不定还会有大小车辆接送你们呢！"那位戴着狗皮帽子的带路老乡一边掏着旱烟袋，一边带着几分高兴的神情这样说着。

老温上前紧紧地握住了他的手。

3

还是在上个月的下旬，302 他们就已经到达了晋绥解放区的首府兴县。随后才陆续到达三交镇，薛家屹台，经过短期休整，又经过方山、岚县、静乐、忻县，从原平越过同蒲路，进入晋察冀解放区后，一直沿着五台山的西南侧向前行进着，终于在 5 月 14 日那天到达了五台县境内的东漂村和西漂村，在那里休整了二十多天。

这个时期，徐迈进和小杨子等三个人，每天的上午他们都要编印《参考消息》，然后在随行的每个人之间传阅。

一天下午，在编辑工作之余，小杨子约了三个同伴一起到村外的小河里去摸鱼改善生活，主要是想让302补养一下身子。他日夜不停地奔波，还要处理大量公务，实在是太劳累了。可是，他们费了好大的劲儿连一条鱼也没有摸到，只是捞到了一脸盆小虾米回来。煮熟以后，他再往红红的小虾米里撒点盐，就送到了302那里一些。302舍不得吃，又让给了其他人，大家这就算美美地吃了一顿。不料，过了没有多久，小杨子的全身竟然起了不少红色的小疙瘩，奇痒难忍。其他几个人都说，幸亏302没舍得吃！

后来，302知道了，赶忙从随行的队伍中找来一位姓齐的大夫给他诊治。齐大夫告诉他，这是因为虾皮刺激了肠胃后引起的反应，没什么大碍的。他让小杨子往脸盆里撒了一泡尿，然后用针管吸进去，给他打了一针。小杨子还有些莫名其妙，不知道管不管用。齐大夫就告诉他，这尿液的成分能消除“风疙瘩”呢。他当时听了，还有些半信半疑。可是一天还不到，那些“红疙瘩”竟然全部消失了！

302知道，必须尽快结束在这里的休整，但大部队若是以这样的速度到达太行，那是根本不容许的，必须再派出几个小分队。

还在陕北时派出的以老温为队长由八个人组成的小分队已经到达了太行，他们在晋冀鲁豫中央局的所在地冶陶只休息了一天，就在第二天赶到了涉县西戌镇的沙河村，部分地接管了邯郸台的播音工作。

就在前几天，那个被人们称为夜鹰的播音员还在那里以陕北台的呼号播出了“蟠龙大捷”的消息，接着又播出了范长江写的打油诗：

胡蛮胡蛮不中用，延榆公路打不通。丢了蟠龙丢绥德，一趟游行两头空！官兵六千当俘虏，九个半旅像狗熊。害得榆林邓宝珊，不上不下半空中！

她的播音义正词严，很能鼓舞人心，受到了大家的称赞！

现在，中央决定再派出以新华社副社长陈克寒和副总编辑老梅为正副队长的先遣队提前出发，与涉县西戌的临时总社搞好对接。

五月初，这个由二十多人组成的先遣队也准时出发了，小杨子也加入了。

经过长时间的行军后，眼看就要看到太行山了，小杨子显得特别兴奋！早就听说这是一座英雄的山，抗战时我们的八路军将士就在那里浴血奋战，八路军的副参谋长左权同志就牺牲在那里。还有《新华日报》（华北版）的何云同志……

4

陕北新华广播电台依旧能够发出自己的声音，令国民党的高层恼怒不已，特别是听到夜鹰播出的由范长江专门写给胡宗南的打油诗后，胡宗南气得脸色铁青，一句话也说不出来。

事后，号称“四只眼睛”的国民党情报组长四眼被上司好一顿训斥。他马上找来了曾在美国受过专门训练的国军高级技术人才神鹰，让他使用从美国带回来的三角定向设备搜寻共产党陕北新华广播电台的准确位置。

神鹰倒是特别自信，一副踌躇满志的样子。他拍着胸脯在四眼的面前打下了包票。四眼这才长吁了口气。

神鹰出去后，看到四眼还在那里余怒未消，一位戴着深度眼镜的参谋人员凑到了他的耳朵边说：“是不是该唤醒一下那个李德发了？”

四眼翻了几下眼睛道：“不，不，现在还不到唤醒他的时候。他是我预先安置在共产党解放区的一枚棋子，而且不仅是这一枚棋子，就在张家口那边儿也会有的。”

“那您的意思是陕北台就在张家口那边儿？”

“从共产党的实力来看，应该是这样的。你也不想想，他们从陕北一路跑出来，一过黄河就是晋西北，离张家口也就不远了，不到那里到哪里去？难道真的会像长了飞毛腿一样到那太行山里去？”

停了一会儿，他又哼了一下说：“共产党惯用的就是障眼法，即使太行山区有电台的迹象，也可能是故意造下的假象。”

“既然如此，那您还对李翠花发出那样的指令？为了区区一个邯郸新华广播电台，我们已经把李翠花搭了进去。现在……”

“哼，为了党国的大业，搭进去一两个替死鬼算个屁？你就瞧好吧，上面的主要目标还是 302，只要干掉了他，不就把那个陕北台给解决了？你可知道共产党为何要让此人来当这个新闻宣传的头儿。他可是一位具有传奇经历的特殊人物。他的老子曾是党国的显要人物，是先总理手下的得力干将之一。他的母亲也是一位很有影响的大人物。这明明白白不是在打蒋总裁的脸吗？”

“恕属下冒昧。那您还让神鹰那小子出去遛弯儿？属下就更不明白了。”

“你当然不会明白。他遛他的弯儿，我放我的鹰。再说啦，他们去美国鼓捣那玩意儿，也不能白鼓捣了。万一要是真的找出那个陕北新华广播电台的具体位置，不也是大功一件吗？”

“组座高明，高明！”

“小菜一碟，一碟！”

5

“组座，还是您有先见之明，神鹰的报告里果然显示陕北新华广播电台就在张家口！那 302 肯定也在那里！另外……”

“另外什么？”

“神鹰的报告里还提到河北的沙河也有疑似目标。”

“你说什么？沙河，是哪个沙河？不是李德发老家那个沙河吧。”

“不是，是邢台附近的那个沙河。”

“好，好，马上联系空军，给我炸，炸！”

“是，是。”

四眼的狂笑声溢满了屋子。

6

陈克寒和老梅率领的这支先遣队越过了平汉铁路，再乘上卡车南下，驰过冀中平原后，就可以直奔太行山区了。进入冀南地界后，他们乘着夜色行走在那些山间小道上，在老乡的带领下越过了一个又一个的村庄。

有一次，小杨子等男男女女几个人被安排在一位老大爷的家里，可是老大爷只有一盘土炕，他们只得一起睡在上面。老梅给大家定下了规矩：一般是男人先上炕，男人与男人挨着，脸都朝着一个方向。女人上炕后脸朝着另一个方向。当然，双方都要把一些笨重的东西尽量地放在中间，形成一道天然的屏障，双方井水不犯河水。

起床的时候，一般也是男人先动，以咳嗽为号，女人便把自己的眼睛蒙在被子里。等再次听到咳嗽声后，女人便掀开被子起床。双方之间很快达成了很好的默契。上厕所也是一样，通通以咳嗽为信号。

小杨子一开始还不好意思，可渐渐地就习惯了。

6 月下旬的时候，这支先遣队赶到了晋冀鲁豫中央局的驻地武安冶陶，仅仅在那里休整了两天就来到了涉县西戌村开始工作。

7

7 月中旬的时候，302 率领的大队人马终于抵达太行深处的涉县西戌村，与临时总社的同志们会合，历史仿佛一下子凝固在了这里。

现在，看到临时总社的同志们就站在自己的眼前，一个个活灵活现的，他又怎么能够不感慨万千呢？

另外，早在 7 月 3 日的时候，他就和陈克寒、老梅等联名致电范长江，表扬他和“四大队”的工作：三个月来，临时总社在你的协助与指导下，渡过难关，完成任务甚为漂亮。

302 比谁都清楚，眼前的这支队伍来自四面八方，既有原在新华社、《解放日报》《新华日报》（太行版）、晋冀鲁豫《人民日报》、太行文联、北方大学工作的老同志，又有从全国各地调来的地方分社干部。因此，在今后的工作中，他更觉得有必要执行党的“五湖四海”政策，广泛团结每一个同志。见面的那一天，他满脸笑容，同临时总社的每一位同志握手，一会儿摸摸这个同志的头，一会儿又拍拍那个同志的肩，热情亲切，平易随和，活泼而又带点诙谐，根本不像一个中宣部副部长、新华社社长、晋冀鲁豫中央局宣传部部长的样子。

还有一位名叫李国志的男同志，第一次和302见面，302就用手捅人家的肚子，拧人家的腮帮子，还同人家开玩笑，完全是一见如故，使人家感到有一种同志间的爱，喜欢他，愿意同他亲近。不仅是这位男同志，好多人都有这样的印象，他平易近人，又亲和、干练。

后来，302给大家留下了更为深刻的印象，那就是第一次召开的中层干部会，他只用十五分钟时间布置任务，讲明为配合宣传要写几篇文章，提纲挈领，清清楚楚，然后就用带有浓浓的广东口音宣布："会议到此结束，散会!"这时，好多人还没有反应过来，正拿着本笔准备好好地记录一下呢!

不少中层干部们赶紧站起来请他指示对具体文章的详细要求，他却回答："这需要你们每一位作者根据内容自己决定。好了，以后咱们每天都要召开一次十五分钟的会议。"

大家都愣住了，也忘了鼓掌。

8

不久，与晋冀鲁豫中央局的领导人商议后，302决定把编辑部门设在西戌村，通报台、英译与广播电台分别设在东戌村和沙河村，并且立即进行了机构人员的调整。新华社的领导机构为社务委员会，由302、陈克寒、石西民、梅益、徐迈进、祝志澄、温济泽几人组成。陈克寒、石西民轮流负责发文字广播稿，老梅管口播，徐迈进管《参考消息》和资料研究。英文文字和口语广播由302直接领导。由于徐健生留在了晋察冀解放区搞土改，祝志澄任秘书长，主管行政工作和印刷部门。编辑部门及其负责人为解放区部朱穆之、国民党区部廖盖隆、国际部黄操良、英译部陈适五、口播部老温、资料研究室丁树奇、对蒋管区广播左漠野、英文广播彭迪、参考消息吴江。总分社仍由安岗负责，社委会秘书吴冷西。电务处处长耿锡祥，副处长李伍、高飞。

……

在302的领导下，大家都以忘我的精神投入到工作中去，把各项工作落到了实处。

一天晚上，302 与老梅等人到西戌村外的广场上散步，老梅怀着抑制不住的兴奋心情说：“302，真是想都不敢想，咱们的编辑部在这么短的时间内就恢复了半月一次的国内述评和国际述评。除原有的文字广播、口语广播和英文广播已全部恢复到延安时期的规模外，又增发了《简明新闻》和《新闻情报》。”

另一位同志也忙着给以补充：“还有呢，供给各总分社、分社的《业务通报》也恢复出版。新闻台的外电抄收也很快恢复到延安时期的规模。”

“同时呀，咱们还在西戌镇的东戌村建立了印刷厂。这也是新华社建社以来最大的印刷厂。这在延安的时候是想都没有想过的。”

一向不苟言笑的老祝分管行政和印刷工作，这时也发出几声难得的笑声，并连连说：“是啊，是啊。”

……

他们的身后留下了一串爽朗的笑声。

9

这些天来，李德发都跟着苦桃儿她们在山上烧木炭，每天起早贪黑，灰头土脸的。说实在的，出去这么多年来，哪里受过这样的苦？可他知道，现在正是表现自己的时候，一定不能在情绪上有任何表露。

闲下来的时候，老常和大王他们也问过李德发的表现。山根和小虎他们都说没有发现什么异常情况。也许是我们以前太敏感了，无端地怀疑了人家。特别是苦桃儿，几次还在公开的场合夸奖这个李德发呢！

李德发每天很早的时候就到了山上，就是晌午吃饭也是自己带干粮，晚上回到家里时天已黑得透透的。白天的时候，他也想从那帮娘儿们的嘴里套出些什么话出来，可这些人的嘴比让蛇咬住还紧，翻来覆去就是那几句话，不是谁家的狗咬了谁家的猫，就是谁家的猫叼了谁家的鸡。他心里都烦死了。他知道上边的意思，是要他掌握 302 的行踪和陕北新华广播电台的确切位置，可是这样足不出户去哪里了解呢？他现在只是感觉到沙河村里住了上边的机关，就是老常和大王那一帮人，至于每天在干些啥也不是太清楚，只是听他们说这里有个“磨电厂”，好像这烧出的木炭就是那磨电厂要用的。

那天后晌，他就想给苦桃儿请下假到西戌走个亲戚，那还是个很近的亲戚，是自己的亲姑姑嫁到了那里。还在很小的时候，他就和哥哥一起跟着父亲去那里拜年，每回都能吃上一顿大米猪肉菜，临走的时候还要给上一把压岁钱。

哥哥去找自己的时候说：“前几年姑夫得伤寒去世，现在就只剩下姑姑和表哥了。那个表哥倒是不简单，还在村上好赖弄了个干部当着呢。”

他马上想到，如果现在过去，说不准还能从他们的嘴里套些什么话呢？

下山的时候，一层暮色涌了过来。李德发一边深一脚浅一脚地往下挪着，一边对苦桃儿说了自己的想法。

“西戌那边传过信来，说是姑姑的身子不大爽快，我想明天过去看看，不知道行不行？”

“行，你去吧，这也是情理之中的事。再说，你的表哥谢大脚俺也认识，他在前年的时候就受到区上的表扬，现在都成了村上的武委会副主任呢。”

“那好，我明天一早就去，看完姑姑就回来。”

第二天上午出村的时候，李德发仔细地观察着周围的动静，南瓜、土豆那帮孩子们也没怎么理会他。他就沿着大路往前走。

不过，凭自己的直觉，他明显地感到周围的眼睛好像多了起来。这是以前所没有过的。

到西戌村村口五龙桥前的时候，他的这种感觉更加强烈了。他左顾右盼地往前走的时候，被几个穿着八路军服装的人给拦下了。后来又过来几个当地的民兵。他从上衣里掏出盖有村公所公章的路条小心地递了过去，那些人左看右看后才放他过去。

他顺着大街一直往前走，拐进一个胡同进了那个半旧不新的大街门后才知道表哥不在家，只有姑姑一个人躺在土炕上，头上箍着一块白手巾，眼睛也看不见了。想起小时候姑姑对自己的疼爱，李德发的眼眶里湿湿的。

他上前叫了几声："姑姑，我是德润，德润呀，来看您老来了。"

一听说是德润，老人的眼睛就鼓了几鼓，努力想从床上坐起来，两只手都在不停地挥动着。李德发上前握住了姑姑的两只手。

一会儿，李德发才问道："姑姑，咋不见俺大脚哥啊，他上哪去了？"

"他呀，一天到晚不着家。听说村上来大干部了，他就更顾不上回来看我了。对了，听大脚说，延安的电台也到了咱沙河。——哎呀，你看我这把老骨头都说到哪去了，你弟弟德发在外边儿有信儿了吧，一定要把他找回来。他毕竟是你的亲兄弟呀！"

"我知道姑姑，您就放心吧。我来的时候也没顾上给你拿啥，就这几斤鸡蛋。您老可一定要保重好自己的身体！"李德发说完这些就要离开，姑姑再三留他吃了晌午饭再走，他都说不用了，回去还得上山烧木炭呢。

这个时候的李德发已经全然明白，那个302早已到了西戌村，陕北新华广播电台也到了沙河村，可是那帮蠢材却派飞机轰炸了张家口和邢台的沙河，真正是天大的笑话。

李德发走后，谢大脚也回来了。他是不放心老娘才抽空回来看看的。听说是李德润来过了，已经走了一会儿，就问道："娘呀，德润没有问你啥吧？"

"只是随口打听了下你，也没有问啥。"

"那您可给他说啥了没有？"

"没有。我只是想让他吃了晌午饭再走，可他说回去后还得上山烧木炭，说啥也不在咱家里吃顿饭。这孩子！"

"那就好，那就好。"谢大脚一边给他娘去热剩下的药一边点着头。

李德发离开姑姑家后，并没有马上离开西戌，而是有意地绕着那些巷子转了起来。他想再看到些什么，听到些什么。路过后场地就能看到昭佛寺，好像是从北齐的时候就稳稳地耸立在了村子的最高处。记得小的时候，爹娘领着他和哥哥到那里面烧香拜佛、祈福还愿，还给他们买糖葫芦吃呢。想到这里，李德发的脸上浮现出一丝不易察觉的笑容。

他想过去看看，可又觉得气氛不对。怎么，那里也有了岗哨？这一切都进一步证实了姑姑的说法。

10

四眼焦躁地在地上走过来走过去。他是做梦也没有想到 302 已经到达了晋冀鲁豫根据地的涉县西戌村，而且陕北新华广播电台就在沙河村。他们怎么就不去张家口？不去东北？不去山东呢？难道他们真的长了飞毛腿？四眼想：要不是上面来电报明示，我他妈的还被蒙在鼓里呢。现在看来，自己当初的重点撒网之计应该有所调整了。把所有的精干力量向晋冀鲁豫的涉县西戌靠拢，配合李德发的行动。

四眼的眼睛在黑暗中翻了几翻。他又把秘书叫过来说：“现在应该是彻底唤醒李德发的时候了。通知他在行动时务必小心谨慎，心急可是吃不了热豆腐啊！”“另外嘛，也不妨告诉他，香港那边的事也将很快为他办好。到那时候，他就可以跟那个韩瑞花双飞双宿，远走高飞了！”四眼的声音由高到低，像一条曲线一样向下滑去。

11

“当，当，当……”一阵一阵的打铁声向四周传去。

火光映红了李用忠和儿子淌着汗水的脸庞。

自打 302 带领的“文化供应社”到了西戌村并且还住到他的家里后，李老汉就把自己的打铁坊搬到了离西戌村十几里地的岩城村，还把老大也带了出来，不过，他的心里始终都在七上八下着。以前村上也不是没有来过人，可一下子像逃荒一样来了这么多人，那个叫啥 302 的人还住到了自己的家里，就不能不犯嘀咕了。要从他们的面相上看，确实是跟过去的中央军不同，说话讲礼貌，办个啥事也不乱来，还抢着扫院担水，但这只是表面现象，谁知道他们以后会做出啥出格的事来？

他现在最担心的是家中的老母亲会不会受到委屈，最小的几个孩子能不能按时到学堂去上学？他的这些忧虑都在那些叮叮当当的打铁声中掺杂着。忽然，他听到一阵马蹄声向他打铁的方向传来，很快踏碎了周边的满地烟尘。

“老李哥，老李哥，你这里好热闹啊，这些天到处找你找不到，原来到这里来啦?”

“您，您是?”

“这就是我们‘文化供应社’的 302 首长。他这是在从冶陶开会回来的途中特意赶到这里看你的。这是他给您带来的礼物。”小通讯员走上前来说。

李用忠一看是一包还散发着浓浓香甜味儿的点心，有些不好意思起来。

302 又上前来说：“老李哥啊，只要有我们在，你就放宽心吧，你的孩子都按时上了村里的学堂，还让‘文化供应社’的军医到家里为你的老母亲看了病……”

“啊，啊，你们……”李用忠“啊啊”着一时不知说啥好。

不知什么时候，302 他们已经离开了这里，清脆的马蹄声又向西戌的方向传去。

这一天，晋冀鲁豫中央局直属机关在武安冶陶驻地召开了庆祝中国共产党成立二十六周年的纪念大会，302 以中宣部副部长、新华社社长、晋冀鲁豫中央局宣传部部长的身份做了《毛泽东思想是指引我们走向胜利的旗帜》的演讲，他用雄壮有力的声音向大家说：“这二十六年中，党经历了四次大革命浪潮，分别是 1924 年大革命、土地革命、抗日战争与爱国自卫战争，在这当中，党积累了无数宝贵的经验。”他还称赞中国共产党经过这二十六年的发展壮大，已经“具有近两百万正规军，两百万民兵，与数百万党员，一万万四千万人口的解放区，已在全国人民面前被证明与被公认为全国人民的解放者，中华民族的救星。全世界甚至资产阶级，都不得不公认中国共产党是足以抗拒美帝国主义及其走狗中国地主买办大资产阶级的法西斯卖国统治——蒋宋孔陈政权的唯一力量，也是足以粉碎这反动进攻的唯一力量。中国共产党已成为世界政治舞台上的重要角色之一，成为改变旧世界的重要因素之一。中国共产党的旗帜已经成为中国人民的旗帜，中国共产党及其领袖毛泽东同志，已成为中国人民的唯一希望。中国共产党二十六年积累的经验，已成为全世界殖民地、半殖民地人民解放运动的共同财富。中国人民的领袖毛泽东同志的思想与思想方法，成为全世界殖民地、半殖民地及新民主主义国家人民的宝藏与共同财产。”

……

当时，302 的小通讯员就站在台下，他虽然听不懂讲些什么，但从台下那些人的表现来看，就知道讲得好。他一个劲儿在心里呢喃着：“我们 302 首长讲得真是太好了。”台下的人都竖起了大拇指，连刘邓等首长都夸奖他，不愧是共产党队伍中的大秀才，讲到了每个人的心坎上！

12

302 人在太行，心中却无时无刻不在思念着仍在陕北的党中央，想念着毛主席、周副主席等。

为了及时获得中央的指示，他亲自致电跟随党中央一起在陕北转移的“四大队”大队长范长江：“今后还盼你与陆公在政治上和方向上给我们更多帮助，……每星期必须给我们政治军事方面宣传要点一次，定一如忙，须你负责向中央请示并电告我们，我们根据这要点来写各种评述。”

太行山区的西戌远离党中央，可重要问题的请示，重要稿件的审查，都只能通过无线电来联系。尽管如此，302 的纪律性很强，重要稿件要发表，必定请示党中央。

有一次，他审阅了一篇《关于大后方反饥饿、反内战》的社论稿，至少改了八遍，可他仍不放心，又嘱咐请示中央领导后才发稿。

这次回到西戌，他又一次敏锐地认识到了形势的变化，在几天后召开的一次社委会上，他语重心长地对各位社务委员说：“同志们，我们虽然身处西戌这个偏僻小镇，但目光应该看得更远，随时掌握全中国，甚至是全世界的动态！也让全世界、全国人民看到我们广大的根据地的动态!”

这天晚上，本来302已经躺下。妻子阿普知道他有些感冒，还特地熬了碗热汤让他喝下去。可他硬是推开了端上来的热汤，喊来了通讯员，让他再通知其他社务委员马上到东院的编辑部开会。

通讯员看他那个难受劲儿，有些犹豫。

302又在他的腮帮子上拧了一下，并用催促的口气说："还不快去。"

通讯员知道他的脾气，只得去下通知。

在这次会上，他激动地对大家说："咱们从现在开始就要建立前线通讯体制，在世界各地建立分社。随着人民解放军从战略防御转入战略反攻阶段，根据战局的需要，还要马上在各野战军中组建前线分社和前线记者团负责军事报道工作，建立起一整套的前线通讯体制。"

"302提出的这个问题真是太及时了，大家分头落实。"

"好，好，我们马上落实。"

302又补充："还有，可以根据华东前线和中原前线的经验，尽快发出《反攻部队野战分社工作条例（草案）》，要求前线反攻部队设立随军野战分社，并对野战分社的任务、组织和体制等作出明确规定。通告各地试行。"

……

后来，在中央军委和总社的重视与督促下，野战兵团的新华分社普遍建立起来，军事报道的队伍迅速扩大，造就了大批英勇果敢、不怕牺牲、刻苦勤奋的军事记者，出色地完成了伟大的人民解放战争的报道任务。

李普就是其中的一位，他不仅文章写得好，毛笔字也不错，302还夸他是新华社前线分社中少有的全才。

以后到达西柏坡后，中央军委和中宣部又联合发出《关于建立野战兵团新华分社、改进发布战报办法的指示》，要求："各野战兵团均须成立新华分社，其尚未成立者由各总分社负责于短期内选派可靠的适当的人员建立，在未建立前先指派专门、合格记者与总分社联络。”

13

有一天，房东大嫂从街上回来，302正在审阅一篇稿子。他马上上前拦住人家说：“老嫂子，回来了，正好有个事想请教您。”

“请教我？”

“是呀。”

房东大嫂不敢相信自己的耳朵，自己一个乡下女人能够知道个啥呢？一开始，她还以为听错了，或者哪里有不对的地方。当确定是喊自己时，便站在了那里。

“是这样老嫂子，我这里有一篇文章的标题，您看是叫《革命友谊》好呢，还是叫《西瓜兄弟》好？”

“那个《革命友谊》吧，俺们老百姓乍一听也反应不过来。这个《西瓜兄弟》呢，倒是一听就能让人明白！”

“好，好，那就是它了。咱们就叫《西瓜兄弟》，《西瓜兄弟》！”

……

房东大嫂怎么能够知道，302他身兼数职，每天异常繁忙，但凡新华社重要的稿件，除陈克寒、石西民审改外，都要终审签发，还要不断撰写评论和述评性新闻。还有社委会决定由他撰写的稿子，他总是亲自动手。他做报告也总是自己拟稿或写提纲，从不让秘书或别人代写。

对于口播部送来的那些让他审阅的稿子，他不光看稿子，而且要审听。有时让自己念，有时让口播部的同志念，不顺口或不易懂的地方，他就和口播部的老梅、老温等人一起研究怎样修改。他不仅要求内容要正确，而且宣传效果也要好。

他常常对大家说：“我们要不断学习毛主席的作风，不仅要了解我们自己的情况，而且对国民党各方面的情况也要了解。毛主席对国民党有几个军、几个团、几个营、几个连，甚至连长是谁，都了解得很详细。”

302 苦口婆心地把这些情况告诉大家后，对每个人都触动很大。从那时候起，大家都随时随地收听“美国之音”和国民党广播电台的广播，当然他自己也收听。由于知己知彼，宣传效果自然也就提高了。

送走了房东大嫂，他又继续开始修改稿件。

14

李德发的表现更加突出了，每天黑头黑脸地出现在老少爷们的面前，俨然是一个地地道道的受苦汉。特别是那天雨夜过后，他又一下子成了人们眼中的功臣，并且受到民兵队长山根等人的表扬。老常虽然心有疑虑，但也表示了认可。

那天从山上下来后，天本来是晴朗朗的，却在后半夜时下了一场雨。大雨过后，山根等人又到炭场查看，却远远地看到烧炭的方向着起了大火。他们急忙向那里奔去，来到近前时，忽然看到一个人正在那里灭火。再走近些细看却是李德发，他身上的一些地方已被火烧着了，但他全然不顾，等大家一起把火灭完后才知道。李德发说他今天上山上得最早，等他发现起火后，就赶紧救了起来。

这之后不久，李德发就成了民兵组织中的一员，并且民兵队长也会把一些非常重要的工作交给他去办。他也每次都能很好地完成任务。

对此，老常等人也没有反对。

晚上躺下时老常也要叨量，这个李德润，蛮能干的嘛！自己后来也找人了解过，他的姑姑就是西戌的，他的表哥还是西戌村的武委会主任谢大脚。只是，他还有个弟弟叫李德发，长期在外面游荡着，也不知什么情况……

15

天色已经很晚，忙碌了一天的老常刚要躺下，忽然听到一阵急促的敲门声。他赶忙打开了门，一看是山根。后来，苦桃儿也跟了过来。山根张口就说道：“这是咋的了呀，咋的了呀，咱们这里的不少贫雇农也提出了‘要怎样办就怎样办’，‘贫雇农打江山坐江山’哩。这不，听说更乐那边都死了人，有人还说那样好，连咱们电台都广播了。现在咱们村里的中农都在议论纷纷。咱们的民兵里就有好几个人是中农!”

“我们烧炭的妇女里也有，她们听到这个消息后都嚷嚷着不想上山烧炭了呀！老常你说咋办?”

常台长在那里耐心解释：“你们先别急，别急呀，上边会给个说法的。”

……

这时，李德发远远地看到山根和苦桃儿进了老常所住的院子，还有他们那焦急的样子，不禁在内心里嘿嘿了几声。原来这一切都是由他从西戌的姑姑那里听来宣传出去的。当时，那个表哥谢大脚也在旁边，不过一句话都没有说，只是半蹲在灶火台上一袋一袋地抽旱烟。李德发知道，姑姑的家里也是中农哩。李德发的说法也不是一点儿根据也没有的。

更乐是涉县西北部的一个大村子，由东巷、上巷等几个巷口组成。原曲也是一个较大的村子，地处清漳河边。原来在今年的 8 月中旬，太行区为迎接中央土地会议的召开，抽调部分干部在更乐、原曲两个村进行了历时三周的考察，由于受极左的思想干扰，他们片面得出的结论是：(1) 封建并没有彻底打垮，地主伪装并混入农民阵营，继续统治农民。(2) 贫雇农没有当了总司令，翻身不透，群众发动不充分。(3) 在土地分配上不公，没有得到产量上填平补齐，实际分配上也不公平。(4) 支部成分不纯，立场不稳，作风不正。

恰在这时，新华总社在西戌转发了同月 24 日《晋绥日报》发表的《晋绥边区农会临时委员会告农民书》。这个《告农民书》，宣传“左”倾观点，主张在土地改革中，“农民要怎样办就怎样办”，“贫雇农打江山坐江山”；在干部问题上，宣扬“唯成分论”。它一经发表和播出，更加助长了一些人的“左”倾观点，不久就受到了中央的严厉批评。

这篇稿子本来同 302 没有多少关系，稿子是由解放区部处理的，转发前请示过当时的一位副总编辑。但 302 没有一句责怪下面的话，自己主动承担了全部责任，带头检查，绝不推卸责任，诿过于人。

302也抽出时间专门到涉县当地的这几个地方进行了调查。他了解到工作团和贫雇委员会的出发点可能是好的。不过，他们的一些做法确实严重地侵犯了整个中农阶层的利益，其中仅更乐村三百四十四户斗争对象中就有二百七十六户中农，占全村户数的百分之二十一，占全部中农户数的百分之三十一。这些户中二百零四户被扫地出门，因“逼内货”被吊打者二百四十三人，打残废者一人，打死者一人，因恐惧而自杀者九人。

……

这几天，302在自己西戌的住处里沉思良久。

在随后召开的社委会上，他十分认真地对各个社务委员说：“以后在土地改革报道中，我们的报道方针和取稿标准必须符合《土地法大纲》与毛主席报告的原则与精神。凡易助长‘左’倾情绪者不发。土改报道计划由各地自拟，不强调一律，但重视东北、西北、晋冀鲁豫与晋察冀以及华东、华中的各种典型与特点，其他从略。还有，我们自己也要成立土改小组，加强研究改正工作。”

为此，他特别指示建立了每周稿件的总结制度和检查制度。

后来，他又针对土改宣传中出现的“左”倾错误，让新华总社编辑部在西戌发表了《锻炼我们的立场和作风》的文章，要求各解放区的新闻单位和个人，学习《晋绥日报》反“客里空”运动，“检查新闻工作者立场，检查客里空思想”，公开地、群众性地检查工作，从中“彻底检查自己的立场与作风”，开展批评与自我批评。

他还根据中央指示，在总社并通知各总分社和分社、支队，在全体工作人员中开展“三查三整”运动，重点是解决编辑记者的立场问题和严格遵守“新闻必须真实”的原则问题。他为此曾多次做了专门报告，把土改运动的方针、政策，同新闻工作中出现的问题结合起来，循循善诱，讲清道理，提高大家的政治觉悟，帮助大家解决思想问题，使大家在政治思想上和业务水平上都有了提高。

不过，老常觉得这一切一时又与山根、苦桃儿他们说不清楚。但是，他相信他们终究都会明白的。

16

沙河村虽然有三条旱河从村子的中间通过，到下河后会合在一起再向村子的东南方向流去。但却自古缺水，满打满算也就十多眼水井，而且井浅水涩。

自老辈时就传下来的那几口好的水井，却都被有钱有地的人占下了。可土改以后，这沙河村的天就翻了过来，有钱有地的人不能吃好井里的水，甚至连赖井里的水都不让随便吃，中农们在后面跟着也不好受，只有那些贫雇农才能吃上好水。造成这种状况的另一个重要原因主要是井少。而“磨电厂”里现在来了这么多人。

一天，302到电台视察工作，并且让三区西戌的同志也一同前去。他把老常和大王叫了过来，要他们从根子上解决这个问题。

302又特意对大王说：“你这个‘通讯大王’不仅要搞电台，也要搞出几眼甜井来呀。”

大王摸着脑袋说：“打井这个活儿我还真没干过。不过，我一定会尽力的!”

老常也说：“我们不仅号召村里的民兵打井，也会让机关上的人参与的。”

“这就对了嘛。不过……”

“不过什么?”

“打到甜井以后该怎么办呢?”

“让贫雇农喝呗!”

“这就不对了，贫雇农要喝，广大中农也要喝，就是那些被分了土地和房产的地主富农们也要喝的!”

“明白了。”

“明白就好，毛主席写的《对晋绥日报工作人员讲话》那篇文章已经发表，我们的电台也播发了纠偏文章，一定要在现实中处理好这些问题!”

……

他们回去不久，沙河村的几个巷口里就都有了动静。

按照大王的分析，过去的那些水井主要是深度不够，水质不好，出水也不畅。现在的首要任务就是增加水井的深度和数量。

山根等人除了站岗放哨就是不断打井，连小虎带领的儿童团队伍都参加了。

在这件事上，李德发表现得特别积极，看到一眼一眼的甜井被打了出来，他还对“磨电厂”的同志建议说：“我看咱们这一口口的水井就叫‘磨电井’吧，或者就叫‘连心井’。”

他的提议马上得到了山根等人的响应。

“对，咱们就叫‘磨电井’，或者就叫‘连心井’。要不是有老常这些机关上的同志们帮助，乡亲们怎么能够喝上这样甜的井水呢？”

“是呀，就是这么个理儿。”

忽然，南头巷的老槐树下响起了一阵阵哼唱民歌的声音，那是村子里年龄最大的老牛头儿在哼呢。这些天，他一见到人就忍不住要用他那破锣似的嗓子哼唱：

“磨电厂”是本事大哎，
毛主席讲话传天下哎。
主席给咱指方向哎，
革命起来干劲儿大哎。

“磨电厂”是本事大哎，
党中央声音传天下哎。
热血男儿去当兵哎。
誓为穷人打天下哎！
……

不少人都为他喝彩，连那个李德发都站起来多看了他几眼。

17

四眼在自己的办公室里走来走去。

今天一整天，他又被自己的上司骂了个狗血喷头，心里像压了一块大石头，正在皱着眉头琢磨下一步的行动。

根据李德发提供的情报和其他方面得来的数据分析，四眼认为，这个 302 与陕北台已经在太行山里站稳了脚跟，不是在国外建立分社，就是搞什么前线通信体制，还想马上搞什么英语对外广播。这处处体现了 302 的野心已经不满足于蜷缩在太行山里，他们将会把自己的触角伸向全世界，这将是对党国的最大威胁！

他让属下再次联系神鹰，并请求空军在合适的时机再出动，越快越好！

18

这些天来，沙河村的磨电厂里洋溢着一种喜庆的气氛。

老常和大王都知道，老白和小琳就要结婚了。这还是 302 做的大媒呢。

老白是一位美国人，而且是一位由中共的五大书记推荐加入中国共产党的唯一外籍人士。他倾向于中国革命，在宋庆龄等人的介绍下投奔延安，先到张家口，后又从那里来到涉县西戌这个红色新闻文化事业的心脏，在这期间他认识了小琳。

小琳也是一位出身于名门望族的大小姐，从小的时候起就在教会学校里读书，后来在进步学潮的影响下，在张家口新华广播电台参加革命。敌人占领张家口后她才辗转来到了涉县西戌，成为陕北新华广播电台的播音员。一来二去两人便有了好感。老白热情大方，敢于直抒自己的心意，从来不躲躲闪闪。而小琳，却是比较内向的，好多时候都是把自己的想法藏在心里，但她的直觉告诉自己，她是喜欢老白的。

302 是个多么精明的人，他大概也看出了这一点，就顺水推舟点了这个鸳鸯谱。他还说要在这两个人结婚的那一天，为他们两人画上一副漫画，至于什么内容，暂时保密。

可是好多人对他的回答并不满意，还要探问究竟。他又笑着说，也许那一天还会有更大的惊喜！人们更加好奇了。

对于这个消息，李德发也知道了几分，他还是无意之中从山根那里听到的，当时就愣了半天神儿。到底会给大家带来什么惊喜呢？会不会与英语广播有关呢？他还在彰德府上学的时候就知道，共产党的延安新华广播电台从那时就已经开始了日语广播，是一个叫原清志的日本女人广播的。后来虽然也有英语广播，但都是在偶尔的情况下，这次如果增加了英语广播会不会就要长久进行下去呢？

如今的李德发已经成为沙河村民兵队伍里的一位副班长，工作更加积极主动，甚至在别的民兵不方便的时候还要替他们加班。

在闲下来的时候，有人也会在无意之中谈到他的出身和家庭，特别是谈到多年外出的李德发，李德发听到这些，也不会流露什么特别的表情。在这次回家之前，他已受到过这方面的训练，特别是在面对各种各样的亲情考验的时候。不过，也有人提到过那个叫牛爱的妇女，她就是那个带着孩子离开李德润的女人，她现在就住在离沙河村十几里的一个村子里。李德发的内心不禁动了几动。

那个外国人老白他是留意过的，大个子，大鼻子，留着金色的头发，不仅能讲好几国的语言，还能流利地说中文，就是西戍当地的方言土语也掌握了不少。老白经常穿一双洗得非常干净的白球鞋，走在石板大街上特别吸引别人的眼球。至于那个小琳，他只是见过几回，个头不是太高，留着短发，一副文静的样子，倒像是个女学生。

八月底的那天，沙河村的一间民房里异常热闹，不少人都主动来到这里参加老白和小琳的婚礼。中午的时候，302 真的也从西戍赶到了这里。他还带来了一幅亲手画下的漫画，只见一对新婚夫妇的身子紧紧地扭在一起，分不出高低上下来，上面有两个兴奋欢快的头像，夸张而又逼真，标题竟是《麻花》!

大家马上明白了这就是他要带给大家的第一个惊喜，哇的一声大叫起来。一旁有个个子很高的小年轻，他争着抢着从 302 的手上抢过来贴在了新房炕头的最显眼处，每个人只要瞟一眼就会忍俊不禁，嘻嘻呵呵笑个不停。

302又当场发表了即兴讲演：“你们小两口要更加勤奋地工作，要为打倒蒋介石，解放全中国，多做贡献，要成为肩并肩地为共产主义事业长期奋斗的革命伴侣!”接下来，302又对着好多在场的大男大女们“不正经”了。他抬高了嗓门说：“大家注意了啊，那些还没有找到意中人的男王老五、女王老五们，请你们不要再蹉跎岁月，独守空房，孤身单影，哀叹自怜。一定要主动进攻，积极寻觅，找准目标，穷追不舍，不达目的誓不罢休！有没有这个决心?”

“有!”大男大女们大声回答，掌声笑声响成一片。

302又和大家一起笑，还不停地说：“哎，哎，哎，不要急嘛，我的漫画还多得很呢。你们谁要是找好了爱人，我就给谁画，不敢保证形似，但一定神似啊!”

众人又是一片欢腾。

这时的李德发也在这欢腾的人群内，但他的心里却是异常的焦急，怎么还听不到飞机的动静呢?

昨天晚上的时候，他就把电报发了出去，目标就是沙河村。

忽然，一阵什么声音传来，接着又一阵，只不过是那样的沉闷。

是飞机，飞机……

李德发的心中先是一喜，来了，终于来了。

可很快他又一怔，怎么又离去了呢？离这里越来越远?

其实，这也怨不得李德发，他哪里知道这沙河村一带早已分布了许许多多的假电台，除了沙河村的西山、大南峧、横岭上外，西戌、木井、阳邑的不少地方也分布了许许多多的假电台，而且装扮得惟妙惟肖，你让那个神鹰怎么能够分辨清楚呢？他只是胡乱地把那些炸弹倾泻到预想的地方就以为完成了任务，等他们喜滋滋地回去报功的时候，却被狠狠地臭骂了一顿!

也难怪，当初还是多亏老常多了个心眼儿。他虽然同意山根多次提出的把李德发吸收到民兵里来的建议，但仍然要强调不能把一些重要的情况向他透露。他的心头始终都在回荡着一些难以解开的谜底，为什么大王和山根他们到峰峰去拉木头和器材会在回来的路上遭到土匪的袭击？为什么那个女特务李翠兰会在邯郸台接替陕北台的关键时刻想以送水为名引爆自己所带的炸弹？为什么……

这个时候，那所院子里的婚礼进行到了最为高潮的时候，302又当众向大家宣布：“咱们的英语广播节目明天就要在这里开播了。咱们就要开始播送新办的英语新闻节目，将由新华社专为讲英语的朋友们提供关于中国方面的新闻。我们要在每天的上海时间八点四十分，也就是二十时四十分向讲英语的世界各地播送有关中国时事的简明、真实的报道，因为我们相信这样的材料是不容易从其他地方得到的。我们准备向听众报道中国正在前进——全人类五分之一的人民正在排除一切障碍走向新的民主生活。”

“这就是我要送给大家的那个更大的惊喜!”

又是一片欢腾!

“慢着，慢着，大家都不要忘了，这里面可是有人家老白的不少功劳，他们两个将会成为主角的。”

老白在那里得意地翻着眼睛，还 OK，OK 地喊着，又引来了一阵打闹声。

天尽头那一抹亮丽的云霞

1

这天傍晚，沙河村的河谷上一下子显得嘈杂起来。老常和大王他们在第一时间便赶到了这里。

原来儿童团长小虎他们在这里发现了一个黑乎乎的“怪物”，南瓜和土豆是最先接近的，一拉开上面的遮蔽物后才发现是个女的，身上的衣服都被撕烂了，几乎就是赤身裸体，吓了一大跳。他们马上报告了民兵队长山根。

老常先让苦桃儿她们几个女民兵给这个人换上衣裳，才把她抬到村里去。

这时，他们才知道，这个女人也叫燕子，她说自己就是陕北新华广播电台的那个燕子，现在是到这里报到的，一下子让老常他们大惊失色。这是怎么回事呢，竟然一下子有两个燕子。

后来，这嘈杂的声音也惊动了李德发，他没看到这个女人的身影，却听到了她的声音。这不是自己的女朋友韩瑞花吗？她怎么会出现在这里呢？李德发不知道，这一切都是四眼的安排，他那次让神鹰在执行轰炸任务时把韩瑞花也带上了，在执行完任务的时候让她跳伞降落，后来她才出现在了沙河村的河谷上。

现在，李德发比谁都明白，这肯定是自己的上司让瑞花来接应自己的。她反复说明自己就是那个播音员燕子，可能就是想在这里引起混乱，让自己在方便的时候下手。可是她这样做不是太危险了吗？想到这里李德发不禁出了一身的冷汗。

来到屋子里后，那个女人又大声地喊叫起来："臭不要脸的狗特务，竟敢冒名顶替了姑奶奶?"她再三让老常把那个假燕子叫过来，并说明自己才是真的。

一开始，老常并没有在意，他让人喊来了那个就在电台工作的燕子，可当她们真的站在一起的时候，老常又一下子呆在了那里。

这到底是怎么回事呢？她们两个虽然有细微的区别，但大致不相上下。让她们说说自己的经历，好像也是八九不离十。后来，老常又和文化供应社的其他人联系，他们也说不出个所以然来。

问题到了 302 那里后，他却忍不住笑了起来，这是唱的哪一出呀，难道又有了"真假美猴王"?

对于小燕子，302 还是有些印象的。记得在从延安往青化砭撤退的路上，她还非要哭着喊着回去拿什么丢下的东西，那时候延安城里的炮火已经清晰可闻。后来，她又随老梅他们率领的第二批人马先行到达西戌，她怎么会是女特务呢？记得当时，确实都查过每个人的历史，她也是从国统区投奔延安的进步青年呢。

眼下的这个小燕子来得倒也是时候，现在全社上下还在进行"三查”整风运动，是真金就不会害怕被烈火淬炼的。

他让老常他们先不要把两人关起来，观察观察再说。同时，也要与军区的特务队取得联系，看看他们能够掌握什么情况。

后来，老梅、老温等人都进来了。大家知道，近来所发生的一系列事件让302感到不安。特派记者仓夷在北平参加“安平小组”的半道途中，被国民党反动派秘密绑架失踪，晋察冀分社特派记者田雨在前往平汉前线采访时误踏敌人布下的地雷不幸牺牲，特别是新华社中原野战分社副社长谢文耀同志在河南汝南县新区开展土改工作时，遭到地主还乡团的袭击，英勇牺牲……

这些消息传到西戍后，他亲自致电哀悼，还称赞谢文耀“自到‘七七’报社与新华临时总社以来，艰苦工作，作风朴素，此次南下中原拟请他在中原总分社参加领导，壮志未成，竟尔牺牲，实堪痛悼。”他又慰勉中原前线分社同志们：“尚希节哀，化悲痛为力量，勿因思念，而自损健康为要。”

2

小燕子的犟脾气上来了，一个人关在屋子里不吃不喝，两眼呆呆地望着窗外。她无论如何也想不通，一心投奔革命心无旁骛的自己怎么一下就成了嫌疑人员呢？

那个假燕子倒是非常想得开，该吃的吃，该喝的喝，见了人就说，可算找到组织了。她相信组织上迟早都要还给自己清白，也一定不会放过那个狐狸精的。

晚饭后，夜鹰到这里来看小燕子，劝她一定要看开点。近来她自己的心情是很不错的，随着形势的发展，又播发了好多激动人心的文稿，尤其是刚刚播发的《中国人民解放军宣言》，第一次播出了“打倒蒋介石，解放全中国”这样鼓舞人心的口号，现在想起来都觉得十分带劲儿。

她轻轻地推开了小燕子的屋门，走到她的身后，把两手搭在她的肩膀上，然后说道：“燕子，还在闷闷不乐呢？你知道302是怎么过来的吗？他因为反对张国焘的‘左’的路线，被关押并开除党籍，带着镣铐参加了长征；也曾被国民党军统抓获住过他们的监狱，但他无论在怎样险恶的情况下都是那样相信党，永远跟党在一起！”

“你说的这一切都是真的？”

“我也是从老温那里听来的。但我相信这一切都是真的。”

“那好，我……”

“一定要相信组织，相信 302！”

“我明白了。”

这时，夜鹰给她端上了伙房的小石头已经热了好几次的饭菜。她还从自己的上衣里掏出几块“列宁饼干”和几个鸡蛋。这“列宁饼干”就是大食堂吃小米焖饭时在铁锅里剩下的那些锅巴被揭起来，以便播音员们私下里当点心，也被大家称为“列宁饼干”。至于鸡蛋则是社里对播音员们的特殊照顾，每天要有一个，夜鹰那是自己舍不得吃攒在一起给小燕子送来的。

窗外，一轮圆润润的明月悄悄地从山梁上爬了下来。

3

对蒋部是 302 到达西戌以后所增设的一个新的机构，也是“文化供应社”内最小的一个编辑部，离 302 所住的那个院子也不太远，从主任到编辑只有三个人，其中就有小杨子。他们的工作就是从陕北新华广播电台每天所播出的一万多字的广播稿中再整理出两千多字的重要内容，然后再让播音员们重新广播，以便于蒋管区内的地下党组织在比较短的时间内抄收。

对蒋部设在了西戌村一户村民的院子里，另外还住着一位叫齐越的年轻人。每天的晚饭后，他们都要到西戌村外的山间小路去散步，今天往东，明天往西，后天会到村南的河滩上，大后天又会爬上村北的山头。他们边走边谈，海阔天空，从革命故事到个人经历，从抗日战争到解放战争的革命形势，不亦乐乎！

这天傍晚，302 也加入到了他们的漫游队伍，一见到齐越他就问：

“小齐啊，老梅他们说你就要到沙河播音去了，啥时去报道啊？”

“很快就要过去了。”

“好啊，你可是我们陕北新华广播电台的首位男播音员啊！一定不要辜负大家的期望！”

“谢谢302，我会的。”

当时，齐越和小杨子，还有一位男同志一起到沙河村试音，结果只有齐越被验上了。不过，小杨子可是知道他心里装着的那些小九九。他爱好文学创作，又熟悉俄文，本来不喜欢播音，但考虑到那里可能是一份轻闲的工作，到时就可以拿出更多的时间来搞创作。只是他本人也没有想到，一旦从事了这份工作就成了终身的职业，再也没有放下过，而且在将来还会成为一代播音大师！

他们一起爬上了西戌村北的大寨垴，302站在一块大石头上极目远望，苍茫的暮色已经慢慢地吞没了远处的山峰，但302分明又从那暮色中已经看到了更远的远方。再垂首望下闪烁着隐隐灯火的西戌小镇，仿佛已经离开他们很远很远。是的，一定是的。他从远方的暮色中已经听到了轰隆隆的炮声，看到了胜利的曙光！

就在前不久，陕北新华广播电台已在沙河村的窑洞里播出了毛主席所写的重要报告《目前形势和我们的任务》。在安排播出这篇报告的时候，302的心中是那样的激动，脑海中时时回响着报告中的那些激动人心的句子……

4

椭圆形的办公室内，散发着一种阴沉沉的气息。

一个“公鸭嗓”在与属下交代：“赶紧与李德发交代。要知道我的忍耐可是有限度的，是他开始行动的时候了。”

属下才要出去，“公鸭嗓”又喊住他：“一定告诉李德发，现在就有大把大把的小黄鱼儿在等着他呢！只要这件事情解决了，他和韩瑞花马上就可以到香港去了，那天堂一样的生活可是在等待着他们呢！”

“属下明白。”

5

天上的那些星星闪烁着，就像人的眼睛一样。

李德发又一次接到上峰的指令，他像刺猬一样蜷缩在自己的那间小屋里望着那眼睛一样的星星，竟然一点睡意都没有。他明白上峰的意思，但他和自己的恋人韩瑞花必须找到一个万全之策。

白天的时候，他倒是找到一个机会与韩瑞花单独说了一会儿话，也说明了上峰的意思，在完成任务后马上离开这里，飞机会在离沙河村二十多里地的一个叫阳邑的地方的空场上接应他们。

韩瑞花的内心也很紧张，自从到沙河村这些天来，他们虽然到现在还没有关自己，也没有关那个真燕子，但是一定在通过多种渠道了解自己的情况，迟早会有露馅儿的一天，是应该离开这里了。再说，当初上峰让自己到这里来，也是为了协助李德发完成任务的。再说得准确点，还有监视的意思呢。

李德发告诉韩瑞花，自己会在定好的时间内找理由离开这里的。

“那我呢？”

“凭你现在的情况，是不会找到什么合适的理由的。”

“那该咋办？”

“我已经想好了，到时候你就吃下这个特制的药片，半个小时之内就会发作。凭这里的条件是肯定不能医治的。我就想法让山根容许我带上几个民兵从西戌到阳邑，然后再到武安去治疗，到时咱们就可以在那里脱身了。”

“那跟随的民兵呢？”

“这还用说，干掉他们！”

6

1948年的五一节就要到了，302思量再三，应当向已到达河北阜平城南庄的毛泽东和中共中央发去一封简短电报，询问即将来临的五一劳动节可有什么重要的事情发布？

凭着新闻宣传工作者特有的敏感性，他隐隐地感觉到，现在的形势又有了深刻的变化，中共中央如果向全国、全世界发布一些带有号召性的口号，以号召各民主党派、各人民团体、各社会贤达迅速召开政治协商会议，讨论并实现召集人民代表大会，成立民主联合政府，必将会迅速得到包括中国民主同盟在内的各民主党派、各人民团体、无党派民主人士的热烈响应。

这天晚上，他提起笔来拟写这封电报的电文。忽然，秘书进来说，军区特务处的人有急事汇报，他站起来说，赶紧请他们进来吧。

不一会儿，从外面走进来两个穿着军服的中年人，他们一脸严肃地说："经过多方查证，那个后来的燕子是假的，是想混进我们队伍中的女特务，并在您所住的房子的周围和广播电台内发现了炸弹，幸亏发现得早，已经成功排除。"

302 却笑了，他挥了下手才说："我就说过嘛，假的就是假的。这下，那只真燕子要获得清白了，前些日子还给我写信，要寻死觅活呢。"略为停顿了下，又说："怎么，还给我摆了炸弹，我长征都过来了还怕什么炸弹？"

不一会儿，老常和大王也从沙河赶了过来，还有区上的同志。他们说这个假燕子先是被李德润带着的几个民兵送往阳邑。后来，李德润早已离婚的老婆牛爱又找上门来，她说现在的这个李德润也是假的，前些日子她从土木河来沙河村赶女娲庙会的时候看见过，倒像是他那长期出门在外的小叔子李德发。毕竟跟他哥哥在一个被窝里摸爬滚打了那么些年，她肯定是比别人看得仔细。她那次回去后，越叨量越不对劲儿，这么些天后赶紧来找村上反映。

山根他们马上想到，是不是那个李德润已经遇害，现在的这个李德发就是他的替身！他们马上往阳邑方向追，可等他们赶到时李德发已上了一架早已停在那里的飞机，但在追赶中那个假燕子被打死。不幸的是，跟随李德发的几个民兵也都牺牲了，包括儿童团长小虎！

山根他们回到沙河村后，马上到李德发的家中搜查，除了土炕中一个小铁箱里的一堆金发碧眼的美人头照片，倒也没有发现什么，只是苦桃儿她们又到东山炭场搜查，却在炭场周围的女娲庙内意外地发现了一部发报机。

……

这时，似乎隐隐地传来一阵一阵的号角声，从云雾中飘荡过来，向着远方飘去。那是小虎生前所喜爱的那支小号角所发出的声音！

302 从那把弯弯的老式栲栳圈椅子上慢慢地站起来，脱下了他那顶在长征时期就一直戴着的灰色军帽，目光向着沙河的方向沉思良久！

7

浓浓的夜色下，一条条山路又在向前延伸着，从太行西戌的山间小道到西柏坡，再向更远更远的地方。

慢慢地，在远山的尽头，那一缕一缕的金色云霞终于一点一点地从东方透射过来，先是透出了少半边的脸，然后又露出了整个圆来，猩红猩红的。它无声无息地赶走了人们脚下所有的清凉，让每个人的眼前都亮堂起来。

1948 年 5 月下旬，以 302 为首的新华总社和陕北新华广播电台对外称为“文化供应社”的中央机关离开了西戌前往西柏坡，回到了党中央、毛主席的身边，不久进入北京。

1949 年 10 月 1 日，新华社和陕北新华广播电台以及《人民日报》向全世界报道了中华人民共和国成立的消息！

8

将要离开西戌的那天早上，常台长一个人摸着自己的胸口站在村北的大寨垴上，默默地望着脚下这片贫瘠、单调而又深情、壮烈的土地，想说什么，而又没有说出来。

一轮红日从东方徐徐升起，映红了他的脸庞。他再一次极目望去，忽然看到了一个熟悉的身影。

那是山根，一定是山根，在一个寂静的山坡上，他一个人面对着前面在保卫新华电台中牺牲的战友的坟墓，仿佛在默默地诉说着：小虎、二愣……你们、你们还有什么话想说就告诉俺，俺也要跟着部队离开这里了，俺会永远记住你们的。

不远处，还有一个人在望着山根，那也一定是苦桃儿。

附记：

作为多年关注太行红色新闻文化史研究又具体从事新华社和邯郸、陕北新华广播电台基地管理的专业人员，作为县文化馆的工作人员，作为一名基层文化站长，作为一名多年从事文学创作的老兵，许许多多的太行红色新闻文化往事在我的心头荡漾。我眼前不断闪现出廖承志、胡乔木、范长江、梅益、安岗、温济泽、左荧、钱家楣、齐越、魏琳、赵树理、阮章竞、华山、何云、黄君珏等老一辈红色新闻文化工作者的形象。凭着满腔的热情，我写下了这篇小说，以代号302的廖承志从延安到太行，又从太行到北京这条线索组织故事，尤其是对他在太行西戌的这段历史进行了浓墨重彩的再现，刻画了302、夜鹰、山根、小虎、老白等一批人物形象。

在创作中，我有幸得到了已故原陕北台编辑，中央人民广播电台原台长杨兆麟，已故原陕北新华广播电台播音员钱家楣，中国人民大学新闻学院马克思主义新闻观教育专家邓绍根教授等专家和前辈的鼓励和支持，得到了市县镇不少领导和同事的关怀；参照了《西戌镇志》《西戌村志》《更乐镇志》《中国涉县一带红色新闻文化》《新中国新闻事业从这里走来——西戌的红色记忆》《中国人民广播回忆录》《奔走海内外，声播寰宇天下——廖承志同志的新闻活动和新闻业绩》《新华社史》（第一卷）《涉县文史资料》等方面的文献资料，并走访全国各地二十多位新华社和邯郸、陕北新华广播电台、晋冀鲁豫《人民日报》《晋察冀日报》、太行文联依然健在的老同志，与当地的老干部、老民兵进行座谈；还曾与中国国际广播电台一行十多人沿着新华社和延安、陕北新华广播电台当年的转战路线进行了认真的寻访，获得大量素材。

即便如此，我仍然觉得对这段在新中国的红色新闻文化史上占有重要地位的红色历史的发展脉络，对那些在这段历史上闪闪发光的人物的内心世界了解得不够全面，难免在叙述或描写中出现生疏和苍白的地方。

这篇小说在报纸上连载后，热心的读者提出了不少意见，在收录本书时又做了修改完善。

至于小说中的那些人物，肯定是虚构的，有的还使用了化名，但大部分都有生活中的影子。如国民党飞行大队中神鹰这个人物，他后来虽然到了台湾，但一直念念不忘的是当年要轰炸的沙河的真实地方究竟在哪里？到底有几个沙河？到底有几个西戌？那是一个怎样神奇的地方？

前些年，已至高龄的他到大陆旅游时还特意向导游提出要到这里看看，以解开这个心结。

还有那个李德发，也有现实的影子，是用好多个人拼凑起来的角色。有趣的是，只身逃脱的李德发并没有去成香港，而是不得已去了台湾。

20世纪90年代后期，年逾古稀处境凄凉的他不断往家乡写信，做梦都在想着阔别多年的家乡，他想去自家的坟头上，他想去姑姑布满了荒草的坟头上，他想去当年的“文化供应社”和“磨电厂”“八分队”旧址等许许多多的地方走走看看，他想……可惜他永远都回不来了，只好随着那一段历史画上了句号。

找　党

1

李老四醒来的时候，发现自己躺在一个窑洞的土炕上，周围有好几个人守在他的身边，其中一个扎着羊角辫的年轻女同志高兴地喊着："醒来了，醒来了！"其他几个人也跟着她喊。

醒来后，李老四的第一句话就是："俺要找党，找党！"

"慢慢说，老乡，你是从哪里来的？"

……

后来李老四才知道，他是被他们从一条河边抬到这里的，那条河叫延河，延河的边上有一座高高的塔……

他只朦朦胧胧地记得，他一路走啊走啊，从太行深处涉县的一个村庄一直走到这里，先是到了山西晋东南一带，然后到达晋西北，后又搭船渡过黄河，到达陕西地界。他走到哪里就把饭要到哪里，直到实在走不动了，一头栽在那条河边。

李老四家中弟兄四个，一个比一个实在，都跟着他爹李老寿在村里的一个财主家里当长工。

民国二十三年的那年秋天，一场百年难遇的大雨把石井沟村的房屋和田地冲去不少，当然也包括李老四家的房屋和田地，可是村里的财主赵巴山硬是要抢占他们本来就已不多的田地中的"眼睛蛋子"地，李老四的老爹在一个早上去跟赵巴山评理，结果被赵家放出来的狼狗给咬了个半死，差一点儿就把那条老命丢在那里。

赵巴山不仅拥有好多田地，还在方圆一带开钱庄、布庄，家大业大，就连县里的那些“老爷们”都要让着他几分。

李老四气不过，当天晚上就揣了一把杀猪刀瞒着家里潜入赵巴山的家中，想出出这口恶气，结果不但没有达到目的，还差一点被逮住。他带伤跑出去后，这才不顾一切地出来找党的。

因为在这之前，他曾经听村子里从山西做买卖回来的王老大说过，陕西的延安府一带住上了共产党，而那共产党又专门是为那些穷苦人服务的。里面还有一位姓毛的“代王”，一位姓朱的“军爷”，都有一颗菩萨一样的心肠哩。

现在，李老四终于见到了党的人，悬着的那颗心算是安定下来了。

一开始，李老四的心里没底儿，就试探着问哪位是姓毛的“代王”？哪位是姓朱的“军爷”？

他这一问，人家都笑了，那位扎着羊角辫说话声音很脆的年轻女同志说：“我们这里没有姓毛的‘代王’，也没有姓朱的‘军爷’，倒是有穷苦百姓爱戴的毛主席和朱总司令，他们和当地的老百姓就是一家人呢？”

“是呀，就是！”其他的人纷纷应和。

李老四像听天书一样地听他们说着。

后来，这里的同志们从各方面照顾他，等他身体恢复得差不多时，一个长胡子的大个子问他：“这位老乡，看来咱们还是近老乡，我是河北邯郸的。不要紧张，你都能干些啥？”

李老四眨巴着眼睛，连想都没想就说：“俺、俺会种地。不，俺还会跑生意，是俺们村子中唯一的一个到过天（津）北京的人呢。”

那个人笑了笑，又问他：“这个种地吧不用说，可你都是跑过哪些生意呢？”

“俺跑的是山货生意，就是把老家当地的那些核桃、柿饼、花椒还有黑枣，全部用驴驮着卖到天（津）北京去。俺们那里的柿子特别好吃，在清朝的时候还向紫禁城里的皇帝进过贡呢！”他滔滔不绝地说这些时显示出一种自豪的神情。

这下那个大个子有些认真了，拿正眼瞧了他下就说：“既然这样，你就到县上的事务处工作吧。这里正缺少像你这样的人才呢！”

这时，李老四眼里的泪水不知怎么就涌了上来，想说什么又说不出来。

2

事务处的工作别看忙来忙去，其实就是倒腾那些地方特产，有时还要经过化装后到周围的敌占区去。

这些倒是难不到李老四，他在心里叨量着，那堂堂的天（津）北京俺都去过，还去不了周围的那些个破县城？为了方便工作，他化名老韩。

他在根据地的村村寨寨、沟沟洼洼内把那些枣子、大豆等山货收齐后就到根据地周边敌人占据的县城去卖，一开始在近便处，后来到更远的地方，各项买卖做得还是挺顺的，能把大把大把的银圆流通了回来。

其实，他到敌占区去不仅仅是倒腾山货，有时还把一些很有价值的军事情报给摸了回来。

那天前晌，他和几个伙计赶着骡子驮着货进入县城，照例先到街中心的常胜米店落脚，可见那里晃动着不少陌生人的面孔，门口也停着大车小辆，气氛也与往常不同，他感到会有什么事情发生。

后来，他悄悄地找到一个小伙计，还往他的口袋里塞了一卷纸币。伙计这才悄声说道：“这批干货可都是给国军准备的，他们马上就要到延安一带的几个县城‘扫荡’，用得着这些。”

“什么时候出发？”

“好像就是明天。”

“啊。”

末了，伙计挤了挤那对小眼睛说：“可不敢跟别人说是我告诉你的。”说着就瞅了几眼在远处忙碌着的米店老板。

正在这时，大街上响起了全城戒严的号子声，然后就是一阵一阵杂乱的脚步声。李老四怔在那里，他的脑子里正在紧张地过着电，必须想方设法往回报信儿，在敌人进攻的前夕把情报送回去。

这时，他见米店老板走了过来，就灵机一动迎上前去。“掌柜的气色不错，一定是遇上了大买卖，要发大财啊！”

“哪里？哪里？”

“看您手忙脚乱的，有用得着的地方可要说话，俺老韩可是不打折扣啊？”

“那好，那好，我这里要往前庄运粮食，驮运的牲口有些吃紧，你这次来？”

“好说，好说，俺这里的伙计和带来的牲口随便您用，俺老韩二话不说！”

“好，好，那就有劳，有劳！”

……

李老四利用帮助米店老板运送粮食的机会，终于及时地把情报送了回去，使那一带的老百姓和全体伤员安全转移。

3

这件事过去后，李老四也忘了，每天依旧做着该做的工作，从不挑肥拣瘦，每天一睁开眼就是赶路，累了就趴在驴鞍子上睡去。只有在那时，他才能回到自己的老家去。他自从出来后就每时每刻都在想念家中的亲人，自己在这里过安生日子，也不知道爹娘和三个哥哥一个妹妹怎么样啦，他们……

一天，组织上的人来找他谈话，还是那个长了一脸大胡子的人。

“老韩同志，自从到根据地以来，你在各方面的表现都很不错，不少人都念你的好！”

“俺，俺……”

“你可以写一个入党申请。”

“你，你说的是……是俺？”

“当然是你呀！这个窑洞里只有你和我在呀！”

“是，是，只有俺一个人在听您讲话！”

……

李老四显然有些太激动了。他不仅找到了党，而且还要加入党，成为党组织中的一员，也成为老家的第一个党员……

这天晚上，李老四的那双眼睛始终没有办法闭上，一直望着土炕上黑乎乎的窑顶。到后半夜时，他发现有几缕冷冷的月光从土窗户的缝上透进来，把他的心思照得亮亮的。

4

现在，李老四的脑子里始终装着的都是什么时候能够回到自己的家乡太行涉县去。最好，所有在延安的这些党里的人都能够去那里看看。

一天傍晚，李老四领着一支满驮山货的队伍走进了敌占区的县城，仍按惯例到城中间的那所米店歇脚，可就是看不到那个米店老板。他到快灭灯时才看到那家伙慌慌张张地从大街上回来，一进门就说："不得了啦，不得了啦。这张学良和杨虎城真是吃了熊心豹子胆啦，竟然敢把蒋总裁给扣起来。这民国的天真是要变了，变了！"一听他这口气，李老四就知道出了什么大漏子，要不然一向温文尔雅的他不会这么惊慌失措的。

李老四当时低着头没有上前搭讪，只是在那里思考着。

后来，他回到根据地以后才知道，"西安事变"发生了，"东北王"张作霖的儿子张学良和杨虎城愣是把蒋光头给扣起来啦，马上想到老家的赵巴山就是仗着蒋光头做后台才敢欺负自己一家的。现在，蒋光头倒了，那个赵巴山也一定会倒的。他又是高兴得一晚上没有睡着觉，仿佛看到那个赵巴山真的被人给抓起来枪毙掉了。

再后来，又听人说，周副主席从延安到西安去，"西安事变"和平解决，又把蒋光头放回了南京。李老四的眉头就皱了起来，心说："怎么不把他枪毙掉呢？"

一连几天，李老四愁眉不展，饭也吃不下去了。

李老四的直接上司老赵知道他的心思，就找个机会对他说："现在日本鬼子侵略中国，已经成了我们的主要敌人，从全国的大形势考虑，放回去蒋介石，对整个抗战有利。至于你那家仇己恨，就只能放一放啦。再说，这些参加革命的人中，谁的家里没有一点儿仇恨呢？”

李老四瞪着一双大眼认真地听着，好像是听出了什么味儿来。

后来，当听到延安的一部分队伍已被改编为八路军，他们就要北上太行抗日时，李老四竟然一下子从土炕上跳了下来。他认认真真地行了一个军礼，然后用洪亮的声音要求，他也要加入到八路军的队伍里去，回到自己的家乡去消灭日本鬼子！老赵也站了起来，让他不要激动，再三保证会向上面反映他的情况的。李老四的心这才稍微安生下来。

5

那天执行完最后一次任务，还在返回的途中，李老四就得到了已被批准参加八路军出征太行的消息，心里长长地出了一口气。他想从心里狠狠地哼出几句家乡的民歌来，“青石头青，白点多，狠心爹娘要卖俺，一卖卖到那柳叶河……”忽然，他听到了几声枪响，才知遇到了国民党的一支小股部队。李老四并没有发慌，他以为国共已经联合抗日，一定不会有什么意外情况发生的，就带着大家放心大胆地往前走去，没想到就在这时，一颗子弹飞到了他的左腿上，当场就从骡背上掉了下来。

后来，随行的人去找那伙大兵理论，他们只说是误会，误会，然后便扬长而去。

李老四让人救起后被抬到了根据地的一家医院，后来伤口虽然痊愈，却也落下了残疾，自然没能加入到八路军的队伍里去。倒是在抗战胜利后，他再三要求回到了自己的家乡。临走时，他什么贵重的东西都不留恋，只是把组织上给自己开具的那封党员证明信牢牢地揣在了怀里，半夜睡觉都要起来看看丢掉没有，然后傻乐一会儿。

6

回到家乡后，李老四才知道父母早已去世，但他的三个哥哥和一个妹妹都在，他们都还活得好好的。

至于那个赵巴山，已经被共产党领导的人民政府镇压，执行死刑的那一天，村子南头的河滩上到处是人，光唾沫星子就快把他淹死了。

有一个小伙子上前诉说：“想当年你仗着有钱有势在大街上欺负俺姑姑，让她走投无路跳了井。”有一个六十多岁的老汉上前诉说：“那年冬天，你带着一伙人硬是把俺的闺女抢走，把俺老汉一脚踢倒在村公所的大门口……”听着兄弟姊妹们说着这些，李老四就觉得当初找党的目的达成了，什么都不去奢望了，就想这样平平淡淡地生活下去。

新中国成立后，李老四在别人的撮合下也组成了一个小家庭，那是一个从东北流落到这一带的憨厚闺女，三十多岁，浓眉大眼，李老四就在心里把头点下了。

成家后，由于李老四当过兵，又是全村的第一个党员，还落下了残疾，大队就照顾他在队办铁业社里看摊儿，挣的是一个整劳力的工分。

李老四知足，闲暇的时候就一边抽着旱烟一边摸出那张党员证明信来瞅瞅，日子就这么平平淡淡地过着。

7

没想到的是，后来掀起的“文化大革命”一下打破了他的平静生活。

造反派们说是破获了一个“国民党特务案”，其中就包括李老四，说他是长期潜伏在人民群众中的“国民党特务”哩！

这下李老四不干了！

你可以说他偷，说他抢，甚至说别的什么，但是你就不能说他是“国民党特务”！

其实，李老四干与不干都改变不了他挨整的现状。造反派们把他家中所有老辈儿传下来的几块银圆也给搜走了，还说这就是他是“国民党特务”的罪证！但是，他的内心深处却在不停地诉说着：“俺不服，俺就是要去找党组织，俺要把这个问题掰扯清楚！”

可是，这些问题当下又怎么能说清楚呢？村里村外的人每天都会看到有一个腿脚不便佝偻着身子的人出现在大街上打扫卫生的队伍中，或者是在挨斗的批判会上。他扫得非常认真，挨斗也挨得认真……

晚上回到家里，他一个人躺在炕上，他老婆过来想跟他说上几句体己话，好让他那颗受伤的心多少放松一下，他也没有什么反应。可不知什么时候，他又悄悄地从炕洞里把那张党员证明信拿出来一遍一遍地看着、摸着，仿佛能够看出耀眼的火花来，摸出全身的力量来。

他也曾经想到过绝路，可又始终相信自己是会熬出头的。

“文革”结束后，他所做的第一件事就是带上自己的党员证明信去公社党委找有关负责人，然后到县委去找。不是他一个人去找，还有他的老伴儿也一起去找。要不，就是写信。他亲手写下的一封封信件被寄到了市里和省里。

这个时候，家中的亲戚也劝过他：“瞎子点灯白费油！你有那工夫还不如到地里种上几洼土豆呢。”

他不为所动，仍就是要找，要写。因为他认为，这不仅是他一个人的事，而是一批人的事。

有一天，村外忽然传来了汽车响动的声音，一阵比一阵密集。这声音李老四听到了，其他人也听到了。这时，有些好心人就说，一定是来抓捕李老四的，快让他到别处去躲躲，可李老四一动不动。

事后，人们才知，这些都是县委组织部的同志，他们在镇上同志的陪同下，专门来为李老四落实政策的。

李老四这时才知道，那个假“国民党特务案”已经平反昭雪，不仅仅是他一个人，而是全县所有被冤枉的人！

李老四眼中的泪水涌了出来。他想说什么，却又说不出来，就像当初知道自己就要成为党的人时那样。

李老四一下名声大噪！好多年后，全村、全镇甚至全县的人都在传他的故事。有的人当时还说，这李老四不仅被平反，还被补偿了不少银圆呢！

8

2020 年，李老四整整一百岁，可仍然耳不聋，眼不花。有人见他还不断地扛着箩筐、拿着廉刀到地里去，步子不快也不慢，胜似闲庭信步。

其实，他也不可能做什么，只不过去看看而已，存在就是硬道理。

这年春天，一家国企搬迁到这一带，要征收李老四所在村庄的土地。这时，有些人为了多得些土地包偿款，就跟政府提出这样那样的条件，达不到目的就聚众闹访。

这时，有一个人就想到了李老四，他是老党员，在干部群众中有名望。更为重要的是，现任的市委书记跟他也是关系户。据说，市委书记的爷爷也是老革命，在延安工作时就跟李老四认识，彼此之间有几分交情。市委书记刚到市里上任时，就提着大包小包的东西来村里看过李老四。要是李老四能给说几句话，可能效果会更好。

一开始，他们爷爷长爷爷短地找到李老四的家里，吞吞吐吐说明来意，想让他出马。

李老四好像明白他们的意思，并没有说什么，他们就觉得有戏，放下礼物便逃也似的离开了。

可等到第二天早上，他们满怀喜悦地来接老爷子时，人却不知哪里去了。于是，散开人找，其中还有他的儿子和孙子，最后在村后的一座土窑跟前找到了他，那座小土窑是这个村子第一个党小组第一次召开党小组会议的地方，也是李老四从这里出发去延安寻找党组织的地方。

所有的人愣在了那里。

和　　尚

1

佛说，色不异空，空不异色，色即是空，空即是色。

这句话在和尚的心里不知默念了多少回，却还是弄不懂。

和尚家中弟兄三个，老大毛驴，老三长脚，和尚的本名是牛二嘴，毛驴的本名是牛大嘴，长脚的本名是牛三嘴。

不知从哪一代的祖上开始，他们家就在清漳河边的温村落了户，温村又分为上温村和下温村，他们的祖上落在了下温村，只是到了清末时，又不知什么原因迁到了几里外的长乐村。

和尚的历代祖上都是靠耕种为业，可到他爹这一辈的时候也没挣下多少田产，仍在附近村里一位叫扒皮的地主家里当长工。当然，和尚弟兄几个也要跟着老爹当长工。幸运的是，扒皮虽然叫扒皮，可从扒皮的祖上到扒皮，都是一些嘴快心慢面恶心善的主儿。因此，牛家的几代人都愿意在扒皮的家里做活儿，两家人达成了一种难得的默契。

可是抗战开始的时候，他们之间的这种默契渐渐地被打破了。

20 世纪 40 年代初，八路军的部队陆续来到了涉县一带的清漳河边，并且先后在这一带的农村实行了减租减息、土地改革等一连串的政策。这样一来，扒皮家里的房屋地产就眼睁睁地减去不少。扒皮多病的老娘一时想不开，就一蹬腿去找自己早逝的男人了。扒皮心里有疙瘩，对住在村上的那些机关人员有了看法，只是不敢在明面上表现出来。

这个时候，和尚家里虽然不再到扒皮的家里当长工，家里的土地和房产也都有所增加，但和尚老爹的心里却还一直想着扒皮家里的好处，和尚弟兄几个的心思也跟老爹差不了多少。不过，这些都只能藏在自己的心里。

后来，长脚跟着村里的人到外头贩卖山货就没有回来，一开始，他还不断地往家里来个信或打个钱，慢慢就没有音信了。和尚闷得不行，他就到下温村的那所不知什么时候建起的教堂里当上了帮杂人员，一般的情况下就住到了那里，只有有大事才回家看看。可当地人把教堂和寺院看作一回事，便把他称作“和尚”。毛驴还和老爹一起留在了村里，有时也到扒皮的家里去帮些忙。

2

和尚在教堂里接触最多的是大鼻子。

大鼻子是教堂里的主持人，也是一位个子高大，金发碧眼，长着大鼻子的外国人。和尚不知道他什么时候就来到了这里，还会说一口流利的汉语，甚至比自己说得还要好。和尚虽然住在这里，但从来不去念经，也不搞什么祈祷，每天只是一声不吭地打理杂务，然后就是吃饭睡觉。

后来，日本鬼子到涉县一带“扫荡”，和尚亲眼看到村子里的男男女女都到教堂里躲避，大鼻子也不拒绝，只是把自己的双手合在一起，嘴上高一声低一声地念着：“我的万能的主啊！”

和尚也不知道他所念的那个主是什么意思，不少时候倒是觉得有趣。见没人的时候他也不自觉地念上几句：我的万能的主啊！念罢又觉得特别的好笑。

在这期间，大哥毛驴倒是来看过几次，不外乎就是爹在家里特别想他，想让他回去看看。和尚没有说话，也没有回去。大鼻子似乎明白他们之间交谈的内容，等毛驴离开的时候就会把一个装了东西的硬硬的包裹让他带回去，和尚在一旁仍是没有回去。

小鬼子投降后，晋冀鲁豫边区政府成立太行行署，并且与行署分开办公，把行署设在了大鼻子的天主教堂里，还在这里面设立了秘书处、财政处等单位。这样，和尚就又认识了行署公安局的小个子，小个子姓康，是离这里几十里远的马布村的，还多少懂点武术。他一直坚持说自己所练的武术是南宋时的民族英雄岳飞流传下来的，是岳飞被害后他的部将到这一带避祸时流传到他们村里。和尚听他讲述这些时双眼里流露出了羡慕的目光。

对于行署机关的到来，大鼻子也没有说什么，但这并不妨碍他每天双手合在自己的胸前十分虔诚地念着他那万能的主。

和尚依旧在这里做他的杂务，闲下来时就会跟小个子练上几下子，好像什么都没有发生。

3

1946年秋天的一个傍晚，被和尚打扫一新的教堂里忽然迎来了一支由二十多头毛驴组成的运输队伍，然后有不少人过来帮忙把驴背上的东西卸下来，然后又一件一件地搬到了教堂的后台上，和尚也在搬运的队伍之中，但他并不知道那包裹里面到底放了什么。他从一开始就看到一个高个子的人跑前跑后地指挥着，一会儿指指这儿，一会儿指指那儿，连小个子都要听从他的指挥，就觉得有些奇怪，难道他比小个子所在的公安局还要厉害吗？难道他比小个子还能练拳呀？

和尚这时还不知道那个人就叫张文教，是从北方大学过来专门管理那些东西的。对于这些包裹，大鼻子当然也看到了，但他并没有理会。

和尚还是在这里做他的杂务，闲下来时就会跟小个子练上几下子。一个人的时候他首先会想到自己的老爹，然后就是大哥毛驴和三弟长脚，再就是他们家曾经的东家扒皮，心里头还是觉得有些气不顺，但他又不愿把这些告诉大鼻子和小个子。至于那个他还不知道的就叫张文教的人也不愿多去接触，有时人家与他打招呼，他也只是点个头。

前些天，他从大哥毛驴那里知道，扒皮每天都要和他一起到河滩上修渠，远近一带的人都到那里去干活儿，主要是想把漳河里的水引来浇地。扒皮灰头土脸的，似乎真的是被扒去了一层皮。

毛驴和他的老爹在一旁看着心疼，一时想起过去在人家家里做工时的情景，人家上上下下跟自己吃一样的饭，干一样的活儿，从来没有把他们当长工看。有一年秋天的一天晌午，他们在地里干活儿，本来都是吃的小米捞饭，可送饭的把捞饭送少了，扒皮一家就背过身去吃起了糠窝的稀饭。和尚当时是最先看到这种情景的，后来他们几个也瞅到了。那时的空气似乎凝固了。

4

那个冬天的傍晚，和尚怎么也没有想到自己的弟弟长脚会来找自己。他马上想到，弟弟这些年到哪里去了，怎么在这个时候回来，并且是这个时间来找自己？但他什么都没有说，毕竟是亲兄弟，这么多年又没看到，也有些高兴。他没有与大鼻子说，也没跟小个子讲，只是拉着长脚的手来到村外的一棵核桃树下坐下来。弟兄两个你看着我，我看着你，似乎有许多的话要说，但又什么也说不出来。

还是长脚先打破了沉默，又笑了笑。

“二哥，你知道教堂后台那些包裹里的东西是啥不？”

“我咋能知道？再说，我知道那个有啥用？”

“那我就告给你。那是经卷，《赵城金藏》！”

“啥是经卷？啥是《赵城金藏》？”

“你还记不记得小时候咱奶奶给咱讲的唐僧取经的故事？唐僧师徒经历了九九八十一难才把那西天的真经给取了回来。”

“咋还能不记得？”

“这样给你明说吧，这经卷，这《赵城金藏》就相当于那唐僧当年取回的经书呀。”

和尚的眼睛猛地亮了一下，说：“这就是能让人‘长生不老’的经书？”

“对呀，二哥。”

“那你来找我就是为了经书的事？”

“对！”

“这经书咋啦？”

“二哥呀，你可别小看了这经书，从唐朝到宋朝，再到现在已经有了一千多年的历史，不知道有多少人稀罕呢？就说在山西赵城广胜寺的时候吧，开始国民党，后来小日本，都没能得手，只有共产党抢到了手里，先是从广胜寺里运出来，藏在一个煤窑里，又从那里运到你这教堂里。”

“那你的意思？”

和尚的眼前很快又浮现出那天傍晚和众人一起从毛驴上往下卸载包裹时的情景。

“诓谁也不能诓你呀，我这些年在外面也不容易，水里火里都闯过，也是死过几回的人。现在你兄弟总算是混成了党国的人！你大概也知道我当年是为啥出走的吧？我也知道你当年为啥要来这教堂当‘和尚’。我现在接到的任务就是要找到这批经书并把它们运到台湾去。”

“三弟呀，我听那个小个子说国民党注定是成不了气候的，整个中国都丢了一多半啦。”

“二哥你说得没错，可国军就是失败也要把《赵城金藏》带到台湾去。我还可以告诉你，北京故宫里的好多东西都已经运到了台湾！”

“还到了台湾？”

“可不！”

听着听着，和尚慢慢地把头低了下去。后来，他又问：“你说得这些大哥和爹知道不知道？”

“大哥和老爹都知道。”

“还有谁知道？”

“扒皮知道。”

“还有谁知道？”

“大鼻子也知道了。”

“他也知道？”

“对。”

“你早就见过他？”

“对，在见你之前我就跟他见过好几次了。”

“他咋说？”

“他还能咋说，事成之后也会有他的好处。”

其实，大鼻子自有他自己的想法。他是想把这套经书运回自己的国家去。当然，这一切都不能与长脚说出来。

如果真按长脚说的那样去做，那不是去当叛徒吗？和尚在心里叨量着，像被鸡爪子抓住一样。

他这时也不可能知道，长脚跟他所讲的这些话中都有水分，长脚倒是拐弯抹角地跟爹和大哥毛驴暗示过，但都没有应下。随即他又去找了扒皮，扒皮的两个眼睛珠子不停地翻动，却也没有说出什么。

和尚的目光慢慢地垂了下来，但随即又扬了起来。

长脚问他拿定主意没有，他却头也没回地返回了教堂。

5

那天，小个子又与和尚谈论起了他老家的武术，说得眉飞色舞，那个张教员也来插嘴，好像他对武术也是有了解的。他的老家就在山西，离这里并不太远，但他一次也没有回家去看过。

和尚这个时候才知道他就叫张文教，原来就在一个叫啥北方大学的单位里工作，是一个很有教养的文化人，很受校长范文澜的重视。张文教现在的主要工作就是守护那些金藏。

有一回，从他的老家山西长治过来一个年轻人，说是老母亲病重让他赶紧回去。本来，他是答应第二天一早就赶回去的，可等到第二天早上就改变了主意。因为晚上下了一场透雨，有不少雨水下到了教堂的后台，也弄湿了不少存放经卷的箱子。他发现这个问题后，意识到必须第一时间处理这个问题，这才改变了主意。本来，他想找大鼻子、和尚那些人来帮忙，可到最后只是找了小个子。不知怎么，他就感到那个大鼻子的鼻子近来特别长，那双蓝色的眼睛像带了勾儿似的，尤为关注这个存放经卷的后台。

那个年轻人就那样回去了，临走的时候大鼻子还特意去伙房包了几个新蒸的高粱面馒头让他带回去。

这些都是和尚亲眼看到的。

6

和尚在这里的一项重要工作就是打柴，有时到河东的山上，有时就在那些河堤上。这一天，他又到河堤上打柴，却在半路上碰上了四寡妇，人家好像专门就在那里等着他，刚一见到和尚就贴了上来。

四寡妇是附近村子里有名的泼皮户，先后克死了四个老汉的，到头来也没留下个一男半女，村里村外的人便都叫她四寡妇。

四寡妇也是方圆一带有名的俏娘儿们，而且有眼色，不管啥事，一下就能看出个眉高眼低来。这次长脚从外边回来就去找了四寡妇，满口答应在经济上给她好处，还要领着她到外头的大城市去看西洋景，但条件是让她去找自己的二哥和尚，让和尚不要忘了那天傍晚他们说过的话。四寡妇爽爽快快就把这件事情应承下来。

四寡妇不断地拿着热脸往和尚的身上贴，和尚却四处躲闪着，不正眼看她一眼。一开始，四寡妇还在想着他是怕人看见，或是难为情，就专往树稠的地方挪动，但和尚却在那里纹丝不动，四寡妇这才急了，说："你这个'假和尚'不要不识抬举，要不是你兄弟长脚去求俺，俺这热脸才不愿来碰你这冷屁股呢？"

"俺兄弟长脚？"

"对，就是你兄弟长脚。"

"他啥时找你了？"

"就是昨天傍黑儿吧，他要你不要忘了那天傍黑儿给你说过的话。"

"啊，俺知道啦，你回去吧。"

"那好，俺就回去了。咱可说好，不是俺不把自己这白净净的身子给你，是你自己不稀罕啊！"她一边往后退着一边说。

和尚一时怔在了那里。

他那兄弟长脚前天傍黑儿又去找了他，现在又让四寡妇来找他，看来他是不能无动于衷了。

就在今天早上，大鼻子也跟他谈了什么，跟三弟长脚所说的大同小异。他们的任务就是在飞机到来时，把小个子和那位姓张的教员干掉，然后神不知鬼不觉地在最短的时间内把那些装经卷的包裹装上飞机，最后一起离开这里。现在，飞机到达这里的时间已经确定，降落的地点也选好了，就是这个月的 9 号……

这时，和尚的两眼有些发红，双手也在颤抖。不过，他感到自己的内心也在晃动。他想到了小个子真诚的笑容，他还想到那个张教员黏稠稠的憨厚的目光，还想到……

7

临近 9 号的那天，和尚在晚上做了一个梦，梦见一架飞机果然飞了过来，徐徐地降落在了村外的土场上。紧接着，他又看到了小个子身上的血，张教员身上的血，还有好多好多人的血，也有爹和大哥毛驴的，曾经的东家扒皮的，那些血把包裹里的经书都给染红了，和尚一下子惊醒了。后来，他怎么也合不上那双眼睛了。

不过，令长脚、大鼻子有一点没有想到的是，就在 8 号的这一天，这全部的经书就被转移到了别的地方，是张教员在那天下雨后就提出来的。很长时间后长脚和大鼻子才知道经书被放在了长乐村扒皮家的那座阁楼上，长脚和大鼻子各自的计划被迫放弃，这也让长脚被自己的上司在电报里骂了个够！

和尚倒是长长地出了一口气。

8

长脚决定炸毁这批经书。因为他的上司并没有放弃自己的计划，他让长脚在必要的时候可以采取非常措施，不能把经书留给那些泥腿子们。

长脚一开始先去找了扒皮，让他采取行动，可扒皮仍在犹豫，长脚就专拣那些大话往他的身上砸。他厉声质问扒皮："难道共产党分了你的地，又分了你的房，你都忘记了吗？再说，你的老娘是咋咽气的？你还有一点儿血性没有？"扒皮只是在那里一袋一袋地抽烟。

实话告诉你："别看眼下的局势有些困难，国军最终还是会打回来的。偏店的段老大你知道吧，他和一批有识之士组织了一个还乡团，现都住在大城市里，过不了多长时间就会随着国军一起打回来的，到那时……”

“算了吧你长脚，少在这抡了，也不怕把大天抡塌了。你要说别人我不知道，要说这个段老大我可知道，前几天已被政府抓了回来，正在挨批斗呢。我可不愿意走他的老路！”

“你，你！”

“要我说，你长脚也悄悄吧，不要太狂气了！”

“你，你！”

从扒皮那里出来，长脚想去找爹和大哥毛驴，可走了半步他就把脚收了回来。他想去找大鼻子，可又觉得没有必要了，这个洋毛子动机也不纯。他还以为我是傻子呢？看来只能去找二哥和尚了。如果由他去扒皮的家里安放炸弹，那是再合适不过的。他到那里的时候，和尚刚刚躺下。

今天和尚整整忙了一天，还真有点儿累。他听小个子说，太行行署就要离开这里搬到他的老家马布村了。他又可以见到家里的那些伙伴儿们了，心里特别高兴，和尚的心里也高兴。

这时听了三弟长脚的话，他没有拒绝，也没有答应。因为他明白自己已经没有别的选择了。他从长脚的话里已经听了出来，只要走出第一步就不要再想回头路了。

和尚的眼圈红了……

9

和尚在一个晚上悄悄来到扒皮家里的时候，顺着窗户看到那个张教员正趴在小阁楼的土炕上就着油灯铺锯末，试着烘干那些受损的经卷。他的旁边还放着好多《新华日报》（太行版）之类的报纸，以便把那些已经烘干的经卷裹起来。他又看见那个就要回到自己家乡去的小个子也来帮忙，忍不住有些心软。他怎么能对小个子下手呢？还有那位张教员，也是一位有责任心的好人。他从内心深处想放弃这次行动，决定马上离开这个地方。

忽然，和尚看到一个黑影向这边飘来，猜想一定是三弟长脚，他是不放心自己才赶过来的。说时迟，那时快，只见他把两个黑乎乎的东西放在了扒皮家的阁楼下面，便马上离开，就在即将引爆的时候，和尚猛地扑了过去，把那两个黑乎乎的东西扔到了院外的远处，接着就先后听到了两声剧烈的爆炸声。随后又有两声枪响，是那个离开不久又返回的黑影打的，黑影即将倒在血泊之中时他拔出了身上的手枪，和尚的左胳膊被子弹击中，跟在自己后面的扒皮的耳朵也被擦伤了皮。阁楼上的人马上冲了下来。

不过，阁楼上的经书却是安然无恙，似和尚的心中那般坦荡。

10

大鼻子也要离开这座教堂了。在离开的那一天，他站在曾经存放过经书的教堂后台站立了良久，两手合在胸前，一双蓝色的眼睛一动也不动地注视着这里的一切。

四月初的时候，村子里那些长长的竹子好像更加青翠了，漳河岸边的那些桃树也早已冒出了花骨朵，那些经书却又要搬家了，不过这回却是要到北平去。

那个上午，和尚接到的通知是与村里的民兵一起赶上大车，先把经书拉到三区西戌的岩城村，那里已经修起了通往邯郸的小火车站，是个热闹的地方。

和尚心里特别畅快，一早就引着人们搬箱子。他的老爹和大哥毛驴也来帮忙，扒皮远远地在那里站着东张西望，盘着一个胳膊的和尚知道他想过来帮忙，可又有些不好意思，和尚就去把他拽了过来，扒皮不停地扭动着身子。

和尚有些兴奋地坐在车帮子上，其他人跟在后面。

大车离了漳河边就一直沿着一条弯曲的山路向前走着，那些已冒绿芽的山葛针们都被远远地甩在了后面。

远处，似乎还有人在那里哼着山歌：打老蒋就像下盘棋，吃完你卒子再吃你车，马炮相士都吃完，看你老蒋跑哪里？……

不过，这些山歌的调子都很硬，就像这山坡上的石头一样真实和纯朴。

忽然，一阵枪声打破了这难得的平静，跟随的那些民兵们很快与埋伏在附近的那些人交上火，和尚也用自制的土枪进行射击。忽然，他看到了一个熟悉的人影，那是自己的弟弟长脚。他毫不犹豫地用自己的土枪瞄准了他，停了好大一会儿，他才扣动扳机，只听砰的一声，长脚倒在了血波中！

这个时候，前面的路口上又有人过来帮忙，和尚看到那些人里面竟有小个子，就大声地喊了起来，小个子也看到了他，飞快地向这里冲了过来。

“小个子，你怎么会在这里？”

“我怎么就不能在这里？只有我在这里才能来帮助你们呀！”

“可是，我们的任务完成得不好，有不少包裹已经被打坏了！”和尚这样说时几乎带着哭腔。

小个子却笑了，说：“你是说那批经书吧，早就到了岩城车站，这个时候恐怕已经上了小火车啦。”小个子说完这些又笑了。

“是不是呀？把俺也蒙在了鼓里。”和尚也笑了。

11

1949 年 4 月初，共四十二箱，残破零散的九包，总重达二千七百四十斤，有四千三百三十卷的《赵城金藏》从涉县三区西戌的岩城村小火车站运达邯郸，后转乘汽车，于 4 月 30 日到达北平，交付北京图书馆，也就是现在的国家图书馆收藏。

5 月 14 日，由党政军、文化界、宗教界著名人士参加的《赵城金藏》座谈会在北平图书馆举行，张教员做了守护与护送《赵城金藏》过程的介绍，北方大学校长范文澜做了共产党重视文化遗产、在战争中保护国宝事迹的报告，巨赞法师做了动员佛教徒捐献装裱《赵城金藏》纸张的热情激昂演讲。5 月 22 日《人民日报》在头版以《名经四千余卷抵北平市》为题发表消息，中央人民广播电台也播发了通讯《保护佛经的故事》。

12

后来，那个大鼻子不知什么时候离开了教堂，和尚真的出了家，先是在当地的一座叫长生的寺院，后来又到一座叫昭福的寺院里。只是让人没有想到的是，他还会有还俗参军的一天，当了一名司号兵，新中国成立后还参加了抗美援朝，却在一次战斗中不幸牺牲。在最后的那一刻，他用微弱的口气对别人说："我明白了，什么叫色不异空，空不异色，色即是空，空即是色。"

附记：

涉县人知道《赵城金藏》与涉县有关，也就是近些年的事。邯郸红色收藏委员会的几位专家通过搜集到的实物，多方查证经书的保护和转移脉络，并在报纸上发表相关文章。

在涉县，我是较早关注这个文化事件的，专门写的文章被收录在《涉县志》中。在此之前，国内很多人只是通过电影、电视剧知道《赵城金藏》在山西的保护和转移过程，然后就是新中国成立前夕进入北京。然而谁又知道，《赵城金藏》在涉县的两年零八个月的时间里，为了保护这部文化宝藏又发生了哪些故事呢？

我曾经多次到涉县上下温村、长乐村、乱石岩等村调研，查看相关的资料，访问村庄里依然健在的老人，便写了这篇小说。

小白和老白

白家庄里白姓居多，能够占到百分之九十还多。白家庄之所以叫白家庄，据说是因为历史上与唐朝大诗人白居易家族中的一支迁移到这里，并一直延续下来有关。

到了民国时期，白家庄的白姓家族中又分别有了小白和老白。

小白从小是孤儿，一直吃着百家饭、穿着破鞋片儿长到十五六岁，他最向往的事情就是能够安安生生地吃上一顿饱饭。

老白虽然不到三十岁，人们却都喊他老白。老白的家里是开药铺子的，家境还算宽余，早已成家立业，但他人生最大的理想就是能够出人头地。

1947 年的上半年，某中央机关的大队人马从延安往太行山一带转移，他们过了黄河之后，不久就到了白家庄，小白义无反顾地成为这支队伍中的一员，平生第一次有了完整的衣服和鞋穿。老白清楚地看到了这一切，认为自己出人头地的机会到了，就也投奔到了队伍上。

到了太行后，小白成为机关里的勤务员，有时把稿子送到几里外的电台编辑部，有时给领导与领导之间传递信件。他像个陀螺似的转来转去，每天忙得不亦乐乎。

电台播音室虽然与大机关隔着几里地，但都是山路，不少时候还有野狼出没，但小白不怕，他身上背着稿件袋，手里拿着一根木头棍子，每次都能按时完成任务。

老白由于人高马大，又特别爱干净，就当上了机关里的炊事员。老白开始不愿意，可干这个嘴上并不吃亏，也就同意了。

后来时间长了，老白对机关所驻扎的村子里的人们就越来越熟悉，特别是那些妇女和老人们，彼此之间见了面都要说些笑话。

慢慢地，老白就被一个叫红叶的妇女注意上了，她每天涂油抹粉的，倒是很有几分姿色。

据村子里的人说，抗日战争时，她就居住在县城里，曾经当过一个叫王焕文的汉奸的小老婆，后来那个汉奸死了，她才回到村里的。

其实，那个妇女一开始是喜欢小白的，每次在街上看到时有一搭没一搭地总要与小白搭讪上几句，但小白就像个生铁块子一样没感觉，她这才返回头来注意上了老白，一到开饭的时候就要找理由往老白这里磨蹭，断不了讨些个小便宜。这些个小便宜积累得太多了，他们也就慢慢地搞到了一起。但老白做得很隐蔽，每次办完都不会留下什么痕迹。

这让老白一度很是得意，闲下来时还要哼上一把小调儿，特别是面对小白时。小白不解地望着这位满是脆气的老乡。

忽然有一天，老白就得意不起来了，他发现小白穿上了四个兜的干部服，头上也多了一顶灰色的军帽子。后来一打听，他原来调到了电务处，有了正儿八经的干部身份，脸上不禁红一阵紫一阵的，好几个晚上都没有睡好觉。

经过再三的考虑后，老白决定去找行政处的领导反映一下自己的情况。他是在一个傍晚时分走进那个院子的，没想到迎面就碰上了那个五大三粗的行政处长，人家倒是非常热情，主动跟老白打起了招呼。

“老白，看你这急慌慌的样子。有事啊？”

“我，我……”

老白刚要搭话，忽然瞥见小白的影子，他在眼前一闪就过去了，有些话就说不出来了，只是在那里应对着。

“没事，没事。”

“你老白没事，我倒是有个事想问问你哩？”

“问问我？”老白一惊。

“对，问问你。”

“啥事？”

“听说那个叫红叶的女同志跟你走得很近，是不是？”

"啥也不是，啥也不是，我压根儿就不认得那个女同志！"老白说完这些，额头上竟然浸出了一层细汗，借着暮色像逃也似的离开了那个院子。他的脑子里一直在翻腾着小白的样子，认为一定是他发现了什么，并且把这一切告诉了别人。

回去后，老白越想越怕，两个眼睛瞪得大大的，一直没有合上去。

其实，行政处长是个爱开玩笑的人，他见到谁都爱开玩笑，那也肯定是在跟他开玩笑，随便说了那么一句后就忘掉了。

第二天的早上，小白有一件事想去跟老白说个明白。他听说不少人写了入党申请书，也想提醒一下老白，却在伙房没有见到人，问别人也没看见，就四处寻找。等他路过区政府门前的那口水井时，冷不丁看见里面浮有一个人，赶忙喊来了其他人，还第一个跳了下去。等众人打捞上来时发现是老白，竟然还有一口气，小白这才松了一口气！

这件事过去后，老白的心里始终惴惴不安，整天像防贼似的防着那个小白，可也没有发现什么特别之处。

第二年的下半年，机关又从太行山的南部转到了西柏坡，小白还在那个电务部门工作，老白仍在做他的服务工作。

这段时间，老白的工作特别卖力，与那个叫红叶的女同志再也没有啥来往，也不可能有啥来往，还把入党申请书交了上去，心里也多了一些希望，以为自己也会像小白那样上升一步，穿上四个兜儿的干部服。

但老白没有想到的是，无论出多大力，自己依旧站在原地转圈子，那个小白却又提升了一格。老白心里马上凉了半截儿，并且进一步认识到，这个小白依旧没有放过自己。他升得越快对自己的威胁也就越大，而自己心中的那张纸终究是包不住火的！

他在心里说，这个小白，亏了我们都是从一个村里出来的，还都带着个白字，你不仅抢走了我的机会，还要把我逼上绝境！

这两天，电务处里的事特别多，那一天的中午，开饭时间都过了很长时候，小白他们才到伙房打饭，却见老白躺在了那里，浑身上下血淋淋的，旁边还扔着一把带血的切面刀。小白第一个冲上前去，但为时已晚。

小白始终想不明白这一切为什么会发生，只是在心里说：老白，老白，听别的同志说，你的入党申请书已经被组织上批准了，你、你却，……小白的心里感到酸痛酸痛的。

好多年后，小白已经成为一位白发苍苍的老人，可是他的脑子里仍然不时地闪现出老白当年那人高马大、自信满满的样子，忍不住在心中问自己：“难道我们当初出来革命就完全是为了自己的解放？难道我们参加工作就完全是为了自己的升迁？难道……”

其实，没有党的利益哪有个人的利益？没有组织的强大哪有个人的发展空间？

不，老白大哥应该想到更多人的利益和命运，想到……

这时，小白的心中一阵怆然，又一阵释然。

三　天

听说张营长的部队快要开过来的时候，孟家岭的保长李来宝也没有当回事，可是突然在一个晚上要进来，又将给他协商“任务”的时候，他就感到步子迈不稳，一晚上都没有睡好觉，脑门子上一直是汗浸浸的。

他先是听说日本人要进来，一批一批的像蝗虫一样往山里涌，见人就杀，见东西就抢，着实心里慌张了一阵。紧接着，又听说国民党五十三军刘桂堂的部队也要过来，是奉了上边的命令来打日本鬼子的，心里就想笑。这个刘桂堂，人送外号“刘剥皮”，光知道糟践老百姓，吃点儿、喝点儿、抽点儿、要点儿还行，他怎么会去真心抗日呢？

可再一想到那些日本人，又头皮发紧。

再往后，他又听到一个消息，是邻近孟家岭的文安县城内一个汉奸头子传过来的。他站在高岸上常常好说的一句话：“好汉护山庄，好狗护山林。只要有他李屏山在，就要保护好这一带的乡亲们。”他已放话给日本人，“只要过了孟家岭就不是我的地盘了，想杀想剐想抢想烧随你们的便！”

李来宝的心里有些放松，毕竟李屏山不是一般的人，吐口唾沫砸在地上也要成个坑哩！

谁成想，那个张营长的部队真的就开到了眼前，而且还是那样快，他可真成了洋鬼子看戏傻眼了。难道他堂堂李屏山说过的话也算是放了屁要用手去捉了？

不过，按照李来宝这些年的经验，不管是哪路来的神仙，只要是到了孟家岭的地界儿上，他都能够对付的。来的都是客，全凭“牌”一张。他早已让人做好了各种各样的牌子，其中也有迎接八路军队伍的那一张。

但是他又很快意识到，张营长他们派来的人似乎不理会这一套。他们在来之前就与当地的游击队和地下组织取得了联系，他们才不在乎什么牌子不牌子的，只要他管辖的这个小村能借给部队一天的粮食就可以了。

因为孟家岭这一带肯定要有一场恶战来打，而且就在后天。他们已经得到准确情报，日本鬼子的一个运输中队要从这一带路过，分别从商邑和岩城两个方向朝孟家岭汇合，然后向山西长治方向出发，为那里的鬼子运送一批很重要的战略物资。这批物资又直接关系到山西地界儿已经展开的一场很激烈的战事，匆匆从河南开拔过来的国民党川军正在与日军交战，虽然已进入冬天，但那些仍穿着单衣单鞋的川军们打得很顽强，大大出乎了日本鬼子的意料，也在八路军的意料之外。

所以，上级命令张营长一定要把那个运输中队干干净净地在孟家岭吃掉，至少不让他们前进一步。

张营长接受这个任务时也是向老总们表过态的，可部队的供给严重不足，尤其是粮食，战士们很多天都没能好好地吃上一顿饭，所以才与当地的游击队和地下组织取得联系，又找到了保长李来宝，让他无论如何借给一天的粮食。

李来宝这个人平时还是有点儿口碑的，在村子上没有做过什么亏良心事。他有一个儿子和一个女儿，平时都跟老婆住在文安城里，只有他一个人在家招呼着。从另一方面说，这个人私心有点儿重，无论做啥事都要先掂量县城里的家人和名下的那些地产。在这个前提下，他是愿与任何人平安相处的。

接到张营长派来的人的协商建议后，他的心里是犯起了嘀咕，到底借不借给部队上粮食呢？说是借，其实也就是给，到以后谁还谁啊。

要说起来这些年的收成真是不好。谁不知道这太行山区是十年九旱，还有蝗灾、风灾，更重要的是，那些打着抗日旗号但却不抗日的国民党军队不断到镇子里来搜刮民脂民膏，他们驻扎在日本鬼子打不着的地方，啥时候得便了就下来，成了比旱灾、蝗灾、风灾还要厉害的人灾！

李来宝额头上的两条眉毛使劲儿地往一块儿拧了拧。再一想，不是还有足足一天的时间吗?

他一方面与八路军的协商人员周旋着，一面找人出村去摸摸情况，尤其是到李屏山那里把情况摸透。他要看看这一片的天空上到底有多少云彩多少雨，以便备下多少把雨伞。如此这般的套路对国军也是经常用，可哪一回不是肉包子打狗有去无回呢?

这天前晌儿，他早早就到了村公所里，与八路军派来的人员商谈粮食的事。

“李保长，根据我们平时了解的情况，您可是位开明绅士，平时也没少为百姓办事。现在大敌当前，希望您能为部队上多做些工作呀!”一位五十多岁满脸皱纹穿一身灰布军装拎着一支旱烟袋的人这样说。

“哪里，哪里，长官过奖了。我只是做了一些分内之事，没有什么值得炫耀的。”

“那粮食的事?”

“好说，好说，我有多大本事使多大本事，绝不惜力。不过，村子上的情况你们也清楚，老百姓的日子确实不好过啊!”

“这个嘛，部队上当然清楚，不到万不得已我们绝不向贵地方张口的。现在虽说张口，如果贵地方确实不方便，我们也不会勉强的。”

“我们可是要打欠条的。战后一定归还。”

“您别误会，别误会，我也知道贵部是抗日的队伍，全心全意为了村上百姓的安危。可是，可是——”

“可是什么?”

“来，来，部队同志，别光顾着说话，喝水，喝水。别看孟家岭这个村子不富，流出的泉水却是好喝……”李来宝以喝水为由岔转话题。

在这之前，文安城里李屏山的人也来过。原来他们也得到了八路军过来的消息，千嘱咐，万叮咛，切不可把粮食借给八路军，还在他的耳朵根子边说：“如果心眼子长歪让日本人知道了，那可是不得了的事哩！”

“明白，明白。我心里是有长短的。”

……

李来宝这样说时感到脑门子上有些热。时近晌午，他的两个眼珠子上下翻滚着，不时地往院子里瞅着。两只厚耳朵也直直地竖了起来。

“李保长，如果贵村实在不方便的话，我们就先行告退吧。”

“不要慌，不要慌，再坐会儿，再坐会儿。如果，如果不嫌弃的话，晌午就在这里吃饭。”

正在这时，院子里传来啪嗒啪嗒的响动声。

李来宝的眼前马上一亮，知道派出去打探消息的人回来了，但并未动声色，只是站起来沉静地说道：“您先坐着。我去方便一下，方便一下。”

李来宝的身影说着便飘了出去，连拉上门的声音都给遮住了。不过，时候不长他又飘了回来，也带回来一些焦灼的气息。

他已得知，日本人真的要开过来了，连李屏山说过的话也都算是放了屁了。不过，他们主要是运送物资，可能不会在村子上长时间逗留的。

可是，八路军这边呢？

话再说回来，这些日本鬼子可是什么都能干出来的。

最好是都不得罪，不能放着两扇子门不开去开一扇子门。

他进来的时候，屋子里的人已经站了起来，看样子是要走。

“坐下，二位坐下。我刚才合计了一下，即使村子里再困难，粮食还是要提供的。我会在最短的时间内把全村的粮食都交给部队。”

“太感谢地方上的配合了。”

“别，别，你们也是为了抗日呀！”

……

战斗是在第三天的早上打响的。

邻村上下的老百姓钻进地窖里还能听到一阵一阵的沉闷的枪炮声。直到战役结束他们才知道，鬼子其实是从三个方向朝镇子这边汇集的。

先是黄乎乎的如蝗虫般的步兵开路，然后是一辆一辆的装满物资的军车紧随，火光映红了孟家岭上的那道斜斜的天空。

李来宝钻进地下室里来回迈着八字步，心里却在不住地叨量，这步棋算是走对了。不过，借粮的消息可要封锁好，不能让李屏山的人闻出味儿来。

可是，可是这一天怎么就这样慢呢？

他又让人到外面给盯着，特别是文安城里的情况，要随时回来向他通报。

部队打退了敌人一次又一次的进攻。不过，敌人的顽强程度也超出了张营长他们的意料。一天下来，我们的部队也付出了一定的牺牲，但最重要的还是粮食，这一天的口粮眼看着就要见底了，但并没有完成既定的目标。

另外，孟家岭村外的小鬼子们也在合计着，这伙八路虽然占据有利地形，但根据情报，他们的供给已经出现问题，不会坚持太久的。随即响起几声得意的狂笑。

而在我们的阵地上，面对着即将降临的夜幕，想着已经永远倒下去的政委等战友，看着战壕里呈现各种姿态的战士们：有的趴在那里却发出一声一声痛苦的呻吟，有的斜躺在那里面对着天空却双目紧闭，有的……再想想明天还要进行的战斗，已带轻伤的张营长的双眉紧紧地锁在了一起。

一旁的二连长知道他的心事，不就是粮食吗？再找村子上要就可以了，我们打鬼子不是为了保护当地的百姓呀？二连长是邯郸东边县的人，五大三粗，愣头愣脑。他参加八路前曾经占山为王，投奔八路后不断追求进步，作战勇敢，还有几次立功受奖呢。

张营长没有发言，又像是没有听到。他也不会再去轻易下达那样的协商指示。但是仗还得照打，只要他和战士们还有一口气，就要按照上级的指示办，就要保护这一带百姓的平安。张营长的上下牙齿紧紧地咬在一起。他越来越清楚自己的部队面临的状况，可即将面对的无边的饥饿也是一场战斗，一场关于意志的战斗，他们必须坚持住，坚持到最后一分钟！

夜幕终于渐渐地降临，月色也是惨淡的，满是硝烟的孟家岭村外的战场上出现了暂时的沉静。

就在这天夜里，李来宝却接到了来自县城的消息，他县城的老婆孩子出现了意外。他的一双儿女由于外出进货走脱，而留在家里的老婆却被李屏山派去的人给杀死了。除此之外，还有他年近八旬卧病在床的老父亲。主要是日本人从汉奸那里得到了他给八路军提供粮食的消息，才让李屏山去这么做的。

李来宝得到消息后，还以为探听的人探错了。再一想，自己平时可是没少巴结他，方方面面看他李屏山的眼色行事，李屏山怎么、怎么能？他的头摇过来摇过去发出了咯巴咯巴的声响。后来，又一个探听的人回来说，这一切都是真的，真的。他的眼一黑就倒在了地上。

他再醒来后就只嘟哝着几句话："李屏山，李屏山，你他娘的跟日本人穿一条裤子，你，你，亏我过去……"

他后来让人扶起后就不断地说："去，去，去找张营长，去找张营长，我要见张营长！"

他这时比谁都明白，这个仗肯定是明天还要打下去的，而打仗是不能没有粮食的，虽然全村子的人都已把粮食拿了出来，可他的地窖里还有。至于有多少，他也不清楚，反正能够供他们全营的人来吃上一天的。

这时，李来宝的上下牙齿又紧紧地咬在了一起，就差没有把上面的那撮已显稀疏的眉毛给咬下来了。

第二天的战斗更加激烈，战士们身下的黄土都要快被鲜血染红，特别是张营长，他的一只眼睛都被鲜血抹红了，可他还在那里顽强地指挥着。

又一个傍晚来临时，张营长看着身边那些横七竖八发出痛苦呻吟的战士想：不能再这样打下去了，明天傍晚前必须炸毁鬼子的全部军车。还有最为重要的一点就是坚持，坚持，无论如何也要坚持下去！

一会儿，小通讯员又挪过来传达命令，上级命令他们一定要克服困难，坚持明天最后一天，然后迅速撤离。另外，还要帮助镇子里的群众撤离。张营长的身子动了动，也让小通讯员靠近自己一点儿，他才慢慢说，也是自言自语地说：“那边的情况怎么样？上边有消息吗？”

小通讯员虽然不知道啥意思，但知道肯定是与打仗有关的。

其实，长治那边的友军打得很好，也到了最后的决战时期。

当天夜里，从孟家岭的方向来了好多好多的人，李来宝也走在这支队伍里。等他们来到跟前，张营长才知道，他们把村子里除人之外凡是会动的动物都给杀掉了，甚至包括那些老鼠。他们为的就是让战士们好好地把明天的这一仗打完。

张营长的全身战栗，心中流下了红红的泪滴。

这次战役结束后，那数不清的厚厚的雪花覆盖了地上的血迹和那些被炸得七零八落的军用物资，还有战士们没有来得及吃上一口的驴肉、马肉，还有不少散落一旁的细碎的肢体，其中包括李来宝的尸体。几只老鹰在高高的天空上盘旋着，它们的周围弥漫了厚厚的一层死一般的寂静。

据说，此役之后，孟家岭这一带除人之外的各种动物很长很长的时间都没有缓过劲儿来，直到现在老鼠都比别的地方少！

对此，新中国成立后出版的《孟家岭村志》上也有过记载，虽然只有短短的一句话，可是里面的曲曲折折，村上依然健在的几位年近百岁的老人都能说上个子丑寅卯来，特别是提到李来宝，都认为可惜了他那副好心肠。

七十多年后的一天，一位戴着礼帽、拄着文明棍、穿戴洋气的老人来到孟家岭，这个人竟是李来宝的儿子。他满大街地晃悠，想寻找一些跟父亲有关的东西，可映入眼帘的尽是陌生的景象，就连自家的老宅也没了踪影。最后，他跟几个剩下来的老人一拉呱儿，他们才知李来宝的一双儿女还活着，一个落在了在台湾，一个落在香港，并且都是做过大生意的人哩。

天　边

老赛把身子缩在一个矮小的山洞里，透过半遮半掩的毛草，一对迷茫的眼睛死死地盯着天边的那轮月牙牙，又酸又疼的身子一动也不敢动。他只是想早点儿回到自己的家乡去。可家乡又是那样的遥远，就像挂在那黑漆漆的天空中的月牙牙一样，一动不动地眨巴着那双发着冷光的眼睛。

这次老赛跟着村里的赛戏班子到山西一带的村子出台，一共去了七八个人，没想到现在就剩下了他一个人，前不着村，后不着店儿，生怕被那些拿着真刀真枪的鬼子兵们发现。

老赛的家乡在太行山区的涉县、武安一带，那里的人们从很早的时候就爱把唱给女娲、山神、龙王等神仙的戏剧，称为赛戏、赛赛、队赛、老赛等。

老赛原名泥蛋，人又长得老面，一张面皮像松树皮一样泛黄发皱，又打从娘肚子里出来那一刻起，就像他的祖上一样爱唱赛戏。

赛戏其实不是唱，是在喊。它只有鼓点儿，没有唱腔，那些庄重诙谐、味道各异的戏词都是直接从嗓子眼儿里蹦出来的，带着一种原始的苍凉和悲壮，后来的专家都称这种唱法为“吟诵体”。

他老爷爷、爷爷、老爹都是喊赛戏的，尤其是他老爹，曾经在一年的祭祀演出中与邻村的赛戏班班首为演出先后发生争执打伤了人。没想到那班主的妹子嫁给了县保安大队的副大队长做了填房，由那位姑奶奶在上面说话，他老爹就被乡公所的人送到县上的大牢里住了好几年。可他在大牢里也没有忘掉赛戏的演出，一直在想着编写那些早已被人遗忘的赛戏剧本，包括“三皇五帝夏商周啊，汉末三分吴魏刘啊。宋晋齐粱南北史啊，隋唐五代宋君收啊”之类的剧词。那些散发着历史的霉味儿的赛戏剧词不时地萦绕在他的脑际，怎么也难以摆脱掉。

终于有一天走出牢房后，他老爹硬是拖着病恹恹的身子把这些赛戏剧词都默写了下来，并且在临终前亲手交到了自己的儿子手上，老赛当然像对待宝贝疙瘩一样保存了下来。

老赛由于在给女娲、山神等唱的赛戏中扮演过姜太公、张飞、程咬金、李自成等狠角色，再加上能编会导，竟被村里村外的人们称为“老赛”。

那天晚上演出的赛戏剧目是《崇祯失天下》，可台上的一干人为了打开台子，先来了一段唤作祈福小调儿的错戏，一个年纪稍大的汉子从容对了几句“夜静天河转哎，星辰北斗齐哎，明灯点整朗哎，看看奉神知哎”之类的戏词，台下很快便有了稀稀落落的掌声。紧接着进入正戏，一个帝王模样的中年人踩着鼓点儿走了出来，张口就是：“三皇治世星斗稀啊，五帝为君甚整齐啊！……”然后是一个步履蹒跚的老头走了上来……

没想到就在这时，一股不知从哪里冒出来的队伍，忽拉拉地围了上来。

幸运的是，老赛由于这些天肚子拉稀，临时找茅房方便去了，才躲过这一劫。

老赛是后来在往戏台回返的途中，才知道那伙人是从东洋过来的小鬼子。这是一个头上箍着一条白毛巾的老汉跟他说的，那老汉上气不接下气地说：“不得了啊，不得了啊，小鬼子把台上所有的人都给抓、抓了起来！”

老赛站在那里被唬得胆战魂飞，一时间差点儿没把苦胆给吓出来，可脑子还在不停地转动着。这、这荒僻小村里怎么就有了会说东洋话的鬼子呢？

……

老赛赶紧把身子往回缩，跟着那箍着白毛巾的老汉往前跑，只觉得脚像没了根一样，每走一步都像踩在了棉花堆里。

跑着跑着，老赛忽然被一阵女人的叫喊声吸引住，喊声是从一户有着微弱灯光的人的院子里冒出来的。原来是一个大个子的鬼子正要欺负一个挺着大肚子的孕妇，那孕妇竭力地挣扎着，仿佛要将这院子翻过来似的。

老赛不知从哪里来的勇气，也许是想到了自己在赛戏中曾经扮演过的那些勇猛侠义的角色，他快步迈进了这个院子，还顺手从大街门的后面抽下一个门栓子向那鬼子冲去，扬手就敲在了那家伙的光头上，那鬼子如一根木头一样重重地栽到了地上。

这时的老赛十分果断，拉起那个妇女乘着夜色就往大街门外走，一直把那个妇女送出老远。可又猛地想起，那个鬼子兵还在院子里躺着呢，是不是自己刚才下手太重了。再一想，万一他要死在那里该咋办呢？那不是给这个村子的人带来祸害了吗？他在内心里喊了句："不行，我还得赶回去！"

老赛一步一步地摸到了院子里，看到那个大个子的鬼子还直挺挺躺在那里，就顺手从自己的布衫子上撕下一块儿布来给他包扎上，又把两个又粗又黑的指头往他的两个鼻孔之间探了探，似乎还有一些气息在流动，心中便少了一些紧张。老赛又用两手夹住他的两肋死死地往屋里拖，像拖着一条死狗一样。

这时，老赛感到天边的那轮月牙牙有一点儿靠近了自己，也更加清晰地听到了远处传来的嘈杂声。他现在什么也顾不上想。他感到最迫切的就是马上离开这里，回到自己的家乡，即使走到遥远的天边也要回到自己的家乡去。那里有病床上的老母亲殷切的期盼，那里有隔壁家的二寡妇真诚的等待，那里还有……

他撒开双腿往前飞奔，明明把那弯泛着冷光的月牙牙丢得远远的，可它又不知什么时候横在了自己的眼前。

天亮的时候，他钻进了前面山坳处的一大片玉茭地里，一边咬着拨下来的夹杂着清香味儿的玉茭棒子，一边想着自己的伙伴们，他们现在在什么地方呢？

记得来山西赶台口的时候遇到了响马，大家都非常害怕，出了一头的慌汗，直把目光投向班主。班主心想：你们别瞅我啊，来的时候俺可是把戏神老爷爷们拴在骡子尾巴上的，谁知那头老虎就没有出现呢？

班主的意思是村上的赛戏班在历史上曾经多次出台，但每次出台都要在骡子的尾巴上绑上戏神，有时是女娲，有时是山神爷，有时是关老爷……每当响马追上来时，就会看到骡子的背上卧着一头老虎，自然就知难而退了。

可现在去哪里找那只老虎呢？

眼看响马就要扑上来，危急时刻，班主的手上闪出一支弹弓，飞快地射向领头的那个响马的眼睛，只听哇的一声大叫就倒在地上，其他几个响马赶紧围过去。

乘着这当儿，班主带着他们冲了过去。

……

不行，现在不能想他们了，自己还是泥菩萨过河——自身难保呢！还是先回去要紧，说不准回到老家后就能碰上他们呢？

他打了一个饱嗝儿，又感到渴得厉害，就又估摸着方向往地边爬。他进玉茭地的时候好像看到那一带的地皮湿湿的，肯定有一个小水汪。他慢慢地往前爬着，顾不上全身的隐隐的疼痛。

不知什么时候，他终于爬到了那个小水汪的旁边，先是把手伸向那有些湿润的泥土的深处，狠狠地吸了一口气，才又把身子往前移了下，把嘴巴吸在了那股汩汩有声的泉水里，顿时感到身边的世界在刹那间都不存在了。

……

天黑的时候，他又往前行走，专挑山间小路走。等到天亮再钻进玉茭地里，或是别的什么山洞里。

有一次，他竟然钻进了一个破砖窑里，那里面积了很深的水，还有蛇虫爬动的声音。他刚要转移到砖窑外，又听到外面有动静，便不敢动了。

时间在慢慢地流逝，慢得让人感到有些窒息。

等到暮色再一次把窑里窑外的一切笼罩得严严实实，他一步一步走出那孔窑洞的时候，感到自己的前半辈子都埋葬在里面了。

他回头望了一下洞口，又继续往前行走。他知道，只要过了前面的漳河，就算回到挂在天尽头的家乡了，心情随之开朗起来，浑身上下有了一种十分温暖的感觉。他特意到一个小水汪里洗了把脸，全身上下是那样地畅快。

又是一个挂满了晚霞的傍晚，他终于看到了挂在天际尽头的那条漳河，像一条玉带一样飘荡在太行南部的崇山峻岭之间。他很想扑上去抓住这条玉带。

就在这时，一个硬硬的东西顶在了他的后背上，等回过头来，才见一个穿着一身黑衣裳的人站在了自己的面前，不远处似乎还站着一个，他立马惊出了一身冷汗。

“他妈的，给老子站好？要是不老实，马上叫你吃枪子儿！”

“这小子看上去就是个老实蛋，没几两油水的！”

“老实不老实先弄起来再说。你他妈的还不过来，给我绑紧点儿，不要让这小子给跑了！”

“好，好，你把这小子看好了，等我把绑腿带子解下来。”

忽然，不远处响起了几阵枪声，两个拿枪的人马上把头扭了过去。老赛一激灵，扭头就钻进了不远处的高粱地里。那两个人又扭过头来，哪里还有他的人影？

老赛一口气穿过高粱地，又跳进漳河游到了对面，才瘫坐在了地上好好歇一下。他在心里头长长地喊了一声：“俺的娘啊，终于走到天边了，终于看到自己的家乡了。刚才真是好险，要不是那几声枪响，就白白地把命搭在了这里！”

他站起来想回自己的家。又一想，不行，得先到村后山坡上的女娲庙去，准是他们保护了自己，不然也不会平安地回到自己的家乡。现在好了，平安了，应该先感谢他们，给他们喊几段赛戏再回去！

想到这里，他浑身上下又鼓满了力气。

老赛村后山坡上的女娲庙其实是一座全神庙，山神、河神、龙王、土地、关爷等各路神仙一应俱全，庙宇虽然破旧，面积也不能说太大，倒是有些年头儿了。

老赛一股劲儿上去后就放开嗓子喊了起来，先鸟（来）了几句驾头诗：

这座古庙无人修哎，
元天岗上重整修哎，
把庙盖到九龙八卦上哎，
年年香烟不断头哎！

又鸟（来）了几句吟诵诗：

打头来三皇治世哎，
到后来五帝为君哎。
伏羲皇帝制天磐哎，
治下天磐镇乾坤哎。
神农皇帝尝百草哎，
留下了五谷黎民哎。
轩辕皇帝衣襟治哎，
传于民间万万春哎。
十大名医选脉理哎，
留下药性救黎民哎。
……

喊罢赛戏，老赛浑身上下感到通畅，一下子把所有的疲倦和疼痛、憋屈都丢到了脑后，往家里走去。终于要见到老娘了，他的心里有说不出的高兴；终于要见到二寡妇了，多多少少还有些激动。可再想想一同去赶赛戏的那些人，特别是那个会玩儿弹弓的班主，他心里又有些沉重。

他悄悄地进村，一轮明月挂在了头上。快到家门口时，他想了想，还是不要走正门，于是他就从后院的大槐树上爬了进去，依稀能够听到远处的几声狗叫声。

老赛从房上下到院子里，又走到堂屋门口，“娘、娘”地喊了起来，尽管声音很轻，屋子里还是有了动静，随即亮起了微弱的灯光。

“是赛儿吧？是赛儿吧？”

“娘，娘，是我，是我！”老赛扑通一声跪下了，跪着挪到了娘的炕沿边儿。

“我那苦命的儿啊，你咋还敢回来，咱们这里也不是太平之地啦，日本鬼子已经进村咧，就住在不远处的县城里。这些东洋鬼子见人就抓，见粮就抢呀，还在好几个村里杀红了眼。你还是赶紧离开吧？听说八路军就在上河峧边的赤岸村里。”

“二寡妇呢？”

“别提了，她，她被鬼子糟蹋后的那天夜里就，就跳到了漳河里，跳河时还喊着你的名字呢！真是个头号刚烈的女子！”

“啊！！”老赛感到一阵刀劈斧砍般的难受。

这时，老赛想到了在演赛戏的那个村子中被自己打晕的大个头鬼子，自己当时竟然还要回去替他包扎，便用拳头去砸自己的脑袋！

“娘啊，儿这一走谁来照顾你？”

“这你就放心吧，娘这一把老骨头他们能咋样？再说还有左邻右舍照应我。”

“我，我……”

“你就放心吧，跟你到山西喊赛戏的那些人早回来了，他们是被八路军救下的，已经成了队伍上的人。在你回来之前还到家里看过我，并且给你留下话呢。”

“我，我……”

“记住，到了部队上，可要好好打鬼子！”

“娘，娘，俺知道啦！”

老赛扭头走向屋外。

“回来，箅子上还有几个菜团子，你拿上好扛饿！”

……

这时，天尽头的那弯冷月挂得更低了，仿佛随手就能摘下来似的。

附记：

2018年，我协调并参与了由涉县文化馆和河北大学文学院编选《邯郸（涉县）赛戏剧本集》的编选工作。2019年，该书由河北大学出版社出版发行。次年，我又参与编著《河北赛戏》一书的相关工作。在此期间，我接触了大量与赛戏有关的村庄和相关资料。我不仅在涉县、武安、邯郸高开区这些至今仍在传承赛戏的地方采访，还到张家口、保定等地寻找中国赛戏的源头，不由想到赛戏这个已列入国家级非遗项目的古老剧种与邯郸当地人民的命运的关系，与所处的那个时代的关系。与此同时，老赛等人物形象也时时地浮现在我的眼前，于是我写下了《天边》这篇短篇小说。

当然，小说中的赛戏演出仅仅是一个背景，是整篇作品的引子，通过老赛这个人物最终投入到抗日的队伍中才是整个故事的核心。老赛心目中的天边就是故乡，可令他感到震惊的是故乡的恬静和安逸早已在自己的梦境中远去，摆在面前的现实是由破碎、冷酷、血腥和绝望组成。当时的太行内外、漳河两岸到处燃起了抗日的峰火，这才是小说中的老赛真正要到的天边和寻找的远方！

二贵他娘

1

二贵他娘一夜都没合眼，眼前不停地浮现出孩子他爹将要回来时的情景。多少年过去了，她不知道自己的男人现在成了什么样子，只知道他走的时候丢下的大贵和二贵，现在都已成了五大三粗的汉子，并且每个人的鬓角都已染上了深深的白霜，就是他们膝下的孩子也都当上了爹。可是，他们又每时每刻没有忘掉自己依然身在南国的亲爹。

收到远在万里之外的男人的信后，二贵他娘的那颗心扑通扑通跳了好几天，好几个晚上都没有把眼合上。

还没开春儿，冬天的结冰仍没融去的时候，她就让二贵到南方去了一趟。这个时候，农活儿少，生产队里的假也好请一些，那个整天阴着一张脸的生产队长老张也不会说什么。

其实，她一直明白老张对自己的心思，平日里照顾这照顾那的，可是怎么能够答应他呢？再说，老张也不是不想让孩子去找他的亲爹，只是吃不到葡萄觉得有些酸楚罢啦。

望着二贵走出村子的身影，她的眼前一下子浮现出了他爹当年离开时的情景，那也是一夜都没有把眼合上，家里的老人们也没有合眼。

那天后晌儿，他们全家接到了二贵他爹托人从外地捎来的信儿，才知他已被部队上的人给收走了，要到大军区的驻地武安冶陶汇合，明天前晌儿可能路过村子，要他们务必到路边见上一面。

刚一得到这个消息的时候，二贵他娘有些恨自己的男人，你要在家里好好待着，怎么会被县大队的人“收”走呢？难道你不清楚爹娘的身体不好，上面还有年迈的爷爷奶奶？另外，除了大贵之外，俺又怀上了二贵，这两天的嘴里老是吐酸水儿。

尽管这样想，第二天她还是挺着肚子和爹娘一起到路边去等。他们从早上一直等到半前晌儿，一直没有见到部队的影子。后来才听人说，部队改道不从这里过了，要想见面还得多走十几里的路到悬崖村去，公公婆婆二话没说就迈开了双腿向前走去，二贵他娘跟在了后面。等在悬崖村见到儿子时，公公婆婆像个泪人似的迎了上去，二贵他娘也是用半是埋怨半是欢喜的目光望着自己的男人，怨的是他抛下了全家跟着部队到遥远的南方去，欢喜的是自己原来光头秃蛋的男人穿上一身灰军装后竟是这样威武！

这时，部队上那位带兵的同志过来了，看到这一大家子的人哭成了个蛋，就想暂时避开一下。谁想二贵的爷爷眼尖，他早已看到，马上放开自己的儿子迎了上去，一下子跪在了人家的面前。二贵的奶奶只是在那里哽咽，一股劲儿地说家里躺在炕上的老爷爷和老奶奶也想见见自己的孙子呢？

那位同志慌忙上前把二贵爷爷扶了起来，还一边劝着："老乡，老乡，快起来，您的肚子里有啥话可以给我倒出来，咱们共产党的队伍可不兴这一套！"

"那好，那好，俺肚子里的话是想往外倒倒哩！"

"您说，您说，我听着呢！"

"俺，俺是想让孩子回家看一眼呢。俺现在就留下了这一根独苗，躺在炕上的老人心急见一见孙子呢？就是看一眼，第二天天亮之前就会把他送回来的。"

"这，这……"

"放心吧，俺这个孩子是铁了心要跟咱们部队走的。"

"这些我们清楚，本来也考虑到他的哥哥已在抗日时牺牲，家中只有他一个，不让他去，可他就是死缠硬磨要去，这才收下了他。"

"收下好，收下好啊，俺们全家一百个同意，只是不知道这个孩子终究能够走多远，也说不准啥时才能够回来，就是想让他回去看看爷爷奶奶哩。”

“回去一下也不能说不行，只是部队随时都可能要开拔，山路又不好走，您看?”

“是的，是的，您说的一点儿不假，可俺们走山路走惯了，就是有个狼神虎豹啥的也没啥。”他看人家有些为难，就又低下头去说：“老总您要不放心呢，可派上一个人来拿枪跟着。”

“看您老把话说到哪里啦！我们怎么会不放心呢?”

“那就感谢首长啦!”

这时，二贵他娘也迎了过来，用祈求的眼神看着带兵的同志，直到看到人家点了下头。

他们随后相拥着向家里走去，二贵他娘上前拉住男人的手，怕他不记回去的路似的。他们的身后留下了沉重的脚步声。

他们赶到家里时，躺在炕上的老人看到眼前的孙子后伸手拉住了他，身上的病痛也不知躲到哪里去了。他们一大家子在一起无话不谈，仿佛有着永远谈不完的话题。

哎，有谁能够想到，这一大家子是度过了怎样的一个难舍难分的夜晚啊，他们聚在那个被星光照亮的小屋子里，有欢喜，有庆幸，有叹息，有埋怨……

到后半夜时，二贵他娘和自己的男人单独待在一起，借着小窗户中透进来的稀疏的星光，他俩你望着我，我望着你，最后还是二贵他娘打破了沉默。

“你这一走，就靠你自己照顾自己啦。”

“你也是。你现在怀有身孕，拿轻掂重的营生要少做。你，你要自己照顾好自己呀。”

“放心吧，哪头儿炕凉，哪头儿炕热，俺怎能不知道呢。”

“我还会回来的，一定等我。”

“等你，一定等你，等你回来!”

……

鸡叫头遍的时候，二贵他娘熬好了香喷喷的小米南瓜饭。鸡叫二遍的时候，二贵他娘烙出了热乎乎的油饼。鸡叫三遍的时候，二贵他娘把自己的男人送出了村子，望着自己心爱的男人慢慢地消失在通向村外的那条小路的尽头。

开春后，也就是在自己的男人随着部队开拔后的第二年，二贵他娘生下了二贵，是在杨树洼扳山地时生下的。正是半晌午，周围连一个人都没有。她不慌不忙地弯下身去找了块儿石头把那细长的脐带捣断，然后把孩子包起来放在一边，把剩下的一溜地扳完才往回走。

现实就是这样残酷，二贵他娘拉扯着大贵和二贵，还要照顾家中的四位老人，但她一想到自己的男人，浑身上下就充满了力量，脚上也像绑了铃铛似的，迈到哪里都会有发脆的声响。

后来，听说部队早已打过长江去，蒋光头也一瘸一拐地跑到了台湾岛上，二贵他娘的双眼开始发亮。她是早也盼，晚也盼，盼望自己的男人能够早日回到自己的身边，整天支着耳根子听着大街门外面的动静，就是听到大街上的树叶子响动也要跑出来看上几眼。

一天早上，她听到门外有什么动静，就一路小跑着赶了出去，谁知却是村里的公安主任站在那里，公安主任露着满嘴的大黄牙在那里色眯眯地看着自己，她赶忙把身子缩了回来。她竭力地不去想象公安主任的那副嘴脸，一想嘴里就想往出翻滚着什么。

傍黑儿的时候，又听到大街门的外面有动静，她没有出去，却听到有人在高一声低一声地喊着自己，原来是妇女主任大布鞋。这时，大布鞋已经甩着胳膊走了进来。她依然高一声低一声地让二贵他娘去自己家里取鞋样子，还说："你不是到处喊着要找鞋样子吗？这样子可是正合二贵他爹的脚。"

人家的这几句话，一下子就戳到了她的心窝子里去，便跟着大布鞋走了，等到她家，还没顾上说几句话，公安主任不知从哪里冒了出来，随即就把大街门给严严地关上了。

这时，二贵他娘似乎感觉到气氛有点儿不对劲儿，抬腿就向门外走去，却被公安主任拦住了去路。

"呵呵，这不是二贵他娘呀？咋的，还想从这里走出去？门已被我锁得死死的！”

“你，你啥时候进来的？”

“你还没进来的时候我就进来了？”

“你要干啥？”

“我要干啥？我还能干啥？二贵他爹一直不在身边儿，你就不觉得难受呀？难道你的心就是石头做的？说句实话，我老五早就看上你了，你那南下的男人是靠不上了，还是咱俩好了吧，肯定不会让你吃了亏，村里无论啥事我都能罩着你！”

“不要脸，谁稀罕你来罩着，竟然说出这样没高没低的话来？”

这时又想到大布鞋，哪里还有她的半点儿身影？

……

出了这样的事后，二贵他娘一开始非要反映到区上去，任凭大布鞋怎样劝说都不行。

可后来，为了自己的男人，为了两个孩子，为了家中老人的脸面，最终她再三掂量，还是没有走了那一步。

她一个人流着泪，在那夜深人静时就悄悄地对自己说：“二贵他娘，这就是命！你就这样熬吧，盼吧，终究会把自己的男人给熬回来，盼回来的！”

可她始终没有想到的是，盼来熬去听到的却是自己的男人早已牺牲的消息，一下子就晕倒在了村里打水的井台上，一天一夜才醒了过来。

这时，大贵、二贵的老爷爷老奶奶早已去世，就只有他们的爷爷奶奶和大贵、二贵弟兄两个守在她的身边，她的两个儿子在一旁哭着，两位老人在那里叹着气。

村里的人都说，二贵他娘怕是过不去这个关口了，早点儿准备后事吧。

谁知就在这时，她心里憋屈着的那一口气又悠悠地转了回来。她揉着自己的眼睛，望着站在自己面前的这些人。

大家都长长地吁了口气。

很快，村里的人又看到了她的身影。她不会去多说一句话，只是日复一日地上山砍柴，到生产队里出工。她先是送大贵、二贵上学，再后来送大贵、二贵的孩子们上学。她经常在村里的小河边洗衣裳，听老榆树上的花喜鹊唱歌……

本来她身体里装着的那颗心已经彻底地沉了下去，被额头上的白发遮得严严实实的，可在一个飘满大雪片子的午后，她竟然收到了一封皱巴巴的来信。那是自己的男人从遥远的南国福建寄回来的信，可是……

2

夜里，院子里飘下了一阵凉凉的细雨。

二贵他娘睡不着。他把两个儿子叫到跟前，让他们到生产队的饲养院里给那头老牛添些草料，明天要用它到离村子二十几里的火车站接人。

二贵看了一眼在土炕上躺着背已深深地弯了的老娘，不吭一声就走了出去。他一边走一边想起到南方寻找老爹的情形。

按照信上的地址，他终于找到了自己亲生的爹，一时竟然呆在了那里，坐在那里的一头白发的老爹竭力地要站起来，并且伸出了那双颤抖的手……

当时，他在脑子里反复回响的却是，难道这就是自己的老娘一直都在思念着的那个男人吗?

后来，一个稍显年轻些的女人走到了他的跟前，扶了这个男人一把。不一会儿，又有两个一高一低的中年人先后站到了他们的面前，这肯定是他们的孩子，也就是自己同父异母的兄弟。

那个男人的脚步缓慢地向前靠近着，二贵已经快要闻到他那激动而又微弱的气息，也就在那短暂的瞬间，他竟然产生了要逃离的想法。为了自己的老娘，还有家中的爷爷，但很快他就把这个念头压了下去，扑通一声跪在了地下，只是那个爹字仅仅在自己的嘴唇之间轻轻翕动了下就缩了回去。

在那一刻，那个男人，也就是二贵的亲爹紧紧地抱住了他的头，两个人拥抱在了一起。二贵仿佛感到周围的一切已经凝固了。

……

这是一头年岁很大的老牛，浑浊的目光里夹杂着厚重的眼屎。它从入社的时候起就在为整个生产队服务，队里的每个人都把它看成自己家中的一部分。

专职的饲养员老吕在一旁一边一袋一袋地抽着旱烟，一边想着自己的心事，一边哼上几句落子腔。他那冷冷的目光斜斜地刺向天空，对二贵的到来没有任何反应。

老吕是个光棍儿汉，一个人吃饱了全家不饥。他有两大爱好，一是在闲暇时哼上几句落子腔来爽爽口，一是喜欢侍弄牲口，把它们当成不会说话的朋友。

一次，有人下夜来偷那些牲口的草料，据说还是大队书记的亲戚，可被他当场抓住后，硬是一点儿情面都不给。最后大队书记本人亲自上门来求情，他也没有松口，就是第二天不让他干这饲养员了也不松口。

二贵轻轻添好了从自家带去的草料，又用手摸了下老牛头顶上的双角，这才踩着满天的星光向自家的老屋走去。

进到院子时，看到老娘屋子里的灯光还亮着，就下意识地走了过去，看到老娘正在披着衣裳和白面。听到二贵进来，她头也不抬地说："我再烙上几张热乎乎的饼，明天你走的时候可要带上。你到车站后，猛许火车还过不来，你就先垫补垫补，可要给你爹留着些，他都已经有好多年没有吃过我烙的饼了吧。"二贵他娘在那里说着，又似乎是自言自语。

二贵点着头轻轻地退了出去。

二贵回到自己的屋子后，见老婆孩子都已熟睡，就没脱衣裳偎在了老婆的旁边，然后搭上了一条被子。等他约莫着起来再次来到院子准备出发时，看到老娘屋子里的洋油灯依然亮着。不一会儿，爷爷奶奶的屋子里也有了动静，好像是一阵比一阵强烈的咳嗽声。

二贵一声不响地到饲养院套上老牛便出去了，老牛脖子上的铃铛声在被夜色笼罩的山路上回荡着。

火车站地处二贵所在村子的正南方，被一个小山洼紧紧地包裹起来。二贵的牛车赶到时，火车还没有到，只有一个年纪不大的小同志在那里打扫卫生，站里站外透露着宁静的气息。

二贵仰头躺在牛车上，望着天上的白云从自己的头顶上飘过。

一阵火车的鸣笛声打破了二贵的遐想，他翻身跳下了牛车，一步一步地向出站口走去。这时已是晌午一点多钟，二贵看到出站的人不是太多，其中有两位满头白发的老人走了过来，赶忙迎了过去，只是没想到会是两个人。

本来，二贵他爹是想一个人回来的，或者带上两个儿子，但老伴儿不同意，并且死活要跟着自己，他也就同意了。他当然明白老伴儿的心思，这天下哪有丑媳妇不见公婆的道理?

多少年来，在那遥远的南国，他做梦都在想着自己的家乡，想着爹娘，想着孩子，想着二贵他娘。

那天早上回到驻地后，他就跟着部队出发了，跨过汹涌的黄河，走过了绵长的黄泛区后，就一直向着大别山挺进，后来又到大西南剿匪。他就是在那次战斗中负伤后转业到地方的。他本来想回到自己的老家，可自己伤成这样，二贵他娘还会接受自己吗?

就在这时，他遇到了自己现在的老伴儿，她不仅年轻漂亮，还悉心照顾自己，先是感动，随后就有些动心了。

后来，再后来，伤势渐渐好转，经过了无数次的内心斗争后，他还是被自己的心中不断涌起的欲望给压住了，就在那里重新组织了家庭，并且有了自己的孩子，只是感到有些对不起二贵他娘!

……

这次回来，也可能是最后一次回来，他并没有惊动组织，而是以一个普通老兵的身份返回自己的家乡。

牛车在凹凸不平的山路上爬行着。慢慢爬向那个生他养他的小山村。二贵他爹眯着眼，空空荡荡的脑子里忽然回荡起了老家那首情歌中的几句唱词:

心中有谁呀只有谁呀，
小二姐难比那个秦雪梅，
俺有心把雪梅背回去呀，
又怕半路上扎饥荒！
……

二贵从怀里掏出了那几张被粗布毛巾包着，还有一点点温度的油饼递给了自己的老爹，还有他旁边的那个女人。二贵他爹接过后，马上被一股熟悉的香味儿所笼罩。记得自己离开家乡的那个晚上，也是被这种味道紧紧地包裹着，那是一种香到骨子里的香啊……

3

他们赶到家中时，暮色已如一张无形的大网一样罩了下来。可是大街门口、院子里、屋子里都站满了人，村子里的人听说二贵他爹回来了，都要过来看看的，尤其是那些年纪差不多的人，生产队长老张也来了。二贵他娘忙前忙后地招呼着老少爷儿们。

村上过去的公安主任和妇联主任大布鞋也来了，走起路来东倒西歪的，只是没有多少人去理会他们。公安主任却见人就说："听说二贵他爹回来啦，俺这说成啥也得去看看啊！"

当看到自己的男人走进屋子时，二贵他娘的那双目光直直地射了过去，却说不出一句话来。但她的心里却在不停地翻腾着，是他，就是他，就是自己等待了几十年的男人呀！

忽然，她听到了扑通一声，自己的男人跪了下去，他身后的那个女人也跪了下去，他们跪在了两位老人的面前。二贵他娘呆呆地站在那里。

两位老人上前扶起自己的儿子，有好多好多的话要对他说。他们从没见过的另一个儿媳却被冷落在一旁。

出于女人的心细，二贵他娘就上前拉了那个女人一把。

随后是哭声、笑声、谈话声交织在一起。

等这一切平静下来时，已到了月上中天的时候，两位老人叫人喊来二贵他娘，说要把这老屋让出来，让他们两口子今晚单独住在这里，旁边的一些老人也都在喊着，是这个理儿呢。其中公安主任和大布鞋叫得最欢。

二贵他爹想说啥却又不知说啥好。

大家都把目光投向了二贵他娘，她却给两位老人跪下了，并且谢绝了他们的好意。

两位老人本来还要坚持，可见二贵他娘那样坚决，也就不好说啥。

大家围在一起，重新燃起快要熄灭的柴火，你望着我，我望着你，把满脸的心思都一览无余地抛洒出来。

院子里的月光又向前慢慢地推进了一步，把点点光辉洒向每个人的心际。

这就是 20 世纪 80 年代初期中国北方农村的一个温馨而又略带酸楚的夜晚，一个普通而又不普通的夜晚，一个短暂而又漫长的夜晚。

4

二贵他爹和那个女人要走的头天晚上，老老少少一大家子的人又是一夜没合眼，从炕上到灶火台，再到地上，到处都是人，连退下去多年的老支书也来凑热闹，还不时地提起小时候那些陈芝麻烂谷子的事，引来了一阵阵的笑声。

这个时候，烧热的白开水在桌子上的老瓷碗里滋滋地响着，旱烟味儿，烤红薯的香甜味儿，瓦缸子里的酸菜味儿，麻麻的花椒味儿密密地交织在一起。二贵他娘从屋子里出去，不一会儿又进来，一会儿把那些平时舍不得喝的红糖大把大把往白水里放，一会儿又用小木槌敲击存放许久的个大皮薄的核桃，给这种特有的氛围中增添着自己的亮色。

回来的这些天里，二贵他爹把村前村后都转了，特别是小时候常去割草、打柴的那些地方，常去玩儿水的那些地方。他感到生养自己的家乡虽然还不富裕，但也有了不小的变化，国家在这里建成了大型的铁矿开采基地，连那些大型的钢铁厂也建在了这一带。还有，当初办在村北寺院的抗日第八高小的牌子还在，只不过这里现在已成了国办中学。

……

最主要的是，家乡的人心还没有变，还是那样的纯朴。

在街上转悠的时候，他忽然看到了哑巴，心里有些激动。当初，他们一起到狼窝峧去掏鸟蛋，谁知就在那里遇上了日本鬼子的一个小队，他们冒着生命危险到区上报信儿，哑巴走在最前面。到后来，他们一起去报名参军，遗憾的是他没有被收上。

现在，哑巴还是那样精神。不过，人毕竟老了，他还干他祖上传下来的理发的老本行。

二贵他爹从后面跟了上去，猛地用俩手捂住了哑巴的双眼，然后用有些沙哑的声音说："你猜猜我是谁？你猜猜我是谁？"

哑巴一下懵了。可等他松开双手，哑巴回头看到是他时，先是一愣，紧接着双眼湿润了，两个人的双手紧紧地握在了一起。

……

现在，他更是感到对不起二贵他娘，她为自己受了那么多的苦，承担了那么多的责任，可自己现在该如何报答她呢？

第二天的早上，还是二贵赶着牛车把他们送到火车站。二贵他娘硬是要去。她与那个女人俨然成了一对好姐妹，两个人手拉着手，仿佛有着说不完的话。二贵他娘那时才知道，这个妹子也是一个苦命的人，还在很小的时候，他的家乡就遭受了战火，爹娘都被日本鬼子的飞机给炸死了，是八路军的队伍救下了她。后来她也参加革命，并且遇到了二贵他爹……

5

两年后，二贵他爹在南方去世。他的骨灰一半留在福建，一半被大贵、二贵带回了老家，与先后去世的爷爷奶奶葬在了一起。不久，他在南方的媳妇也因病去世。

二贵他娘把一朵白花，不，是把两朵白花插在了位于村外柳树沟的自己男人的坟前。

附记：

二贵他娘仅仅是众多太行老区妇女形象中普通的一个，但又十分具有典型的意义。她心中的大爱体现在委曲求全、顾全大局、勇于牺牲自己的品格上。正是有了无数二贵他娘这样的普通妇女牺牲自己的利益，才会有了我们现在和平和幸福的生活。

我的朋友何金德原在涉县武装部工作，他生前写下了许多有关拥军优属的生动故事，并且出版了《太行英雄传》《太行鱼水情》等书籍。二贵他娘的原型就是从他的那些故事中汲取的。

寻找贾狗年

1

不错，贾会保的爷爷贾扎根，奶奶刘龙廷，生下了他父亲兄妹四个。他大伯贾狗年，二伯贾卯年，他父亲排行老三叫贾付年，还有他唯一的姑姑贾竹英。

但是，当年刘邓大军从武安冶陶挺进大别山的时候，只有他大伯跟着部队南下了，后来全国解放，却是一直没有音信。

贾会保找到我的时候，是在一个冬日的午后。我望着坐在眼前的这个苍老憔悴的同志，望着这个叫贾会保的中年人，一时真的有些不太明白，他为什么要执意寻找他大伯贾狗年的遗骨呢?

他不停地拿出黄布包里的好多书面材料和照片让我看，喋喋不休地诉说着他的父辈和自己的经历，最后还非常认真地寻问有关他的大伯贾狗年的线索，显然是想从我这里有所收获。

可是，非常遗憾，我又让他失望了。

当他离开办公室时，我坚持要到公路边的乡村汽车站去送他，一边走还一边叮嘱，我会尽自己所能帮他寻找，他那边有什么消息也要及时告诉我。

后来，一直看着他坐上了公共汽车。直到公共汽车只剩一个残影，我还站在那里。不过，我的脑海中还在不时地浮现着贾会保一家寻找贾狗年的画面，并且明白他又会从这里踏上新的寻找之路。

2

还在很小的时候，贾会保就听村子里的人们讲过他大伯贾狗年的故事。他长得人高马大，一个人就能把村外麦场上的碾滚子抱起来，让大家啧啧称奇！最主要的还是他心眼子实在，乐于助人，引来了邻村上下不少俊俏闺女的待见！

那一年，家里面给贾狗年定下了一门亲事，说是过了春节就要把新娘子迎进门来，可就在那个时候，部队上开始扩兵，要南下去打“蒋匪帮”。等村干部把通知下到家里的时候，贾会保的爷爷奶奶直叹气，一时不知说啥好。

要说不去吧，他们家人丁兴旺，光名下就三个小子呢。更重要的是现在能分土地和房子，过上以前想都不敢想的好日子，多亏了人家共产党和八路军的队伍来接济！要说去吧，狗年的亲事已经定了下来，并且早早就把喜馍给远远近近的亲戚们送了过去。

再说让他的两个兄弟去吧，个子虽然蹿起来了，可毕竟年龄还小，身子骨儿也不那么壮实！

这时的贾狗年，他的心里镜儿似的明亮。他第一个到村公所里报了名。一开始，村主任还在那里犹豫，并问道：“你小子不是就要拜堂成亲了吗？怎么就狠心走了呢？”

他不说话，只是在那里傻笑。

村主任其实也明白，他心疼两个兄弟，也心疼自己的爹娘，就长长地吁了口气。

这时，贾狗年开始说话，但声音不大。他要求村主任先不要把他当兵的事告诉自己的家里人，也不要告诉他的对象枣花儿。

村主任马上愣在了那里。要是不告诉贾狗年的家里，他办得到；要是不告诉贾狗年的对象枣花儿，他就觉得有些难办了。枣花儿是他不出三代的本家侄女，也是一个百里挑一的好闺女。可以看得出来，她的心思都扑在了贾狗年的身上！要说当初，可是有不少人给她找婆家，可她就是看中了贾狗年身上的那个狗劲儿！

面对着贾狗年那双明亮的眼睛，村主任艰难地点了几下头。

离开村子的那天晚上，贾狗年在枣花儿的房前屋后转悠了很长时间，直到把月亮转得丢掉了半个边儿。

这些都是村里眼睛最尖心思最细的老婆婆麻婶一点一滴地看在眼里的。

3

贾狗年跟随大部队南下的那一天，也正是早已定好的贾狗年迎娶枣花儿过门的那一日。枣花儿从早上等到大晌午，又从大晌午等到了那一轮明晃晃的大月亮爬上来，可就是不见贾狗年的人影。她不顾别人的劝阻跌跌撞撞地跑到他的家里去，又从贾狗年的家里向邯郸的方向追赶着，直至摔倒在曲曲弯弯的土路上，又挣扎着站起来。

贾狗年的家里早在头天晚上就乱了套，贾会保奶奶的哭喊声以及他爷爷、父亲和叔叔们的叹气声此起彼伏，一直没有断过。

这个时候，不少人都涌向了村主任的家里，村主任在炕沿儿下的灶火台上圪蹴着，大口大口地抽着旱烟，一直保持着老牛大憋气的状态。

好多人寻问他贾狗年的下落，他只是更加使劲儿地抽起旱烟来。实在顶不住了，他才冷不丁地冒出了一句："这孩子，可能跟着部队走了吧。"

这时，大家伙才知道，贾狗年已经跟着部队走了。

也就是从这个时候起，贾会保的奶奶刘龙廷无时无刻不在念叨着自己的大儿子贾狗年，睡觉的时候也在念叨他，寻找他。

她比谁都清楚，这个时候的枣花儿也在用自己的方式寻找贾狗年。不久，她就离家出走，村子里的人再也没有看见过她，村主任也没有看见过她。

让人感到困惑的是，前方胜利的消息一个接着一个传来。不久，新中国也在北京宣告成立了，不光贾狗年没有回来，就连枣花儿也没有回来。

慢慢地，由于年龄的关系，村主任也从自己的岗位上退了下来，每当想到贾狗年和枣花儿时，他就会站到村口的高岗上不停地向远方眺望着。

4

20 世纪 60 年代后期，社会上虽然乱哄哄的，可贾会保的奶奶心里始终装着自己的儿子。但是作为一个久病的老人，她除了无奈还能有什么呢？在一个寒冷的冬日的午后，只是喘着一口气的她将要告别这个生养了自己的小村庄。

此时此刻，她拉着自己男人的手说：“老头子啊，只要，只要还有一口气，也要，也要把咱们的狗年给找回来！”

“我，我会的，会的。”贾会保的爷爷哽咽着答道。

这个时候，老村主任已经去世，贾会保的爷爷又像老村主任一样，每天都会站到村口的高岗上不停地向远方眺望着，直到有一天，他自己也成了一座雕像。

临终前，他把自己的两个儿子叫到了面前。同时，也把自己埋藏在心底的这个愿望交给了他们。他用尽最后的力气说：“要让你们的哥哥回家，回家！要是有一点儿可能的话，也要让你们的嫂子枣花儿，回家！”

只是让他没有想到的是，二儿子贾卯年后来只活了五十多岁。还有，他的两个孙女贾彩秀、贾改秀，这两个从小就听着自己大伯的故事长大的纯朴憨厚的姑娘，也是由于多病而早夭。

老人的希望就只能落到自己的三儿子贾付年身上了。他的膝下还有老人唯一的孙子贾会保！

贾付年带着父亲和母亲的期望，带着对哥哥的崇拜和愧疚，决心走出脚下的这片从来没有离开过的土地！

改革开放这些年来，村子里的面貌也发生了变化，每天的日子也与过去有了很大的不同。贾付年自掏差旅费到武安县城、冶陶，甚至还到邯郸、安阳等地寻找自己大哥的踪迹。

每当面对窗外那不断飞过的山川河流时，他一下子又感到自己的单薄和渺小，感到自己的无奈和软弱。可每当自己的儿子贾会保的身影在自己的心中闪现时，浑身就又充满了力量，眼前顿时感到是那样的明亮。

他走啊，走啊……一直向着自己心中的远方行走着。

5

2010年正月的一天，虽然过了立春的节气，可天气还是那样的寒冷。七十四岁的贾付年拼尽了身上所有的热量，可还是未能抵挡那凉气的侵蚀。

这个时候，他便隐隐地有了一种不祥的预感，他把自己唯一的儿子贾会保喊到了面前，用尽所有的力量抓住了他的手，想喊出一句话，可就是没有喊出来，但是儿子贾会保明白他想告诉自己什么。

他又要沿着爷爷和父亲的足迹去寻找大伯，去寻找那个还是在很小的时候就像一个谜一样缠绕着自己的大伯。

贾会保是单身，那时已四十多岁，可是还没成上家。这也是他父亲和母亲生前所最为担心的事，但贾会保一心扑在了寻找大伯贾狗年的事上，把这当作了自己的命，根本顾不上考虑其他。

现在，爷爷、奶奶走了，二伯走了，婆家在几里外的姑姑走了，就连自己的父亲和母亲也走了，家中就剩下了他一个人，寻找大伯的责任自然就落在了他身上。他要把自己的大伯找回来。他要比自己的爷爷奶奶，比自己的父亲走得更远。

他先到县烈士陵园刻有大伯名字的烈士碑前站立了许久，因为那上面清清楚楚地镌刻着大伯贾狗年的名字。

贾会保靠着打工的收入和五保户的补贴，不仅找了冶陶和赤岸的队伍旧址，还要沿着当年刘邓率领的晋冀鲁豫野战军挺进中原的足迹去寻找。

这些年里，贾会保怀里揣着村上给开具的介绍信，也记不清自己究竟到过哪里。他只知道先后多次到达了河南的新县、安徽的金寨县、霍山县、湖北的麻城等地。每到一地，他都是先找当地的民政部门，然后到退役军人事务局找，再就是到每一处烈士陵园去找，一个墓碑一个墓碑去找，坚持一个也不放过的原则。风里雨里，或饥饿难耐，或酷暑严寒，他都坚持找！

有一回，贾会保遇上了一对从山东过来的老夫妻，他们是专程来找自己的儿子的。他们的儿子当年跟随刘邓大军挺进大别山，从此长眠在了异乡的土地上。他们就是想在即将离开这个世界之前，亲自找到自己的儿子，并把他接回家，实现父母和孩子的团圆。

这一对老夫妻，其实，何止只有这一对老夫妻，有的是哥寻弟，有的是弟寻哥……

他们此时都有一个共同的心愿，那就是把自己的亲人找回来。

这对老夫妻还提到了一个人，是他们在找寻儿子的路上遇到的，那是一个满头稀疏白发的老婆婆，一个有点儿疯癫和邋遢的老婆婆，她也在不停地寻找自己的丈夫！

贾会保的心中一动，那个老婆婆会不会就是枣花儿大娘呢？

贾会保尽自己的最大能力为那对佝偻着身子的老夫妻提供帮助。他给他们买饭和购票，搀扶他们进站，直到远远地望着他们离去，贾会保忽然感到眼眶发热，鼻子也酸酸的。

送走那对老夫妻后，他又来到了金寨县的退役军人事务局，那里的工作人员问明来意后，十分热情地接待了他，不仅赠送他几本包括《金寨县革命史》在内的红色书籍，还与他合影留念。

就是从那些书上，他看到了当年大伯曾经走过的路线图，还有那些曾经留下的故事。

……

至于他大伯的情况，这里的同志还是知之甚少，但他们详细地记下了他的情况，答应有什么线索一定给他提供。

第二天，贾会保依依不舍地离开了这里，继续向着远方走去。

6

2020 年 10 月 26 日的那天下午，贾会保本将再次踏上寻觅大伯的路途，可是突然感到身体不适。一是他那做过手术的老腰椎病又犯了，二来感到恶心，头晕眼花，十有八九是感冒了。

不少好心人都来劝他，先把这事放一放，身体要紧，以后再说吧。

可是贾会保仍要坚持出走，只是去药店里买了一些药，就强撑着身子上了公交。

因为昨天晚上，他真真切切地梦到了自己的大伯贾狗年。他听到大伯在一个什么地方亲口对自己说："会保，会保啊，大伯在这儿，大伯想回家！"

贾会保从梦中惊醒，出了一身的冷汗。他在心里说："大伯，大伯，我听到了你的说话声，我一定把你找回来！"

这天晚上的十一点，贾会保又一次从邯郸踏上了通往河南大别山区信阳市新县的火车，第二天的早上七点才到站。他顾不上吃早饭就奔向了当地的鄂豫皖苏区首府烈士陵园。他已从《人民日报》上看到过，习近平主席也到过这里，瞻仰革命烈士纪念碑，远眺英雄山上"红旗飘飘"主题雕塑，告慰革命英灵！

为了省钱，贾会保硬是靠两条腿来到了这里。他站在习主席曾经来过的地方，望着远处的革命烈士纪念碑，觉得心中有好多好多的话语要向外倾倒，眼中的泪水也涌了出来……

忽然，他觉得一阵眩晕，重重地倒在了地上，旁边的工作人员和参观者慌忙把他扶起，抬到了房间里，并拿来了水和食物。

不知过了多大一会儿，贾会保醒过来了。他又挣扎着起来。工作人员要他多休息，他却说看完这里的烈士碑后还要赶往湖北麻城！

7

自从那天下午送走贾会保以后，由于工作多，我也就把他所托的事暂时忘到了一边，一晃又是小半年过去了。

这天下午，我正在开会，忽然接到了贾会保的电话。他十分高兴地对我说，他收到了一个地方寄来的有关他大伯的材料。他们还说是一个上了年岁的女人提供的。他又很快用微信图片的方式给我发了过来。

我认真地看着这些图片上的文字：贾狗年，武安市大旺村人，1947年 2 月入伍。他和其他八名战士先到本县和村，在那里学习、训练一个月后，随大部队向河南安阳水冶镇进发。当年 3 月，他们被补充到在这里休整的晋冀鲁豫野战军第三纵队八旅二十四团，成为一名解放军战士。后在安徽省霍山县双河口战役中英勇战斗，不幸壮烈牺牲，年仅二十三岁……

另外，还有一件实物，是一个白布袋子，那里面掖着两份材料，一份是贾狗年写给他的未婚妻枣花儿的信，一份是贾狗年当年的入党申请书，那上面深深浸染了他的血迹！

贾会保后来又用十分肯定的语气说，那个老人一定是枣花儿大娘，一定是她！

这天晚上，我所在的这座偏远的小县城悄无声息地落下了一场雨，把太行深处的山山岭岭都给湿润了。这也是今年所落的头一场雨。

附记：

七十多年前，刘邓大军从武安冶陶挺进大别山，从此掀开了人民解放战争的序幕！在那个决定中国命运的庄严的时刻，又有多少太行儿女跟随刘邓大军走上前线抛头颅洒热血，为新中国的诞生献出了自己宝贵的生命！

贾会保的大伯贾狗年就是这样一位可敬的英雄！

能够认识贾会保，多亏了武安市文广旅局的一位朋友，是他把我的联系方式告诉贾会保，然后我就不断地接到贾会保的电话，直至他坐长途汽车来到我的面前。

这是一个真实的故事，也是一个让人感动的故事。从贾会保的爷爷奶奶开始，他家中的几代人都在寻找自己的亲人贾狗年，希望他的灵骨能够早日回到生他养他的村庄，与自己的亲人在一起。他们一代一代不停地努力着，努力着！

当然，出于表达的需要，这篇小说也有艺术虚构的成分，包括一些必要的人物。

写到这里，大家都已明白，贾会保虽然到现在还没有找到自己的大伯贾狗年，但是从另一个方面说，他已经找到了！

漳河小传

最黑的天幕上闪烁的那颗星星才是最亮的

1

诗人阮章竞说，“漳河水，九十九道弯，层层树，重重山，层层绿树重重雾，重重高山云断路”。当地的老百姓爱说，“漳河夜哭流，十山九低头，穷富没三代，好汉难到头”。我现在要说的是，“漳河里流淌的每一滴河水都曾被鲜血和豪情浸染过”！

漳河，古称衡漳、衡水，是发源于山西长治的两条河流，一曰清漳河，一曰浊漳河，流经太行山区的涉县，最终在它的下游涉县合漳村汇合，然后把自己所有的欢乐和忧愁一股脑儿地经河南流向卫河和海河，于是就有了这漳河小传。

2

民国七年头上的那个冬天，纷纷扬扬的大雪片子把漳河两岸的山山水水裹了个严严实实，呼呼的冷风不停地吹来吹去。就在那些风雪的肆虐中，有一个瘦长高挑的影子正向村外的方向移动着。

这是一个年轻人，他叫冯贵德。他要到很远的地方去送一封信，一封很重要的信。他要把这封信送出去，就必须走出这一望无际的漳河滩！

他的耳旁一直回响着在自己村里买过山货的那个姓吴的中年人所说的话，这封信关系到他们那个新成立的组织在漳河地区的发展存亡，一定要亲手交到一个叫“老张”的人手上！

不过，冯贵德当时并不知道，这个老张并不老，其实就是一个年轻人，他很早就加入了同盟会，又考入北京大学，后来还列席了国民党的一大。他在那年的 5 月就加入了诞生不久的中国共产党，专门负责河北的农民运动工作，经常出没于武安、磁县一带，正是那个买山货的中年人的主要联络人。

买山货的与冯贵德说到这个“老张”时，脸上总是显出一副尊敬的神情！

冯贵德是漳河下游合漳村的一个贫苦农民的儿子，祖祖辈辈都是守着几间破旧的房屋、几亩薄薄的田地过日子。他与那个中年人的相识是在去年秋天的时候。村里的一个地主仗着县城的保安队里有亲戚，硬说冯贵德家占了他们的地基，他们全家与地主理论反而挨了打；去找区上的乡约评理，又给判了个输官司。他实在咽不下这口气，就想跟那家地主拼了这条命。当时，那个姓吴的中年人阻止了他，还到他住的茅屋里给他讲了好多关于穷人翻身的道理。他扳着指头对冯贵德说：“小伙子，你仅仅知道自己家里的那点儿委屈，可你知道这漳河上下有多少与你冯贵德一家类似的冤情呀？”

“难道还有人与俺们家有一样的遭遇？”

“是呀！现在军阀混战，豪强横行，天下很少有一块儿干净的地方。你现在一个人单枪匹马去拼命，你能拼得过他们吗？只会把自己的性命白白地送掉，难道这样的例子还少吗？”

“那可咋的办？难道俺就把这一口气咽下去？”

“小伙子，你不要着急，这样的世道儿不会长期这样继续下去的，一个新的组织早在几年前就已经诞生了。这个组织诞生于上海市兴业路一幢坐北朝南沿街砖木结构的旧式石库门里，是专门为咱们这样的穷人服务的。虽然仅仅是由几个年轻人所组成，但却代表了当下中国前进的方向！到现在，已经有更多的人加入到这个组织中来！”

“那我……”

“你也有可能成为这个组织中的一员！”

“就我？”

“就你！”

……

冯贵德的内心深处被深深触动，一股力量涌遍全身。

漳河的河道时而弯弯曲曲，时而又是一眼望不到边。他努力地向前走着，走着，可是他又觉得那个组织是那样遥远和陌生，就像这漫天风雪一样，一眼望不到边。

3

两天后，冯贵德在漳河的一个拐弯处堤岸上遇到了一伙乱兵，他们要抓冯贵德去当兵。冯贵德心知好汉不吃眼前亏，撒腿就跑，可还是让他们追上了，结结实实挨了一顿打，最后又把他扔在了雪窝子里。等村里的人听说把他抬回时已是傍黑儿五点多钟，一摸还有口气，就赶紧端来半碗热汤给他喂下去，才慢慢地有了些反应。他那僵硬的身子也动了几下。

这时，与他要好的邻居青年陈建贞和冯保汉先后从门外走了进来，他们都是和冯贵德一起光着屁股长大的，现在看着他躺在那里，想说什么又不知从哪里说起，只是来回搓动着两双大手。后来，还是陈建贞先打破了心中的沉寂，在那里慢慢地嘀咕着：“不是说一起去的呀，你这个贵德的，咋就一个人去了呢？”

他和保汉跟贵德一样，都是家中赤贫的穷小子。由于平时能说到一起，贵德免不了跟他们说起些那个诞生不久的组织，他俩像听天书一样感到无比遥远，又觉得在自己的身边。陈建贞和冯保汉只是没想到贵德一个人就敢去送信，暗暗埋怨，你咋就把俺们几个给丢下呢？

从他们不断呼出的气息中，冯贵德已经感觉到他们两个人就站在自己的身边，可他就是一句话都没有说。他现在最想见到的就是那个买山货的中年人。那沉稳有力的声音一直回响在自己的周围。可那个中年人现在又在哪里呢？

4

这天夜里，雪仍在下着，好像要把这扭七裂八地横亘在半山坡上的整个村庄都要埋住似的，那些厚重的白雪在黑暗中闪烁着灰色的光亮，一切都是那么的沉静。

不过，这所村庄总会在沉寂中爆发的，它已有了太多的历史和承载，仅在古时候的宋朝就出过陈咸、陈寅父子那样的人物，在抵抗金兵的进犯中宁死不屈，双双殉国，把自己的名字也深深地扎在了全村上下一代一代老少爷们儿的心灵深处。

冯贵德不知什么时候坐了起来。他用一只手摸了下自己的那件狗皮棉袄，虽然有些地方已经露出了棉花，但感觉到那封信还在。他觉得自己不能这样一直躺下去，一定要找机会把那封信送出去，但现在的主要任务就是把村子里的穷伙伴们组织起来，把大家伙儿的心融合在一起。他可以先开拳坊，还可以找来更多像吴先生那样的人教大家学文化。

夜的眼睛和黑暗中的迷茫

1

冯贵德的一趟大小红拳耍下来，引来了满堂的喝彩，也浸出了一身的热汗。他刚要站下来歇歇，保汉和建贞两个人就凑了过来，像有什么话要说。

“贵德，听说临近咱们这里的林县东油村搞起了天门会，搞得还挺红火，专门抗捐抗税，为穷苦人做主哩！”

“我也听说啦，为首的两人叫啥来着？对，就叫韩根子和郭官印，咱们是不是也到那里去看看？”

“他们就跟古本小说中农民起义的队伍一样，打着‘天意’的名头营造舆论，打着‘神灵’的幌子扩大声势，全靠‘行善’来取信于民，还把‘免税’的口号一个劲儿地往大家伙儿耳根眼子里灌。”

“我还听说韩根子有一回去黄华山修庙宇，在起石头时从土里刨出了一块儿‘灵宝大法师’的印石，就四处显摆。后来十里八乡的乡亲们就传开了，说这是上天要他‘替天行道保佑黎民’的一个印信和灵物哩。”

“还有，那些算命先生也到处讲说，在韩根子祖坟和他家宅子里曾经多次出现异象，硬说韩根子就是这乱世中的‘真龙天子’。更有人说，韩根子在梦中已经从上天神灵那里获得了躲避刀枪的秘诀，可以刀枪不入、水火不惧呢。”

“这样一来，韩根子干脆就在家里摆设了‘文帝上神’的牌位，劝人行善，舍药救人，暗中组建‘天门大会’，培育自己的那一帮人，方圆一带很多的人都加入啦。”

“不知咋的，那个郭官林却在最后的时候退了出去，那个韩根子可就成了光杆儿司令啦！”

……

保汉和建贞两个人你一段我一段说得热闹，冯贵德倒有些插不上嘴。

不知什么时候，两个人停了下来，一起看着冯贵德。冯贵德才慢条斯理地说：“他们搞得这一套咋听咋有些像封建社会的那一套。远的不说，就说近代的天平太国和义和团，每一个人都说自己是上帝的子民。”

“你不要管人家是哪家子民，反正能把人动员起来就是可行的。”

“这倒也是，不管黄猫黑猫，能够抓住老鼠就是好猫。”

“是呀，他们现在的声势这样大，咱们是不是也要去拉上他们这杆大旗来做个虎皮？”

“是不是要问上一下那个吴先生。他的嘴里总能说出一些与别人不一样的道理来。”

“可我们到哪里去找他呢？自打你那天被大家抬回来就没有在这一带出现过。”

“要我看，咱们现在就去找那个韩根子。”

“咱们现在就这样两手拍着光光去找人家合适不合适？”

“合适呀，听说浚县那边的天门会也去找了人家。”

“那好，既然你们俩这样说，咱就试一试。不过，咱们也得体面些！”

“那倒是！不过你说咋才能体面？”

“我是说呀，咱就先在合漳、台庄、温和、后沟、古城等几个村里尽量多联系些志同道合的人，再到林县东油村去露面，人家也就轻看不了咱。”

“还是你考虑得周全呀，咱就分头联合。”

“对，分头联合。”

三双粗糙的大手在寒风中紧紧地握在了一起。

2

冯贵德的打算没有错。刚过完年，他们就到东油村找到韩根子，自报家门，说已经拉起了好几百人的队伍，在涉县的漳河两岸干了起来，韩根子果然对他们高看了几眼，当场指定冯贵德为武传师，冯保汉为文传师，陈建贞为钱粮。

冯贵德的心里有些热热的，但让他感到意外的是遇到了一个人，这是他做梦也没有想到的。

那是他们离开东油村的时候，有一个戴副眼镜儿，面皮白净的中年人特意赶了过来，他在冯贵德等人的面前笑着伸出了一双细白的手。

“各位弟兄幸会，幸会！”

“您——您是？”

“‘老张！’”

“您是‘老张’？”

“对，鄙人姓王叫首谋，外号‘老张’，欢迎涉县的各位弟兄到来！我到浚县那边办些事，刚刚赶回来。”

冯贵德的心里咯噔跳了一下。难道他就是那个老张吗？说书也没有这样巧吧。不行，我现在还不能把那封信交给他。他有些迟疑地望着老张。

“可是，我们也没打过交道吧。”

“是没打过交道，可我却听说过你们几个。你不是合漳村的冯贵德呀？你是那个勇汉冯保汉？你是那个巧嘴陈建贞？”

“是呀，可俺们就是对你没有印象，一点儿都没有。”

“哎呀，这也不怪你们，我那样说你们就明白啦。你们还记得在你们村买过山货的那个中年人吗？”

冯贵德等人的眼前一亮，说：“记得，记得。您是？”

“我是他的表弟。他是不是常到你们那一带去？”

“是呀，可他现在在哪里呢？俺们可是一直都在念叨他，有些日子不见啦。”

“他呀，慢慢你们就知道啦。不过，我可以告诉你们，你们看到了我就等于看到了他。好，你们走好，咱们还会见面的，也许很快的。”

这位外号叫“老张”的人说完摆了几下那双白净的手就走了。

冯贵德几个还在那里发着愣。他们在想着这个“老张”说的都是真的吗？

天上一片一片的云彩飘过，又有几条彩虹倒映在脚下流过的漳水里。冯贵德的心里也亮堂了许多。

从林县回来后，冯贵德便揣了试试看的心理在合漳村里设坛传会，还提出了“农民种地不交租纳粮、纳捐”的口号。没有想到的是，合漳附近村庄的农民们又有不少人加入，而且很快漫延到涉县东路的各村去，由几百个人一下子发展到好几千人，不仅到处抗粮抗捐，还连续打下了东达、原曲等地的“约所”，给那些豪强地主们狠狠地上了一课。这样一来，到合漳入会的涉县、武安、磁县等地的农民兄弟就越来越多了。

闲下来时，冯贵德也托着下巴在那里思索，难道这就是吴先生讲到的那个组织所要号召穷人们干的那些事呀？他的确不敢确定，可从大家不断绽开的笑脸上，似乎也找到了一些答案。

只是冯贵德没有想到，不久之后，其他地方利用天门会组织的农民运动也得到发展，很快波及冀晋豫三省地区的二十六个县区，队伍也陆陆续续达到了三四十万人。凡加入队伍的都要统一穿上灰色服装、头戴白毛巾，每天练武、做操、打靶，并且设坛烧香、焚烧黄表纸，还要赤臂排刀，以示真心无二。

这时候，林县东油村的韩根子又成了总团师，他还把冯贵德命名为总传师，由他执掌会内部分大权。这些如刮风般迅速蔓延的形势，倒让冯贵德一时有些适应不过来，就像看到舞台上不断变幻着的戏法一样感到眼花缭乱。

3

第二个年头上，一股多达二百五十人的奉军竟然大摇大摆地窜入了涉县，他们盘踞在县城一带吃香的喝辣的，还变着法儿向这一带的老百姓掠取粮款。冯贵德听到这个消息后非常气愤，当即集合起一支上千人的队伍包围了涉县城，几天时间就将他们赶出了涉县，还顺便赶跑了国民党委派的那个专会把牛皮吹出花样儿的胖县长。他委派了自己手下的一位得力干将来当县太爷，又顺便在河南店设立税卡，收下的粮款也拒不上交官府，留下的除了自作军需外，还接济那些贫苦百姓。

南岗有个姓冯的大地主，他为了免税，竟然恬不知耻地派人去给冯贵德认本家攀关系。冯贵德想起他和自己村上的那些地主一样合伙欺负穷苦人，气就不打一处来，照样给他派款。那家伙却是死猪不怕开水烫，就是说到天河转也不出一分钱，冯贵德便让人把他吊到树上。到最后，他乖乖地让家里人拿来了四百个金元宝，这才算是下了“树”。

这一来，国民党在涉县实行的“乡约制”全部被摧毁，从县、区、约所到村内的大权，全部掌握在了冯贵德所领导的农民队伍手中。

这时，冯贵德也开始整顿自己手下的队伍，他自然而然就成了团长，还特意把团部设在了县城过去那个古色古香的书院里，大量招兵扩充队伍。到了来年的后半年，光冯贵德直接统率的有枪的卫队就有一千五百多人，包括步枪、机枪、小钢炮。就这样他还不满足，又特地让人设下三座造枪炉，仅涉县寨上药王庙一座炉，每天就能生产三四支步枪，成为一支了不起的农民武装队伍。

只是，他有些没有想到，那个在东油村遇到的王首谋竟会被韩根子派到这里给自己当团副。他当然明白，韩根子是怕自己这只翅膀慢慢硬起来的鸟儿给飞了，得随时让人把控着些。他不禁在心里嘿嘿了几下。

他又这样想：不管怎么，自己现在做的这一切是不是离吴先生所说的那个组织的要求更近些了呢。他心中第一次产生了一种踏实的感觉，但仍闹不准这个王首谋究竟是不是自己做梦都在想着要找的那个“老张”，又隐隐地有一种不安的感觉。

不久，邻近涉县地界的磁县史村营两个大煤矿闹起了纠纷，其中一家还请来了奉军当靠山。冯贵德一听就不高兴了，他很快找来王首谋、冯保汉、陈建贞等人合计，冯保汉和陈建贞还有些犹豫，提出：“咱们虽然有了一些影响，但这样一味与那些兵强马壮的奉军斗下去，万一被打败了怎么办呢?”

王首谋却不那样认为，他在地上走过来走过去，不断地摸着那几根山羊胡子说：“舍不了孩子打不了狼，这一战正是进一步立威的时候。听说北伐军就要打到河南，正好配合了他们的北伐，团座万不可错拿主意呀!”

冯贵德思量再三，最终决定出其不意去袭击这股奉军。他带着队伍晚饭后出发，等他们在天亮以前赶到时，那伙奉军还在香甜的睡梦中，神不知鬼不觉地就被包了饺子。这次战斗共缴获迫击炮两门，长短枪一百多支。

紧接着，又有一股奉军窜入漳河上游的商贸重地索堡镇搜刮老百姓的钱财，冯贵德让在索堡一带的武传师赵景堂带领一支几十人的队伍，先是混入老百姓中带着大家抗粮抗捐，后又在一个伸手不见五指的晚上发起突然袭击，将奉军全部赶跑，得到了老百姓的拥护。他们还特意给队伍上送了一块儿“为民做主”的大匾。

从此，这支队伍更加壮大起来，冯贵德闲来就爱盯着这些洋枪、洋炮看个够，忍不住也要哼上几句涉县的大小落子腔：

杨玉妃俺在马上泪眼汪汪，
口口不住骂唐王，
荒乱年你仗凭俺文武将，
平定年你不该丧忠良？
丧了忠良不打紧，
只怕你江山不久长！
回山东去要练兵将，
准备秋后反唐王！
……

他那破锣似的嗓子里挤出断断续续的声音，在有些黏稠的夜色中飘荡着。

不远处，有一双不阴不阳的眼睛正盯着这里。那个人就是正在抽着大烟的王首谋。

不久，他们的势力范围又发展到了偏城一带，赶跑了偏城地区反动的区公所，缴获了六七支步枪，还有五大箱手榴弹。

他的心里别提多滋润了，对这个团副王首谋越发有了好感，觉得他跟自己肚子里的蛔虫似的，人前人后把他夸成一朵花。

有几次，冯贵德真的产生了要把那封信交给王首谋的念头，但每次都在最后的时刻放下了。心想，以后总会有机会的。

当然，他们接二连三的与奉军为敌，奉军也视冯贵德和他的这支农民队伍为心头之患，必欲除之而后快。

4

这年的 3 月，天门会在武安的会首万国瑞向本县的大地主武霞派款，那家伙非但不出，反而死心塌地投靠了奉军，处处与天门会对抗。

这时，万国瑞只得请求林县总团师韩根子来援助，韩根子却把这个人情送给了冯贵德，让他调集涉、磁、武地区的一部分队伍前去解决，他们在磁县的牛义岗、岳城一带与奉军交上了战，冯贵德的队伍不但参加了，而且还是攻打的主力。

本来，这股奉军的势头是很强的，一直用火力压制着前面的人不能前进半步，冯贵德的双眼一下红辣辣的。他把身上的披风一甩，双手拎上盒子枪，背上插上大刀片子，像一阵风一样刮到了队伍的最前面。他慢慢地冷静了下来，认为不能硬碰硬，只能又从右侧迂回上去。他侧身前移，最后靠在一堵石墙下进行射击，那枪法简直神了，说打眼不打鼻子，说打胳膊不打手，很快就冲开了一个大口子。

后面的人马上跟上，这一次，他们不仅打败了奉军，还缴获大炮、迫击炮数门，步枪二百五十多支，子弹二十多箱。

随后，冯贵德还让人马不停蹄地抄了磁县大地主孟老卢的老窝，又缴获了大量钱财和粮食，全部充作军资。

这个老家伙不仅一直与奉军有勾连，也与涉县一带的地主有勾连。那一年，他们合起伙儿来贩大烟，逼得不少人家卖儿卖女，赚下了不少昧心钱！

5

按说连着打了胜仗，枪更多了，人更壮了，所有的人应该感到高兴才是，可又有一种难以言说的沉闷的气氛笼罩在了这支队伍的上空。

一天傍晚，陈建贞和冯保汉两个人一起走进了冯贵德的屋子里，他们俩可是冯贵德起事时的老班底儿，想对他说几句掏心窝子的话，可又隐隐觉得他们之间有了些什么，但一些话又不能不说。

见是他俩，正在摆弄一块儿绿色玉石的冯贵德扭了下身子。

“有事?”

“也没啥事，就是想找你倒倒心里的话。”“要不憋得难受哩。”

“好呀!”

冯贵德虽然这样说，但他的头并没有抬起来。他太喜欢手中的这块儿玉石了。这是王首谋特意送给他的，上面还刻着女娲补天的图案，也没顾上问是从哪里弄来的。他已把玩了整整一个傍晚，连卫兵给他端上来的饭都没有动一下筷子。这个王首谋，真不愧是自己肚子里的蛔虫，只要眨巴一下眼睛他就知道自己在想什么，幸亏韩根子把这么个人给派到了自己的身边。

不过，王首谋也有拿不定主意的时候。就是前几天吧，有一个身穿一身长衫的人找上门来，从人家的谈吐中可以听出，他也可能知道那个买山货的中年人吴先生。也就是说，他也可能是那个组织上的人。他们还要在自己的队伍里设立啥“党代表”!

人家这一说倒把他说愣了，这个王首谋不就是那个组织上的人吗?怎么又来了一个，并且也认识那个买山货的中年人吴先生!

不过，他始终都没动声色，等客客气气地把人家送走后，他才慢慢与王首谋说起这事。王首谋的那张长脸马上拉了下来，并且进一步靠近冯贵德说：“团座呀，时下这假的东西可是越来越多了，就你说的这个货色，还不知道是从哪个石头缝里蹦出来的呢，谁知道他是个购葱的还是卖蒜的？大可不必去理会的。”

其实，这时的王首谋比谁都清楚，国共两党的决裂已经不可避免，以蒋介石为首的国民党已经对共产党举起了屠刀，再也不是北伐时的国民党，他们甚至连国民党中主张与共产党联合的左派都不放过!

王首谋知道自己的使命，就是要牢牢地掌握住这支队伍，千万不能让他们倒向共产党的那一边去，更不能让眼前的这个一心寻找共产党的冯贵德知道——那个买山货的中年人吴先生早已被控制起来，也可能已经永远不能说话了!

……

“贵德呀，我们俩还是想叨咕下咱们队伍上的一些事。”

“对，就是咱们队伍上的一些事。”

冯贵德的两只眼睛往他们俩这边挪了挪，才又说道：“你们俩的肚子里有啥话就倒吧，我在这里听着呢!”

“那好，我们实在看不下去了。现在咱们的队伍里军纪不严，组织不纯，性质也有点变味儿啦。”

“咱们的人也开始有打骂欺压群众的事给蹦出来啦。照这样下去，群众由拥护咱们，也会发展到害怕咱们、躲避咱们的。”

“没有那样严重吧，你们俩是不是有些小题大做啦!”

“我们可是一句假话没说，那一桩桩一件件的实事都在那里摆着呢!就说咱那个四股弦剧团在县城演出吧，下边有一个人只是说了句‘这个戏不好’，咱们的人就把人家吊起来痛打。人家又说：‘你放下我，让我再去重看一下吧?’结果放下来去重看后，人家仍然说：‘你们还把我吊起来吧，我不能亏着良心说那个戏好。’”

冯贵德忍不住笑了起来，说：“还有这事，是不像话，得处理他们。”

“这还都是轻的呢?就说索堡的武传师郝寿山、更乐的文传师江有贵等负责人，都是既造豪华房子、又买地，还雇佣人、娶小老婆，这跟被咱们打倒的地主老财有啥区别，能不遭到群众的反对呀?”

“再就是索堡的文传师赵景堂，带着队伍去西辽城抓金丹，这符合会章，是件正经事。但由于摊上宗派矛盾，反被咱们那边的人抓起来无故砍了头。”

“还有温村一带的队伍，因为一些内部矛盾，他们竟然把温村、常乐、桃城的一些平时跟自己有些过节的人抓到城里砍头示众。”

“在征集军费上，也有些不分贫富，有奶便是娘的意思，老百姓没钱便要遭殃。偏城桑栈的高三和，辛辛苦苦攒下给儿子娶媳妇的钱，也被咱们的人抢去了。李家河的李德善，贷了点钱准备买一群羊去养，原曲的天门会得信儿后，便派人在晚上抹成黑脸，去将李德善捆起来毒打，诈取了二百块大洋才算了事。”

“有些人还别有用心地专门勾起那些陈年老事，去云坪乡把程芝慎、程会林、姚继堂等知名人物抓到原曲村吊起来毒打，并把这些人的衣服扒光，放在火炕上烙烫，再放在雪地里冰冻。直到讹诈云坪乡拿出一千块大洋，才把人放了回去。”

……

他们说的这些，冯贵德有的知道，有的真不知道。不过，有些人盖大房子、娶小老婆他是听说过一些的，就是他自己也动了这个念头。前几日王首谋还在他的耳根子底下念叨邻近村里有一个姓张的小女子，长的那个好看呀，简直赛过了天上的七仙女!

当时他就有些动了心，这个女孩他认识，要是能把人家娶过来那该多好呀！

那个王首谋还说："等闲下来时，咱们也可以到那个天（津）北京走上一趟，那里可是名副其实的花花世界呀，特别是那些脑子里装满了新思想的年轻女学生们，一个个留着短发、穿着短裙，那叫一个时兴呀。到时候想法给你弄几个回来耍耍。"

冯贵德当时虽说有些动心，可他又有些拿不准，就试探着问王首谋："那组织上也叫这样干呀？是不是有些不吃劲儿？"

谁知一听他这样说，那王首谋就连连摆起了手，说："你呀团座，不是老兄我说你，现在可是已经到了民国，就是组织咋的？组织也是由人来组成的呀！"

他当时这么一说，冯贵德一时沉默。

现在，他又听建贞和保汉在自己的面前说了这么一大堆，嘴上虽然安慰他们，心中却没有当一回事。

6

初秋的一个下午，涉县城的北关城门边儿来了一个卖席子的中年人，一副地道的河南口音。很快就围了好多的人，不到一袋烟的工夫就买走了好几领。

不一会儿，从城里走出了一个戴着眼镜面皮白净的人，但他戴着一个大帽子，又把帽檐压得很低。他斯斯文文地走到了那个卖席子的人面前，随手拿起了一领，连连叫着好席子、好席子。那个卖席子的人赶紧看他，并问他要几领，价钱好说。

那个人只是笑了笑，什么也没有说便离开了这里。那个卖席人忙去看他摸过的一领席子，果然里面被掖了一张麻纸条。他赶忙收了起来，躲到一个角落里才溜了一眼，只见上面写着："这里的一切都在按计划行事，请师座放心。如有特殊情况，下次改为南关城楼下相见。"

卖席人笑了笑，又若无其事地卖起了席子。

7

常言说得好，过了十五过十六，过了十六从头受。这句俗语意味着已经开春，万物将要复苏，是时候谋划一年的营生了。

这天下午，涉县县城南关的一个普通院子里走进了两个生意人打扮的中年人，一向沉寂的院子里有些热闹起来。

“李老先生，打扰您啦！我们是想，是想请您帮一个忙。”

一位有着一把花白胡须的老先生站在那里，那双平和有神的目光看着来人。

“不客气，不客气，有什么话你们尽管说，只是老朽能力有限，难以完成你们的嘱托啊。”

这位李老先生曾是前清的举人，写得一手好书法，在方圆一带有着很高的威望，一向倾向共产党这一边。冯贵德驻扎县城后，他曾几次派人来请老先生出山。他本人也来过，可老先生至今都没有答应他的要求。

“李老先生，现在正是中华民族兴亡的关键时期，我党救民于水火的宗旨您是了解的。我们已先后几次派人与冯贵德联系，感到这个人还是有正义感的。他从利用天门会组织农民运动起就一直在寻找党组织，可到现在这支队伍仍旧缺乏进一步的引导。据我们所知，国民党和奉军也都有意拉拢这支农民武装。如果我们不拉他一把，就有可能滑向国民党反动派的那一边。从另一方面看，这个人对老先生还是比较尊重的。”

老先生叹口气，摇着头说：“你们说得没错，他们是做过不少好事，反对军阀，反对国民党官府，抗粮抗捐，打击豪强地主。近来呢，也到我这里来过几次，可他们所做的一些伤害群众利益甚至追求腐化堕落的事我也听说啦，当然也是不满意的。如果你们信得过老朽的话，我可以再做下努力！”

“那就有劳老先生啦。”

“不客气，不客气，老朽一定尽力。”

8

这几间房子是王首谋让人在冯贵德老家合漳村的原址上打造的，高大结实，还有些国外风格。冯贵德有些不敢相信自己的眼睛。可这一切都真真切切地摆在那里，比村口上宋朝时的举人父子留下来的旧宅还要气派不少。

傍晚，暗弱的灯光下，只有两个人在那里说话，桌子上摆着酒和大块儿的牛肉，里面是冯贵德，外面是王首谋。

王首谋的舌头咽了几咽，想把蒙在他们之间的那一层窗户纸来捅透，自己根本就不认识那个买山货的中年人吴先生，想让冯贵德直接领着这支队伍站到国民党的这一边来。可他从冯贵德的神色看，那是不可能的。别看这小子打了几分天下，也多少愿意享受一下，但要他抛弃那个始终都在寻找的共产党是不现实的。因此，他尽量不说话，只是想着下步该怎么做。雪里不能埋孩子，纸里怎能把火包？那些共产党肯定还要过来与他联络的。与其看着他倒向他们的那一边，倒不如……

冯贵德也不说话，他在想着那位德高望重的李举人所说的话。前天前晌儿冯贵德又到人家那里去了，老夫子的心看来一点儿都不老。他敞开心扉给冯贵德说了好多话，断断续续的，就像倒豆子一样，可他忍不住又想起了那个买山货的中年人吴先生，又从他那里想到了外号“老张”的王首谋，而他现在就坐在了自己的跟前，又不知从哪里说起。

王首谋从桌子上端起了一杯酒，慢慢地喝了下去，然后轻轻地说了一句：“团座，那件事办妥了，具体日子很快就要定下来。你就慢慢地听好消息吧。”他站了起来准备离开这里。

冯贵德知道他说的那个好消息是指的什么，不过就是要千方百计促成自己与邻近村里的那个闺女的亲事，虽然郝寿山、江有贵、赵有堂这些人是同意的，再三地撺掇，但陈建贞、冯保汉等人是有不同意见的。

冯贵德依旧坐在那里，听着王首谋的脚步声一点一点地消失。

9

这一天早上，上次那个卖席子的人又来到涉县城南关的城门下卖席子，他刚来到这里不久就看到一个戴眼镜儿的人来到了自己的跟前，在不经意间丢下了一个纸条。他麻利地捡了起来，上面写着：“十月初五大好时机，派兵剿灭冯贵德和天门会。”他赶忙卷到袖子里，简单收拾了下便离开了。

戴眼镜儿的人不自觉地朝着他离去的方向会意地笑了几下，就匆匆地离开了这里。

不过，他并没有注意在自己的身后还有一个人留意着他，这个人是陈建贞安排的，就是县城里头腿脚有些不方便的那个卖豆腐的老五，他的一双眼睛一直盯在了戴眼镜儿的王首谋身上。

要说这个冯贵德也是多长了个心眼儿，背地里还在琢磨王首谋的一举一动，一方面继续派人寻找那个“老张”，一方面悄悄地嘱咐冯保汉找一个人盯着王首谋些，却没想冯保汉就找了这个老五，跟了多少次就愣是没有跟出什么破绽来，包括刚才的这一次。正在关键的时候，老五正好憋了一泡尿，便一瘸一拐地找茅房去了。

10

这天早上，上次找过李先生的那个“老张”又派人来到他家中，并且要在这里与冯贵德见面，要他务必到府上一叙。李先生马上让家中的一个小伙计到县上去通知。小伙计的心里自然心急火燎，但此时的冯贵德并不在县城，头天晚上就回了合漳，便跌跌撞撞地回去向李老先生汇报。

现在，李老先生从来人的口里得到准信儿，他们已从隐藏在国民党内部的同志那里得到了一个重要情报，国民党已经从新乡、长治方面分别派出部队要对冯贵德的这支农民武装下手了，要赶紧做好防范。

情况紧急，李老先生的客人感到时间已越来越不够用了，但还是马上派人往合漳村赶去，一定要在敌人动手前让冯贵德得到这份十分重要的情报。

一匹快马冲破了漳河两岸的迷雾向前冲去，把一阵阵烟尘留在了后面的荒滩上。

11

这天正是十月初五，合漳村里人山人海，大小队伍们两边排列着，有的举着三眼枪，有的举着大刀片子，还有好几个吹唱班，大家都在等待着迎亲的队伍。冯贵德的身上别着大红花，骑着一匹高头大马远远地向村子这边走来。

忽然，几阵清脆的枪声从远处传来，一阵比一阵激烈。

就在人们的慌乱中，一匹快马向这边奔来。

这时，冯贵德才知道不好，国民党政府已派高桂滋率部来涉县剿灭自己，同时又派反动军官刘茂恩、刘振华率部进击林县天门会的农民武装，山西的阎锡山也派出了整整一个团的晋军剿灭偏城地区的天门会农民武装。

现在，高桂滋的队伍已攻占了涉县城，正顺着河南店、茨村、胡峪、原曲、固新的路线向这边紧紧进逼。冯贵德临危不乱，他先安排大家退至东路的“青风辿”一带凭险阻击，使高桂滋久攻不下。

这个高桂滋也是铁了心要拿下这支队伍，赶紧让人取出了王首谋早已送来的漳河沿岸地形图，然后哈哈大笑。他用马鞭指着前方对参谋长说：“俺偏不信，那个孙猴子就是再能还能挣脱了如来佛的手掌心儿？马上兵分两路，一路牵制‘青风辿’的泥腿子继续攻打，一路从更乐、庞西、小车、连泉方向过去抄他们的后路。”

冯贵德眼看着腹背受敌，就先领着队伍退到了林旺村的小岺子一带据守。

天近傍晚，如血的残阳从山后慢慢落了下来，一股敌人却又乘机扑了上来，可大家的体力已渐渐不支，甚至还有不少人负了伤。陈建贞从一棵树下爬过来说：“贵德啊，接下来的落子戏该咋唱？唱大落子还是小落子？”

“大落子咋的？小落子咋的？”

“大落子就是跟狗日的拼个鱼死网破！小落子就是想法甩开他们，走为上策！”

“那就唱小落子吧。”

说完这些，他看着眼前的这些曾经多少次与自己出生入死的弟兄们长长地吁了口气。

“好，那就退往林县境内，与那里的队伍汇合吧。”

接下来的这些天，漳河沿岸暗无天日，索堡的武传师郝寿山兄弟三人被抓到林县潘阳村，老大老二被砍了头，老三却下落无着，家产全部没收。偏城的天门会被阎锡山的晋军打得大败，西大岭上爬满了尸体，鲜血一直流向漳河里。天上的那些猫头鹰们不知啥时就闻到了味儿扑煽着翅膀来享受美味。

他们不仅把桑栈村的高三和、东鹿头村的黑铁匠等人的脑袋砍了下来，还悬挂在了偏城镇的大街上示众一个多月，恫吓民众。

……

心中最亮最亮的那颗星原来在那里

1

这个时候，人称笑面虎正在林县坐镇的刘振华，为了在最短的时间内把涉、林两县的天门会农民武装一网打尽，便与高桂滋相互勾结施展阴谋，派其儿子刘惠心带领一个旅的兵马进驻林县城，扬言要招抚韩根子、冯贵德，让他们分别担任林县和涉县的保安大队长，并派人送来好多珍贵的礼物，还说要给他们新建漂亮舒适的公馆，再三请他们进城驻防。

那个韩根子大喜过望。凭他这些年与各路军阀打交道的经验，觉得这回可能靠谱。冯贵德却一开始就不怎么相信，这帮狗娘养的还能有这样的好心？可见韩根子有些心动，就想不妨前去探听下虚实，接下来再做下一步的打算，继续跟“老张”的人联络！

他们第一次进入林县城，笑面虎刘振华和他儿子刘惠心父子两人的口气果然很诚恳，各方面的礼数非常周到，不仅让他们在那里大吃大喝，晚上还安排了大戏看，旁边还有那些抹着红嘴头儿、描着红指甲、穿得妖里妖气的女人伺候着，这让韩根子更加相信自己的感觉了。

第二回，笑面虎让人敲锣打鼓地来通知他们到林县接防，韩根子早就把自己的那颗心放了下来，冯贵德却不这样认为，但见韩根子执意要去，就劝他要做好应变的准备。韩根子却是一推二六五，满不在乎。

冯贵德叫人与混进林县城的内应取得联系，在必要时暗中接应。这个时候，他才陪同韩根子第二次走进林县城。一路上冯贵德都在观望，看看有无异常情况，只到迈进城门时，他才松了一口气。谁知就在这时，跑过来一群人把他们团团围住，冯贵德喊了一声“不好”，那伙人已到了跟前。

生怕夜长梦多，这天夜里笑面虎就让人把他们押往了新乡。

2

行刑的地方设在了河南新乡旧火车站西沟的广场上。

冯贵德这时才看到了他的团副王首谋大摇大摆地向这边走来，还高一声低一声地叫着：“新郎官，好一个威武的新郎官，一路保重，保重。你现在可是找到你一直在寻找的那个党了，还有那个买山货的中年人！”

“你？”

“实话告诉你吧，不仅那个中年人倒了，他后边的联络人‘老张’也倒了。就在去年，他在河北栾城策划‘兵暴’工作时就被我们抓获并处死了！”

“你，你这披着人皮的狼！？”

“还有，还有‘老张’背后的那个大后台李先生，早在四年前就被处决了。这些你大概都不知道吧！”

“你，你这个笑里藏刀的家伙！？”

说完这些，王首谋扭动着身子发出了几声得意的狂笑。

明白了，冯贵德什么都明白了，这个王首谋就是隐藏在自己这支农民运动队伍中的一个可恶的国民党旧军官、内奸！他后悔当初没有把陈建贞和冯保汉的话听下去，更加后悔没有让‘老张’派来的那些人在自己的队伍里设立党代表！

而在这之前，他还一直想着他到底是不是那个“老张”，担心着他的安全。幸亏几次在犹豫之中都没有把那封信交给他。

冯贵德慢慢地闭上了自己的眼睛。他又想起了陈建贞、冯保汉，还有那位德高望重的李老先生以及其他的人！

不过，他很快就镇定下来，这时的神情也显得从容。再看刽子手面前的闪闪发光的屠刀时，他一点儿都不害怕，慢慢地把自己的那颗头颅高高地抬了起来。

这些天里，他想了好多好多，包括从起事到现在的七年时间里的每一段时光，所走过的每一段追寻路程。他在心中一遍遍地问自己：“你们打土豪、打军阀、为穷人做主，错了吗?”

“没有，可是，可是你们也走了不少的弯路!”

他现在终于明白了自己心中最亮最亮的那颗星星原来在这里，遗憾的是到现在才彻底醒悟过来，明白只有在那个组织的领导下才能有好的出路，走上幸福的坦途，七年，十年，七十年，一百年，他相信这一天终究会到来的，虽然现在自己已经看不到了。

临刑前，他又使劲儿地睁开了那双大眼，在自己的心中向着很远很远的方向大喊了几句：“老张，老张，我终于看到你了，看到你了。我现在就去找你，找你，然后把那一封信亲手交给你!”

3

不久之后，有人发现在漳河边的山坡上冒出了一个坟头，一块儿石头上歪歪扭扭地刻上了冯贵德三个字，但现在的风声这么紧，连故镇都被刘振华、刘慧心父子改成了固新，在那里重新设立了区政府，因此谁都当没看见似的。

不过，大家都不知道这个人就是冯贵德出事那天将要迎娶的那个邻村女子办的事，她是心甘情愿要跟冯贵德的。那一年，村上的恶霸硬要霸占他们家中的几亩水地，还要把她卖到窑子里去，是冯贵德的队伍救了他们全家。现在，他被国民党的军队给害死了，可自己就是忘不了他，在做这一切的时候也就不知道啥叫害怕了。

她听说笑面虎刘振华的部队又返回合漳村，不仅搜缴枪支，还到处放火，合漳村三分之二以上的民房都被烧掉。那个陈建贞倒是跑回了合漳村，还一个人在自己家的小阁楼上躲藏了半个月，后来由于地主告密，他被国民党的军队抓到了涉县城，不久就在城墙下被杀害，可他死得很有骨气！

至于冯贵德年幼的儿子，多亏了村里的乡亲们掩护和照料，在这一带的村子里东躲三天，西藏两日，是吃百家饭长大的，后来投奔了共产党领导的八路军的队伍，在八路军的西达兵工厂、黄崖洞兵工厂等地工作，成为一名八路军战士。

这天傍黑儿，她又听到不少人在说，那个王首谋虽然跟着刘惠心到新乡后官升一级，可在一天夜里，他从窑子里醉醺醺地往回走时被人从后面捅了刀子，当场气绝身亡。

现在，她就要迎着凛冽的寒风去把这个消息告诉冯贵德。她迈着那双小脚一步一步地走向那坟地，漳河边上吹来的风掀起了她的衣角，也掀起她心中的涟漪。

4

冯保汉当时倒是躲过了这一劫，可自那以后就一直没有露过面，有人说他到了口外，有人说他到了国外。不过，新中国成立后确实有人不断地往回邮寄过东西，合漳村那为数不多的上年岁的人就会想到是他，还把当年在漳河沿岸出现过的那些血气铮铮的人物、发生的那些轰轰烈烈的故事讲给年轻一代的人来听。

附记：

多年以前，我就在搜集整理涉县等地有关冯贵德等人利用天门会组织农民运动的资料。为此，我利用一切机会深入到冀、豫、晋三省的多个县镇进行调研，查阅原始档案资料和县志，还与居住长治的冯贵德的儿子、孙子以及亲友进行接触，并牵头在涉县文化馆召开了由县教体局等部门的党史专家和民俗文化学者，以及冯贵德后人参加的“冯贵德和天门会传说故事搜集整理座谈会”，力求使这一段尘封已久的历史再次进入人们的视野！

在调研和座谈中，我不断地加深对这些发生在民国初期的那场农民运动的认识，越来越真切地感受到在军阀混战、豪强横行的旧中国，任何人和组织只有在中国共产党的领导下才能取得最后的胜利，无数活生生的事实早已证明了这一切！

幸运的是，冯贵德领导的这支农民队伍在国民党军队的残酷镇压下虽然一部分死于战场，一部分被俘，但也有一部分投奔了远在河南浚县的天门会，那支农民队伍也是受到林县天门会的影响兴起，后遭受挫折，却在抗日战争中再度兴起，最终在 1945 年的 8 月由时任中共卫西工委书记石侠风、工委委员朱天德、宋在明、傅凌云、艾林青，冀鲁豫军区派遣天门会胡紫青参谋长等人策动，冀鲁豫军区敌工部部长王乐亭率部接应，实行武装起义，被编为“中共冀鲁豫边区浚汤支队”。杨得志同志曾为浚县天门会题词“天门精英”。这支部队后来被编入第二野战军，又挺进大别山、征战云贵川、参加解放全中国的战斗。抗美援朝战争爆发，其部又有一个团参加了著名的上甘岭战役，他们不怕流血牺牲，为祖国建立了伟大的功勋。

现在回想许多年前曾经出现在这里的那一幕幕悲壮的情景，我的心中难免风雷激荡，忍不住写下了这篇反映冯贵德等以天门会组织农民运动反抗军阀和豪强的小说，意在让更多的年轻一代了解漳河沿岸曾经发生的那些故事，更加热爱和建设好这条奔涌太行、滋润太行的母亲河，也更加热爱我们伟大、光荣、正确的中国共产党，更加珍惜今天来之不易的幸福生活！

让人感到高兴的是，在此之前已有人写下了反映这段波澜壮阔的历史的长篇纪实文学，并且出版发行。

正是基于这样的认识，我才写下了这篇小说，衷心希望这篇小说能给人带来有益的启迪！

女　娲

驱　瘟

1

崇祯三年（1603）秋天的那天前晌儿，牛黑二还到大南峧的地里打玉茭秆，可傍黑儿回来就躺到了炕上，只是觉得脑袋发晕，四肢无力。在这之前，村子里已有不少人躺到了炕上，陆陆续续跑开了黑汤，往往头一回跑时脸色蜡黄，第二回跑时脸色发绿，第三回跑时脸色显青，人也就再也不会从地上爬起来。

一种死亡的气息正在漳河岸边的沙河村一带弥漫着。

牛黑二糨糊一般的脑子里仍然在旋转着，把今天一天的过程像做梦一样反反复复地回放着，可还是找不着北。

沙河村有牛薛两位神医。牛神医很小的时候就被家里送到符山上找一位胡子花白的老神医学医，寻遍了山里山外的草药，医治过不少大大小小的疑难病症。

还有一位薛神医，他自小就跟爷爷学医，从最基础的东西做起，日积月累，也有一番作为。

沙河村里牛、薛两姓是最大的姓，也是村里的人口支撑。牛神医是牛姓一族的代表。薛神医是薛姓一族的代表。

可以这样说，两位神医在面对这种突如其来的瘟疫时，一开始还是有信心的，千般手段都用上了，可人们宁肯信那老风婆子的话也不信草药的作用，如法炮制好的草药无人敢用。

现在，眼看着村里的老少爷儿们一个一个倒下，就连一向健壮如牛的牛黑二也倒下了，他们只能在那里长吁短叹。

2

天还没有黑透，村子里每家每户的大街门就都关上了，街道上几乎没有人行走。

这要在往常，寨上、河里、西头、南头几个巷口的大半道街上，都会有人借着皎洁的月光在那里消闲，德高望重、见多识广的长者们都会坐在高处的石墩子上讲述各种各样的故事。周围的听众里有男的，也有女的。男人们一边抽着旱烟一边听，女人们一边搓着麻绳一边听。小孩子们则是相互之间打闹一会儿就去听一会儿。

……

不知何时，又有几颗星星在天上闪烁着，像村中已经吃过人肉的野狼那一双双凶狠的眼睛一样，随时随地都想把整个村子吞进肚子里去。

这个时候，石板铺就的街道上传来了一阵一阵的响动声。村子里的人们都熟悉这种声音，那是老风婆子的声音，可在平时她是不会到街里来的，就像一团影子一样缩在她那阴暗的屋子里。

可是现在，她一步一步地走出了自己的石屋。她想用自己那破锣似的嗓子告诉村子里的每一个人，这一切的灾祸都是河神爷带来的。她要让这里的每一个人都牢牢地记住，河神永远是沙河村里的主宰！

前些日子，村子里的不少人不敬河神，就连每年三月十八该唱的赛戏也给取消了！

沙河这个村子被三条河流分割开来，这三条河流最后在河口巷汇集在一起后再流向村外，最终汇入了海河。

按照老风婆子所说，沙河村的三条河里分别住着三位河神，分别是大河神、二河神、三河神，其中三河神的脾气最为暴躁，常常在夏季时四处泛滥。这次的瘟灾就是他下来作的法。

天越来越黑，风也越来越大，家家户户都在用土坯砌成的屋子里支着耳根儿听着街上的动静。

3

牛神医坐不住了，他想去找薛神医好好谈谈。薛神医也有了这样的想法。若在平时这都是不可能的事。

村子里的人都知道，这两位神医的纠葛由来已久。

这首先要从他们各自的师父说起。

两位神医的师父本来都是沙河村人，又都是师兄弟，可是因为争正宗两人成了仇人。一个留在村子里不走出家门一步，一个上到了符山上再也不下来，自然也不希望他们各自的弟子走在一起。

现在，在全村的男女老少面前，两位神医决定把这些都抛到九霄云外去，看能否找到驱除瘟疫的法子。

两位神医的心融在了一起。

两位神医的人品都很好，都有兼善天下的愿望。

牛神医以往行医高低人都看，而且在药费上也不讲究。有外地人来请他看病的，不少富贵子弟都是牵着高头大马，他就去了，收的医资也多。有些人徒步来求，他也不慢待，甚至免去药费。日子长了，人们都喊他牛菩萨，方圆百里的乡亲们还为他送了“千人伞”和“万人匾”。

而薛神医同样被人送过“千人伞”和“万人匾”。

现在，在沙河村弯弯曲曲的街道上，牛神医拄着拐杖从山上下来，薛神医拄着拐杖从村中走来，两人的目光慢慢交织在了一起。他们都想把自己心里的话告诉对方，可一时又不知从哪里说起，只是相互之间摇了下头，再摇。

4

“哼，狗屁神医，几副草药就想赶走瘟灾，都是没影儿的事?”

“三河神可是说了，他的小老婆刚刚去了，正在想着续弦，只要把谁家的闺女给他送到河里，他们就放过这一村男女!”

“三河神还说，那些没有唱完的赛戏不仅要唱，还要大唱，像过去那样，在三条河流的堤岸上搭起三个大戏台子，再从外地请上三个赛戏班子摽着劲儿地唱。哪一班唱得好除了给足戏价外还要赏给全猪全羊!”

“三河神还说……”

老风婆子又在街上出现了，不时地传播这些言论，越发增加了全村的恐怖气氛。

5

牛神医的精神彻底垮下去了，他已在不知不觉中下了一个决心。

这天傍晚，等到星宿上全的时候，他又梳了一遍下巴上的那几绺花白的胡子，穿上那身平时一直舍不得穿的衣裳，就拄上棍子去了后山的那棵柿树下。他早已搭好了绳子。现在，他只要把头伸进去，再把全身的重量从石头上移开，就可以什么都不用去想了。

他把全身的力量积聚了一下，就要把自己的那颗花白的头颅伸进去。慢慢地，慢慢地，忽然听到不远处扑通一声闷响，接着就是一阵呻吟声。

牛神医马上听出这是薛神医。再一想，这个时候他到这里干什么呢？不知不觉就走了过去，再一看，他也是在做着跟自己一样的事情，不禁重重地叹了一口气。

这时，薛神医还趴在地上不断地说：“这是咋回事呢？我明明把绳子系得牢牢的，咋就会断了呢?”

忽然，他们的身后传来脚步声，两个人回过头来同时望去，这不是村西头的丑大娘吗？这么晚了她在这里干啥呢？

村上的人们谁也说不清这位丑大娘到底多大年岁了，只知道她一直在村上的女娲行宫里打杂，脸上布满了皱纹，见了人总是笑着。她还是一个很好的接生婆，全村已数不清有多少人是通过她那双皱巴巴的大手来到这个世界上的。

“你们两位神医都在呀，俺老婆子这里有副药方你们看灵不灵?”

“您老人家还会看病?”

“不是俺会看病，是咱女娲行宫里还保留着几个专治瘟疫的草药方子。那上面的草药呀，俺年轻时跟着爷爷上山采过，兴许现在又能够派上用场哩。”

两位神医开始迟疑。

“咋的，不信俺手里的方子？”丑大娘问。

“不是不相信，俺们两个也鼓捣了些草药，就是没人肯用哩。”

“那好说，就从那个牛黑二开始吧。”

“您说的是那个经常到女娲行宫做这做那的牛黑二？”

“不是他还能是谁？你们要相信，只要能够治好大家的病，大家就会相信的。不用去管什么老风婆子、小风婆子！”

“那倒也是，可您怎么会在这个时候来到这里？”

“也是碰巧了，俺去索堡的唐王蛟走了个亲戚，天就晚了。因为贪走夜路，恰巧碰上了你们两个神医在这里，俺就……”

两位神医相互对视，还想问啥却又不知道从何说起。

6

第二天，两位神医按丑大娘的方子抓药，硬是把马上就要到阎王爷那里去报到的牛黑二给拉了回来，这下有人信了，纷纷按照两位神医开的方子及时喝药，父老乡亲们的疫症很快便好了。全村又要为他们两人送上“千人伞”和“万人匾”，两位神医谢绝了。他们再到女娲行宫里寻找那位丑大娘，表示感谢。她却不知所云，也不知道是怎么回事。

好起来的牛黑二又带人去找老风婆子，她却像风一样不知被刮到哪里去了。

布　　道

1

石缝也是漳河岸边上的一个村子，不过全村都拖溜在了大山的深处一个山沟里，所以称作“石缝村”。

康熙十五年（1676）的时候，石缝村里有叫石婆的老婆婆，她老伴儿早去，只跟一个儿子过活。后来，儿子好赖成上了家。本以为要过上几天舒心的日子，却不想这个媳妇非常刁蛮，总要想方设法难为石婆，儿子却是胆小怕事不敢吭。石婆为了儿子的时光只有忍气吞声，打掉牙齿和血吞掉。可就是这样，那个儿媳妇还不行。石婆一横心，一闭眼，拿定主意，只要他们小两口能把时光过下去，自己干脆就去找他爹算了。再说，活到了这个岁数，死也死得了，不就像从山上拽一个酸枣那样简单吗。

2

石婆的儿子常年在山西当长工，儿媳妇在家里操持家务，却不知啥时信上了女娲，每年的三月十八都要到离村几十里的西顶女娲奶奶庙去给女娲过生日，就是误了啥都要去的。

头天晚上，她就安排婆婆准备上顶的礼物。石婆先是到村中的石井里担水，紧接着就是在石锅烧水，然后用石盆和面，还要用旺火蒸下三十六个花糕，三十六个白馍，最后是伺候儿媳妇洗澡更衣。

石婆那单薄的身子就像陀螺一样在那里不停地旋转着，身上的那身青蓝色的褂子被汗水浸得湿了干干了湿，就在这湿湿干干的过程中，她的心早已麻木了，可依然还在机械地做着这一切。

猛然间，她感到有几束绚烂的火花在自己的脑子里跳动起来，她终于要向着那些火花而去了。这个时候，儿媳妇已经骑着毛驴出了门，一直向着西顶女娲庙的方向去了。

一路上的人很多，有男的有女的，有老的有少的。石婆的儿媳知道，这些人中既有本地的，也有山西、河南的，更有广东、福建一带的。他们都会在每一年的这几天里来到西顶上看望女娲奶奶。

石婆的儿媳妇很高兴，使劲儿地往起扬了扬头。但一想到家里的婆婆，她的那弯柳叶眉就拧在了一起，忍不住在心里说了几句：“这个老东西，就是个‘双星’牌的，瞧见恶心，想起来伤心。自己这一表人才咋就嫁到她这穷家薄（白）言（业）里来？”

3

约莫儿媳妇已经走出了很远，石婆也摇摇晃晃地出了家门，一直向着漳河的方向。当年，自己的男人就是在这清漳河里出的事。现在，她也要沿着他的足迹而去了。

这一天的阳光特别好，把石婆的心事也照得亮亮的。她什么都不愿去想，一直向着那里走去，走去……

那一年，自己的男人也是这样向那里走去的，那时刚刚发罢洪水，他跟着村里的人到漳河上捞东西。她怎么拦都拦不住，结果就再也没有回来。

她得到准信儿时，已是孩子满月的时候了。她眼里的泪水一股一股地翻滚着却怎么也涌不出来。

她与自己的男人能够走到一起也是在西顶上的女娲庙里。那时候，她在女娲奶奶过生日时到西顶上去坐夜，实际上就是在等待自己心上的男人，想与他好好聚上一聚。

那一天往这里来的时候她就知道，自己的爹娘已为她许下了人家，不过却是一个年龄偏大的有钱人家的填房。他们不外乎是要贪图人家的钱财，可她自己又怎么能够接受这个板上钉钉的现实呢？她就是那天在西顶上坐夜时与自己的男人在一棵老槐树下走到一起的。当爹娘知道这一切时，她已经怀上了那个男人的孩子。

……

她走啊走啊，一直来到漳河边，看到漳河上船来船往，两岸的山峦都被倒映在清清的河水里。她也顾不上去想那么多了，慢慢地把自己的眼睛一闭就要跳下去。

忽然，一阵银铃般的笑声向这边传来。紧接着，一个非常秀气的小姑娘来到她的面前。

“这位老奶奶，你在这里干啥呀？”

“俺，俺……”

“你是来这里等人的吧？”

“俺，俺……”

“你是石缝村的那位老奶奶，我很早就认得你的。你还是回家去吧。你的儿媳妇也快从西顶上回去了。”

“你这孩子，你是咋知道的？难道你也到西顶上去了？”

那位姑娘不答，只是在那里嘻嘻地笑着。

石婆的额头上却浸出了一层细汗。

4

石婆的儿媳妇果然从西顶上回来了。石婆气喘吁吁地从漳河边上赶回来时，她的儿媳妇刚刚在大街门前下了毛驴。她一看到石婆就指着她的鼻子吼起来："老不死的，你看看你都是蒸了些啥？你再去看看别人都是蒸的啥？害得我去西顶上在那么多的人面前丢人现眼？"

石婆只是手脚不闲地收拾东西，并没有还上一句嘴。

石婆的脑子里还在想着漳河边上的那位姑娘，自己怎么从来没有看见过她呢？再说，她又怎么知道俺的儿媳妇上了西顶呢？

"我在跟你说话呢，老不死的，心思跑到哪儿去了，不如替个好人去死了！"

"我问你，我前些日子放到床头匣子里的那十几两银子哪里去了？那可是你儿子从山西给我寄回来的，是不是你给拿起来了？"

"好儿啊，这天地良心，我可真的没见呀？你是不是手迷了，一时不知道放到哪里去了？"

"我明明就放在那里的，咋就手迷啦？你说说，咱们这个家就三口人，你儿子在外面，家里就咱俩人，难道还有外人？"

"你再好好想想。"

"我咋说来。早上往西顶上走的时候就觉得不对劲儿，上下的眼皮子直跳。你还让我再想想，难道是我红口白牙诬陷你？"

"你这，这……"

石婆的脑子里觉得轰的一下，接着又一下，身子也有点儿站不稳。

5

这天晚上，石婆的眼睛一下也没有合上过。

第二天一早，她也要上西顶。她再三忍让是为了孩子的时光，可她不能蒙受这样的冤枉。

石婆走的时候，天上还挂着几颗星星。她预先热上了饭，又给鸡舍里的鸡填了食，这才出门。

她还想着昨天晚上在自己的肚子里反复叨量的那些想给女娲老奶奶所说的话，她相信她老人家是会相信自己的清白的。当然，她也要用自己的行动去证明。

这一路上的人还是那样多，阳光还是那样明亮，可是她都顾不上去看这些。

多半后晌儿的时候，她终于来到悬挂吊庙的中皇山下，然后顺着十八盘一节一节地往上爬，终于到了吊庙跟前。她就跪在女娲的神像前磕了几个头，然后在心里说："女娲老奶奶啊，俺现在就从这女墙上跳下去，要是俺真的拿了儿媳妇的钱就叫俺老婆子不得好死，要是没有拿就还俺一个清白。"

她这样嘀咕时，就把身子提起来，然后一步一步地向女墙边挪去。她想这个时候，一定不会有人去注意她的举动的。就在她正要纵身往下跳的时候，忽然又听到了那个在漳河边上曾经听到过的银铃般的笑声。紧接着还是那个非常秀气的小姑娘又来到她的面前。

"姑娘，你这是?"

"老婆婆，咱们真是有缘。我也是来这里上香的。"

"那好，好。"她这样说时就想把身子扭过去，把自己想要做的事去做完。

姑娘好像知道她的心事似的，马上又说："老婆婆，你还是赶紧回家去吧，你的儿媳妇恐怕有喜了!"

石婆怔了一下，眼睛随即一亮，这怎么可能呢，儿子前几个月才回来看了看，难道哪一次真的就灵验啦!

她再去看那位姑娘，却不知到哪里去了。

石婆赶回家里的时候，老天已经黑得透透的。可儿媳妇屋子里的灯还亮着，随即就飘出几句话来："老东西，去哪里浪啦，我可是突然想吃酸的东西啦，明儿就给我找去!"

"好，好，俺给你找去!"

石婆的心里一亮，那位姑娘的话果然没错！

6

来年的夏天，石婆的儿媳妇生下了一个大胖小子，石婆的儿媳妇高兴得不行，满月后就又拿了东西去西顶上拜谢女娲老奶奶。等摆上了供品、磕完了头，她忽然萌生了一个大胆的想法，既然女娲老奶奶这样灵验，她的真面目到底是啥样儿呢？俺要是真的能够看上一眼，就是多来几趟也行啊！

后来，女娲老奶奶神像跟前的马童看她心诚，就托下话来对她说："女娲老奶奶的真面目也很平常，你要好好记着，敞着怀，拖拉着鞋，头上还顶着一个旧铁锅呢！"

石婆的儿媳妇听完后一头雾水，这女娲老奶奶怎么就是这个样子呢？

她带着这个疑问往家赶。这时，天上下起了大雨，她在自家的大街门前啪啪啪啪地敲打着大门，从门缝里却看到婆婆来给她开门，头上顶着一个铁锅，还敞着怀，拖拉着鞋。她马上就想到了那马童说过的话，这不就是女娲老奶奶的样子吗？她一下子呆在了那里。

后来，石婆过来小心地让儿媳妇进门，她却一下子跪在了那里，并且从心里重重地喊了一声："娘，我的亲娘呀！"

石婆上前握住儿媳妇的双手，心中慌慌地想把她拉起来，却不知道这是咋的啦，难道太阳真的从西边出来啦！

石婆的嗓子眼儿里酸酸的、甜甜的。

逐　寇

1

20 世纪 40 年代初期，正是太行抗日根据地内最为艰难的时候，旱灾、蝗灾并行，给人民群众的生产生活带来了很大的影响。

那一年的 5 月，日本鬼子采取了"铁壁合围"政策，又对我根据地实行了惨绝人寰的大“扫荡”。

张连长他们接到的任务是坚守涉县偏城十字岭一带的无名高地，掩护总部首长安全转移，并且一定要坚守到两天以后才能撤退。与他们一起在这里执行阻击任务的还有太行中学的一些女学生。本来，上面安排她们与总部一起撤退的，可是她们说什么也要留下来。

张连长别看年纪不是很大，个头儿也不是太高，但却是一位参加过长征的老红军。这次把这么艰巨的任务交给他，首长们是经过认真考虑的。

小鬼子们一次一次像疯狗一样往上扑，却一次一次被战士们借助地形打了下去。那些女学生们也非常勇敢，把身边的石头搬起来一块一块地扔下去，砸敌人鬼哭狼嚎。

可是，转眼两天过去了，他们还没有接到撤退的命令，敌人的进攻反而更加凶猛了。到了第三天的傍晚，他们又把敌人压了下去，张连长再检查身边的水和食物已经所剩无几，但已顾不上去考虑那些。

忽然，从阵地后面的山坡上走来了一位白发苍苍的老汉，他的左手挓着一个竹篮子，上面还蒙着白手巾，右手端着一个陶制小锅。他一边走一边喊：“孩子们，都饿了吧，俺这里有糠窝头和香喷喷的抿节饭，饭里放了干豆角儿山韭菜花儿和花椒芽儿，快来吃呀!”

一个灰头土脸的女学生用眼睛瞅着他手里的东西，意思是就那点儿东西可够谁吃呀?

老汉明白她的意思，就放开嗓门儿十分爽朗地说：“放心吧，放心吧，你们大伙儿尽管吃，尽管喝，够你们用的。”

这时，张连长走了过来，自从指导员牺牲后，他现在既是连长又是指导员，先向老人家表示谢意，然后才接过了东西让大家轮流着将就用一些。可到他这里时，陶锅里的抿节饭还是那样多，竹篮子里的糠窝头也没见减少，就觉得有些奇怪。但他已经顾不上去想那么多，让战士们吃好喝好后很快就又投入了残酷的战斗。

后来，他们胜利地完成了这次阻击任务，才想起了那位送饭的老汉，他早已不知去向。几位女学生倒是问了几句他是哪里的，好像说了一声是涉县唐王峧沟的，也没明白是啥意思。

2

20世纪80年代中期，全国民间文学三套集成工程启动，一位托名新闻的人又搜集整理了一篇“送水”的故事，说得是1979年中国对越自卫反击战打响后，也有一位老婆婆关键时刻千里迢迢到那里为被围困的战士们送水。据说这位老人家也是唐王峧沟的，帮助战士们胜利地完成了任务。

整个反击战结束后，部队上并没有忘记她，真的派人找到了当地的一个唐王峧，结果大失所望，又找到了太行深处涉县的唐王峧，一开始都以为只是一个人的名字，可到了跟前才知道那是一条沟。整条沟中散落有好多村子，沟里的每个人都说自己是唐王峧的。沟里还盖着一座女娲奶奶庙，他们终于明白是怎么回事了。

附记：

古书上说的那位女娲是位高高在上的神，她造人、补天、定婚姻、造笙簧、除恶龙，功德无量。但在我们村子那一带历代的村民们看来，女娲就是一位生活在他们之中的普通人。她是一位老婆婆，也是一位心灵手巧的姑娘，更是一位慈眉善目的忠厚长者。有人称呼她老奶奶，也有人称呼老姑，还有人称呼老姆，甚至有人还称呼她为老爷爷。

由于多年在地方文化馆站工作的关系，我有幸能够接触到女娲文化研究工作，与人编著，并出版了《中国涉县女娲祭祀文化》《女娲赋》《女娲的传说》等书籍，还参与并完成文化部的重点课题“女娲祭典”的研究工作，与课题组成员一起走遍了太行深处被命名为“中国女娲文化之乡”的涉县一带的山山水水，每到一地都会听到关于女娲的那些传说故事，也有了更多的体会和思索。拂去女娲头顶上那种神秘缭绕高不可攀的一面，女娲其实是一位很接地气的尊重科学、尊重生命、正直善良、爱国爱家并有担当、有责任心的普通女性，也是太行山区众多的乐于奉献的百姓形象的代表。

古镇人物

西戍是邯郸西部山区靠近漳河边上的一个镇子，因战国末期赵国在这里屯过兵、戍过边而得名，显然是一个古镇。现在仍保留有大寨垴、东西营盘、旗杆垴、养兵池、西官地、城子街等与军队有关的地名，还有人能够捡到或从地里挖出那些废弃的箭头和宝剑，甚至还挖出了青铜鼎、青铜镜、绿色虎头玉印、汉代陶罐之类的东西，在一定意义上直接或间接地证明了这个小镇的年代久远。

不过，随着岁月的流逝，不知从什么时候开始，人们却把西戍念成了西戌，那在连肚子都填不饱的年代无所谓，可近年来随着地方经济的发展和历史文化研究的兴起，不少文化人觉得还是原来的名字有内涵，多方奔走呼吁要把原有的名字叫过来。他们不辞辛苦地奔走来奔走去，名字虽然至今没有改过来，却发现了西戍近代历史上的日常生活中不少有趣的人物，一一进入当代“西戌”人的视野，所引起的震动也丝毫不亚于那些古董。

武　痴

小鬼儿打小就好练武，对教书先生所教的三字经之类的文化不感兴趣。父母对他拳脚相加，他却以“人之初，性本善，越打老子越不念”来回应。冬闲腊月时，他却常常跑到村里的拳坊去偷看别人练拳，往往是院子里那些被教的人还没学全，他在围墙的外头已经手舞足蹈，心领神会。不过，村里拳坊那些人所教的都是大小红拳，虽然好看却不实用，渐渐的已经不能满足他的要求，他又想方设法到外面找师父。为此，更是没有少挨了一心让他攻读圣贤书的父母的打骂，但他都不在意。

小鬼儿大名李丑蛋，人们都说他是西汉末年西戍王李霸的后代。李霸可是一位家喻户晓的人物。他在西戍造反起家，后来跟随汉光武帝刘秀，成为他的云台二十八将之一。

小鬼儿对此也懒得去辩解。

小鬼儿十四岁那年，又偷偷地跑到附近一个叫昭福的寺院去跟一位外地来的和尚学艺。传说这是个从南方过来的武和尚，打少林寺辗转来到这里，很是有那么两下子。小鬼儿就想正儿八经的拜人家为师，但和尚却无此意，反正他来学也不拒绝，他要走也不挽留。

尽管如此，小鬼儿还是从他的身上学了不少东西。后来，这个和尚竟然还俗参加了八路军，临走也没留下什么话，小鬼儿很是伤感了一阵子。

小鬼儿长成后虽然出落得瘦小，却很有几把子勇力，就在家里和父亲一起捣鼓生意。有一次，他牵着牲口到涉县河南店一带赶集，路过井店时，走到一条仅容一人一骑通过的窄路上，对方不给让路，便僵持下来。他看到这种情况，便凭一人之力把装得满满的驮运货物从骡背上取下来，又放上，再取下来，如是者三四次，并随口说道："反正有的是工夫，咱就在这儿熬着吧"。对方一看这个架势，又是自己理亏在先，就乖乖地把路给让开了。

西戍村分为东头、西头、下街、官道、西道、东寨等巷口，其中东寨巷有个叫大杨成的人，这人身高膀宽，力大无比，但在村子里名誉很赖。谁家要娶媳妇的，都得把第一夜的权利让给他，不然就要白刀子进去，红刀子出来。

大杨成一开始听到小鬼儿这个名字时，想到他那瘦废短短的身子也没在意，可慢慢听得多了，就想压压他的风头。

小鬼儿倒没在意，可是他的爹娘害了怕。他们知道大杨成是个什么都做出来的人，就连自己的本家都不放过。他一个堂叔常年住在村北的原子沟里开山地。他估摸着人家去年秋天柿子大丰收，一定卖了不少钱，就带上几个人蒙了脸，在今年春天的一个夜里去打劫。本来他想得了钱后放过这个本家的，谁知被人家认了出来，当场喊道：“大杨成，你就是烧成灰，扬成面，我也认得你！”索性他就把这个堂叔弄死了，用黑布包上身子，再倒上灯油，竟然点了天灯！

小鬼儿的爹娘叫小鬼儿或是找到人家落个软，或是远走高飞，等啥时候没事了再回来。小鬼儿明知爹娘的好意，可就是不愿低这个头。他思来想去还是要文斗不要武斗。

昭福寺下的麦场上有好多的石碾滚子，一个就有三百多斤，听人说大杨成能连着往起摞三个，不过中间得歇好几下才行。小鬼儿却能搬起来一直往上摞，虽然也是三个，可是面不改色，大气不喘。

一开始，大杨成听到这个消息后，有点儿不相信，就吸着腮帮子跑到那个麦场上去看，三个连在一起的碾滚子还直直地竖在那里，顿时傻了眼。但他又不愿这么回去，就到小鬼儿的家里找小鬼儿，正巧碰见他担着一担子湿柴从那边过来，想必是到寺坡山上砍柴才回来，就上前拦住了去路。还没等小鬼儿把担子放下，他就一拳打了过去，哪知小鬼儿反应更快，猛一低头，闪过拳头，一掌击在了大杨成的脖子上，又不轻不重地补了一脚，大杨成就乖乖地躺在了石板街上。

大杨成与小鬼儿交手的时候，有几个人在旁边眼巴巴地看着。他们都是与大杨成有着刻骨仇恨的人，不是夺妻之恨，就是杀父之仇。他们这些天一直注意着大杨成的动向。听说他要跟小鬼儿比试，就格外留意。本以为小鬼儿会要了大杨成的命，谁知他只是把人放倒就担起柴火走了。这些人不敢耽搁，大喊着冲上去，先把手里的石灰撒上去弄瞎他的双眼，又用杀猪刀把他的两条懒筋挑断，再用双手捉住脚脖子一拧，只听嘎巴一声，他的两个脚尖就朝了后面，可这大杨成吐着血沫子临咽气前还破口大骂。

大街上有一家开店的老板叫小米贵，听到消息，扔转手头的活计，从案板上拿起一把切菜刀就赶了过去，见大杨成已经断气，但心中怒火未消，朝着大杨成身上就连砍了三刀，还大喊着：“杀大杨成也有俺一股！”

小鬼儿不放心，这时赶来劝阻，可已是晚了一步。

只是大杨成死在热天，没人收尸，很快就腐烂了。倒也横竖没人报官。大家都在心里为小鬼儿竖起了大拇指。

后来，有人竟然把这个事编到了戏里。因为在小鬼儿打倒大杨成后，为头那个要杀他的人叫谢南银。在此之前还有张巴山、谢明江一干人。因此就有了以下几句戏词：“张巴山一转谢南银，谢明江一转大杨成。日月轮回天地转，仇报仇来怨报怨。”

不过，小鬼儿对其中的含义一概不知。他只是觉得大杨成的死与自己有关有些可惜。他与大杨成无怨无仇，也不想去出那个风头。他只是想把自己的武功练好。不久，小鬼儿也像昭福寺里的那个和尚一样上了前线打鬼子，他希望能够在什么地方再看到师父，只是不知道师父已在响堂铺的那一次伏击战中牺牲了。

医　痴

那年流行天花，胡二的父母都被要了命，胡二也成了孤儿。他就是从那个时候开始喜欢上学医的，前前后后投奔了几个老中医，可就是不怎么上道儿，甚至连药名都背不全。可他不死心，断不了在背下里捣鼓那些药方子。

天门会起义爆发时，队伍上到处招兵买马。胡二先到外面混了些日子，还被封为了西戌分会的负责人，成为响当当的文团师。

当时，石波村里有一户村民与邻居发生纠纷，先把对方告到国民党设立的政府机关，却被判了个输官司。他心中不服，就到西戌找到了胡二，胡二当即带上四个卫兵赶到石波，先将被告绑于大街的榆树上，然后躺到村公所的土炕上吸烟过瘾。可告状人一直跪在地上哭诉，像个娘儿们似的，胡二有些不耐烦。听到气愤处，他忍不住插了句：“崩了这玩意儿!”

不一会儿，就听到了啪的一声枪响，胡二马上翻身坐起，问道：“哪里打枪?”

“已将那玩意儿给崩啦!”门口的卫兵跑进来说。

“真的崩啦?”

“还能有假?”

“谁叫你崩了人家的?”

“不是你说的? 崩了这玩意儿。”卫兵不解。

胡二叹口气,“哎! 我也是一时说得气话,人家罪不该死,已经崩了就算,咱们不能待在这里啦,快走吧!”

胡二前脚刚刚离开那里,后脚就有人到西戌的天门会分会总部去评理。第二天,村里的人又顺着孟家岭的小路来了十几号人,却不知胡二到哪里去了。

其实,胡二当天根本就没有回西戌,而是躲到自己曾经拜过的师父那里去了。师父住在偏城圣寺陀的一所寺院里当住持,胡二在那里住了个把月,与师父探讨医术。

一天,师父与他交谈。

“我看你这次不是专门来找我学医的吧?”

“在家没事,也想出来清静几天。”

师父笑了笑。

“你在家中遇上了人命案子,何必欺瞒师父?”

见师父说破,胡二赶紧跪到地上。

“师父看我有事没有?”

“你刚来时,观你面目,眉头时时拧在一起,又听村人议论,便知你有人命案子在身。现在一个多月过去了,见你气色已变平和,应该是没事了。”

胡二在一个傍晚回到家里后,那件事果然过去。

后来,天门会的势力虽然发展到二十多个县,队伍也发展到三十多万人,但还是由于缺乏共产党的领导被国民党镇压下去了,总团师冯贵德等人在河南新乡被杀害,各地的分会组织也星散云落。

这时的胡二,干脆回家当起了土医生。有时也到李润江的药铺子当坐堂医生。这期间,邻村一个叫张启书的与他交往甚厚,常在一起探讨治病心得。他们经常要谈到很晚。有一回,张启书说要回家,胡二便说要送,竟一直连赶把人家送到了家里。胡二往回走时,张启书不放心,又往回送他，不知不觉又到西戌，如此两三趟，天已大亮。

二人以心交心，说话投机，可见一斑。

张启书不仅学医，还是当地少有的好兽医，多有本地喂着牲口的人上门求医。他不少时候不见牲口只听其声响便知何病，然后手到病除，被传为佳话。

也就是从那个时候开始，胡二也学了几手兽医，虽说不是特别精通，却也上了正道儿。

一天，马布村一个人赶着骡子来请胡二去看病。

这时的胡二，多多少少也有了一些小名声，愣是让他蒙对了几个，找他看病的人越来越多。

这回到了马布村那人的家里后，他见病人头裹毛巾，围着被子坐着，说话也细声细气，少气无力。又见病人之手黄而细嫩，想必是个女人。脉罢需开方，胡二却一时弄不清啥病，更不知如何开方。忽见土炕上有席子大小一片，全是病人以前吃过的药方。他逐一看过，有些方子知道，有些方子连听都没听说过。他在肚子里叨量着这肯定是个久病之人，思来想去就开了个破血的方子，主要治疗月经不调。饭后临上骡子往西戌回时，他又特意对这家人说："抓三副，不，抓六副，见效再去调方子。如不见效就另请高明吧！"

胡二回去后，心里一直放不下，默念着不要出啥问题。

谁知半个月过去后，马布村的那家人竟然扛着一篮子的白面馍馍来谢他，并再三地说："按你开的方子给俺哥抓了药后，已大好了。不仅能下炕走路，一顿也能吃一碗半饭了。"

胡二吃了一惊，这时方知病人是个男的。

事后，他把这次看病的经过详详细细地给张启书念叨了一遍，张启书听后哈哈大笑，又对他说："肯定是别人的方子治好的病。不过，你去时人家的方子还没有显效。说到底你是就了别人方子的劲儿了。你是走着好时运哩！"

胡二无话可说。

1939 年的那个冬天，天气特别寒冷，日本鬼子占下了武安城，不久也到了西戍一带，都是骑着高头大马，一副趾高气扬的样子。不过，胡二一眼就看出，这些东洋马跟本地的马就是不一样，这些马打的掌子特别厚，走起路来虽然也是呱嗒呱嗒地响，给人的感觉却很刺耳，就像响在了他的心上。

可是有一天，出入西戍一带的那些大洋马都打了蔫儿，一副没精打采的样子。鬼子小队长着了急，就问这一带的汉奸们可有兽医，他们到宋家庄没找到张启书，就都说出了胡二，胡二便被鬼子们带到了洋马的跟前。

胡二在给这些洋马看病的时候，心里也是很纠结的。他知道村里的老少爷们儿一定在戳他的脊梁骨，可他却是一副又说又笑的样子，显得非常高兴。鬼子们见他看得认真，就迷西迷西地笑着扔给他洋花糖吃。他赶紧趴在地上表示感谢，引来了鬼子们一阵一阵的大笑。

这天晚上，鬼子们就住到了鸡鸣铺村的据点里。汉奸们不仅到老百姓的家里抓了好多只鸡、提了酒供他们吃喝，还抓了花姑娘供他们享乐，鬼子们在村公所里一个个东倒西歪，不知什么时候才如死猪般睡去。

可第二天的早上，当鬼子们醒来再看自己的那些洋马时，一匹匹卧在那里再也没有站起来。

这时再找胡二，早已不见踪影。到他西戍的家里，也是铁将军把着门哩。

鬼子和汉奸们哪里知道，胡二又上了偏城圣寺陀的寺院里。这一回他要问师父，自己这个命到底能活上多大岁数。师父没有说话，只是伸出了两个指头，一个是八，一个是九，胡二果然活了八十九岁。

戏　痴

狗子喜欢唱戏是从喜欢荷叶儿开始的。荷叶儿爱唱落子、平调、四股弦，还爱唱老辈儿时就在流传着的赛戏，狗子也喜欢。总之一句话，凡是荷叶儿喜欢的，狗子就一股脑儿的喜欢。

荷叶儿的迷人首先在于她的那一双大辫子，黑油油的一甩多长，尤其站在台上唱她那最拿手的《甩大辫儿》《春草闯堂》《杨八姐游春》等剧目的时候，总会引来台下一阵一阵的喝彩。

当然，这个时候的狗子就在台下，他在心里的喝彩比在台下的任何人都要热烈。

农村的唱戏大都在逢年过节或农闲的时候，这是他们精神生活中的一件大事，但凡哪个村唱戏，三乡五里的亲戚朋友们都要赶去凑个热闹。

荷叶儿所在的剧团是村上组织的，既排老戏，也排《兄妹开荒》《夫妻识字》等新戏。荷叶儿之所以能够参加这个剧团，主要是他家里住着区上的一个干部。他见荷叶儿有几分天赋，就特意向村里的剧团推荐了她。

荷叶儿所在的剧团很抢手，往往在这个村还没有唱完，那个村就赶着毛驴车来叫了。

不用说，狗子在第二天也会赶过去的，反正荷叶儿唱到哪里，他就跟到哪里，只是荷叶儿从来没有留意过这个异常忠实的观众。可她的一举一动都在狗子的视野之内。

有一天夜里，荷叶儿她们正在一个不足百户人家的小山村里唱戏，唱得正是《逼上梁山》，唱着唱着，那鹅毛似的大雪片子就铺天盖地落了下来，天气一阵比一阵冷。散戏后，荷叶儿匆匆地到临时搭起的灶房喝了一碗面片儿汤，就到村子里已被号好的屋子里歇下，远远地看见有一丝微弱的光亮，还以为房东大娘在为她烧炕呢，一股暖意涌遍全身。谁知到跟前一看，哪有什么房东大娘，只见住在家中推荐过自己的那位区干部向自己走来。荷叶儿一愣，他怎么会在这里呢？

“累了吧，快休息吧？”

“不累，您怎么在这里呢？”

“恰巧我到村里下乡，就来看看你，演得真是太好了！”

这位干部一边说着一边往荷叶儿的身边儿挪动，还拉住了她的手不放，紧接着那张呵着气的热脸也凑了上来。荷叶儿哪里见过这个阵势，情急之中就喊了起来，可任凭她喊破嗓子也没有人过来。正在无奈时，一位用布蒙着脸的人却闯了进来，一下就把那位干部推倒在地上，正巧额头被桌角挂了下。他毕竟是心虚，也不敢闹出很大的动静，慌慌张张离开了这里。

当然，蒙着面的狗子也离开了这里。

要知道，在跨进这个门槛之前，他可是费了一番思量的。他本来没有这个胆量，可见荷叶儿那个着急的样子，要是自己再不出手的话她就更着急了，就一咬牙冲了进去。快到跟前时，他又退了回来，用一块儿黑布蒙在了头上。他不想让那个人看到自己，也不想让荷叶儿看到自己。

这件事之后不久，有人到家里去给狗子提亲。媒人说闺女是离这里不远的宋家庄的，比落子戏里住过寒窑的王宝钏还要俊秀。家里的人当然很满意，可他就是不点头。

狗子是随着娘后走到这家的。狗子的后爹是个火爆脾气，他指着狗子的脑门子说："反了你小狗子的啦，这回你是同意也得同意，不同意也得同意！"

"他爹，俺知道你是好心，好好给咱狗子说。他会转过弯儿来的！"狗子娘在一旁拉着狗子后爹。

……

哪知狗子的脾气比他后爹还要倔强，就在这天晚上找了根绳子要上吊，幸亏他的后爹及时发现，才没有酿成大祸。

狗子的亲事就这样停顿了下来。

一个月后，荷叶儿所在的剧团到偏城一带交流演出，在返回的时候与鬼子"扫荡"的小队相遇，不少人牺牲了，就连那位推荐过荷叶儿的区干部也受了重伤。当时，又有两个鬼子向荷叶儿她们隐藏的这一带扑来，正在异常危险的时候，狗子悄悄地从侧面赶了过去，只见他把大刀一甩就把一个鬼子的脑袋削去了半边。另一个鬼子刚一愣神儿，大刀片子又朝他的脑袋削来，先是一只耳朵掉在地上，紧接着半个脑袋也落了下来。

这一回，荷叶儿倒是清清楚楚地看清了狗子的面庞，他蒙着脸的黑布已经拖拉下来，脑袋上的头发像是从水里捞出来的一样。

这时，荷叶儿猛然间又想到了那天晚上的情景，那个黑影就是他，一定是他。她努力站起来想去跟他说句话，却早已不见了人影。

这之后不久，狗子就参加了八路军，一直到抗战胜利后才回到家乡。在这期间，他一直想着荷叶儿，回去后就去找荷叶儿，却才发现自己根本就不知道荷叶儿是哪个村的，只是隐隐约约还记得她在舞台上唱戏的那个样子。她的大辫子一甩一甩的，那些优美的戏词就从她的口中慢慢地流溢了出来！

狗子走在大街上，他看到每个人都像荷叶儿，可又都不像。忽见一个高个子的中年人从那里走来，只是他的腿跛得厉害，狗子却看着有些眼熟。再一想，这不就是在那个冬夜里被自己推倒过的区干部吗？是他，一定是他！狗子本要上前搭讪几句，却见一位农村妇女从那位区干部的后面走了过来，并紧紧地搀住了他。不禁一愣，这不就是那个荷叶儿吗？

不过，他们两人并没有注意到他。

他又扭过头去打听其他人，才知他们就是两口子。他怎么能够知道在自己走后，荷叶儿可是一直都在找寻他，但人海茫茫，又到哪里去寻找呢？也有人说这么长时间没有信儿，他可能早已牺牲在战场上，她这才嫁给了那位曾经推荐过自己的区干部，不过却是自愿的，谁也没有强迫她。在那次与鬼子的遭遇战中他负伤后，是她在自己的家里照料着他一直到痊愈的。

狗子走在西戍渐渐被暮色包裹起来的大街上，忽然想到了荷叶儿在台上曾经唱过的那些唱词："接接凡来接接圣，接接老祖并金童。俺年龄太小岁数又轻，大路没走小路不明，凡不知来圣神也不明，稀里胡涂走的路程，只是凡官没理少性，还得高官把俺接迎。……"

想着想着，他自己的嘴角也翕动起来，身子也一晃一晃的。

瞬　　间

人生是由无数的瞬间所组成的。其中一些瞬间特别重要，往往就在无意间影响了你的人生走向，而每个人所拥有的瞬间又是不同的。老马，老马，我要说的老马并不老，当时的他是那样的年轻，可他一生中的一个重要的瞬间竟然与一个叫刘燕的女人有关，于是就有了下面的故事。

1

那次回家探亲路过乌鲁木齐火车站，老马碰上了一件平生最让他愤怒的事情，几个流氓在站台上欺负一位穿着时髦的姑娘，好多人就像没有看见似的，眼看那位姑娘就要吃大亏。当时，他也不知从哪里来的勇气，硬是拖着那条还没有完全恢复的伤腿冲了上去。

“去你的黄萝卜，少管老子的闲事，不然要你的好看！”

“哪里凉快哪里待着去，好汉可不要吃了眼前亏！”

“光天化日之下，你们竟然欺负一个弱女子，这桩闲事我就是要管！”

“呵，看来不给你小子放放血你是不知道老子的厉害！”

说时迟，那时快，一个家伙举起手里的水果刀就向老马捅来，老马虽说腿上有伤，可也不是含糊的。他施展空手夺白刃的擒拿术，轻而易举的就把这家伙放倒在地上。紧接着，又把一个扑过来的放倒，可他没有想到的是，另一个家伙拿起一块儿红砖悄悄地向自己拍来。老马急忙躲闪，但还是砸在了他的额头上，鲜血顿时冒了出来！

那个被欺负的姑娘像个木头人一样站在那里。

那几个家伙一看要出人命，马上作鸟兽散。

这时，才有人上来把躺在地上的老马扶到车站的卫生所去包扎，那个姑娘也反应过来了，但火车马上就要开动。她怀着十分愧疚的心情一步一步地走上了火车，目光却一直停留在老马的身上，老马在迷迷瞪瞪中也接到了这种目光，并且似乎还听到她说：“我记住你的样子了，我叫刘燕，将来一定会报答你的!”

其实，那位姑娘仅仅看到老马是位军人，并不知道他所在的部队就是天山深处的筑路部队，每天都要在海拔四五千米的冰山上修路。一天正在紧张施工的时候，老马抬头看到一大批冰层落了下来，就下意识地上前推开了别的战友，可就在那一刹那间，一个不大不小的冰块儿砸在了他的腿上，他一下子失去了知觉，被人抬到了医院。

而他救人负伤的消息，部队上封锁的特别严。因为他在老家所处的对象四娥，前些日子才来部队上探过亲，说好了春节前就要结婚的。试想，人家要是知道了老马负伤的消息，会不会影响他的终身大事呢?

他所在部队的连长和指导员又在私下里商定，等老马伤势好些后，就特意安排他到太行山区的老家探一次亲。这次临行前，他们又特地嘱咐他一路上要多照顾自己。谁知他又在乌鲁木齐的火车站换车时遭遇了这样一个可怕的瞬间?

好在老马的伤势并无大碍，只是在卫生所里简单做了下包扎，拿了几盒消炎药，就赶下一列的火车奔赴自己的家乡。他在心中感到遗憾的是，在匆匆忙忙中并没有记住那位姑娘的面容，只是她那带着深深担忧的清纯的目光还残留在自己的记忆里。

2

老马坐在火车上向窗外张望着，思续飞得很远很远。这时，他的脑海中不时地浮动着老家的对象四娥那秀丽的面庞。

他所处的那位对象是一位农村代课教员，是他们那个村子里为数不多的高中毕业生之一，两个大眼睛一闪一闪的，两条大辫子一翘一翘的，别有一番魅力。她之所以看上老马，主要是老马的出身好，祖宗三代都是贫农。如果复员后，肯定能找到一个好工作……

老马却是个侧重于讲感情的人，考虑个人问题时往往与实际利益相分割。他一想到爱情和家庭就想到了牛郎织女等美好的民间传说，就想到自己所处的对象就是那位美丽善良的织女，甚至还会想到更多。

火车呼啸着在蜿蜒曲折的大山之间行驰，把一段一段的山峦、一条一条的深沟抛在了身后。这时的老马把目光伸向前方。他的那颗激动的心早已飞回到了遥远的故乡。

记得上一次回乡探亲时，他晚饭后与自己的对象手拉着手到生产队的麦场上说悄悄话。就是在那一次，那位年轻姑娘与老马讲了牛郎织女的故事，老马听得如痴如醉，隐隐约约地感觉到自己就是那位单纯善良的牛郎。后来，他们又谈到了共同的未来，谈得老马回去后整整一个晚上都没有把眼合上。

……

不知什么时候，老马把自己的眼睛闭上了，并且还发出了轻微的鼾声。

车到邯郸站时，老马睁开惺忪的睡眼，慢慢地把目光伸向了窗外。在他的想象中，自己所处的对象应该早已等在了出站口，在人群中满含笑意地向自己挥动着双手。因为在回来之前往家里打过信，她在回信中说会到火车站接他的。

老马拎上东西下车后一直往前走着，一双眼睛左顾右盼，可就是看不到四娥的身影。他不禁想到，也许她给忘了，或者是记错时间了。可那又是不可能的呀！到家里再说吧，晚上可以到家里看她，正好可以送去她早就梦寐以求的雪花膏！

3

那位叫刘燕的姑娘一人上了火车后，心里一直不是滋味儿。她的脑海中一直翻腾着，那个小伙子伤得怎么样？到底要不要紧？自己怎么可以丢下他就一个人离开呢？好险啊，要不是人家挺身相救，自己还不知道会遇到多大的麻烦呢？

她是河北人，正在北京的某所高校里就学。在这个暑假里，她特意到内蒙古自治区看望有病的姥姥、姥爷，没想到在回返的途中遇到了这样的事情。现在再想想当时的情景都感到有些后怕。她恨歹徒在光天化日之下的无法无天，更恨周围好多人的无动于衷，漠然处之！

她想再返回去找到那位挺身而出搭救自己的年轻军人，看看他的伤势到底如何？自己现在能为人家做点什么？毕竟人家是为了自己才负的伤呀！

可是，可是……

她一遍一遍地问自己，现在该怎么办？怎么办？

列车仍在飞奔着，下面的铁轨在黑暗中发出了咣当咣当的声响。

4

从邯郸到老马所在的山区老家还有三百多华里，需要到长途汽车站去坐公交车。等到县城后，他还得往散落在一个山坡上的自己老家赶，至少也有六七十里地。

等老马拎着大包小包回到从小长大的那个巴掌大的村子后，那轮碗口大的月亮已在山顶上高高地挂了起来。他先往一个向阳的高坡走去，那里坐落着自己的老宅，自己的爹娘和几个兄弟姊妹就整年累月地居住在那里面。他一步一步地向前行走着，隐隐的看到有一缕微弱的光在闪动，便知道家里的人还在等他，不由加快了步子。

这时，不远处却传来了一阵脚步声，还伴随着断断续续的咳嗽声。老马更加清晰地感觉到，那是来自爹娘的声音，后面还有兄弟姊妹的，几步就迎了上去，抓住了爹娘的那满是老茧的颤颤巍巍的手。

进门后，他把身上的大包小包一放，来不及喝碗爹娘早已倒上的红糖水就想往门外走去。

爹娘怎能不知他的心思，赶忙拉住他让他坐下。

“孩子，还是别去了！”

“人家已经攀上高枝啦！”

“她不给咱，咱还不稀罕呢？”

“等一会儿，娘给你煮上一碗自个儿赶的柳叶儿面，里面再放几个柴鸡的蛋儿！”

……

老马愣在了那里，半天才反应过来。

“您二老说得是四娥？她咋的啦，前些日子还往部队上打信要去车站接俺呢？”

“不咋的，不咋的。”老马的爹娘说这几个字的时候，声音也哽咽起来。

老马又愣在了地上。

难道四娥她真的变了心？怪不得在火车站看不到她的人影。明明在信上说得好好的！

爹娘这才一五一十地说了四娥的情况。

她本来还在惦念着老马，却不知从哪里得来的消息，说是他在部队上受了工伤，伤得可不轻呢，就在心里犯起了嘀咕。本来想再到部队上去看看，可一时半会儿又走不开。

就在这个节骨眼儿上，她在公社采矿队当会计的舅舅铁算盘来到家里，说是公社的一位副社长有一个独苗根儿，已经在县委会里上班了。要是跟了人家，那可是打着灯笼都难找的好事，说不准能成为正式教师，还能吃上那商品粮呢？

四娥她娘一听就动了心，可四娥仍在犹豫。

他那个爱喝几口的舅舅又开了金口：“至于你心里想的那个当兵的年轻人小马，舅舅也听人说过一言半语，人也不能说赖，就是在部队上受了伤。听说还不轻呢？你要……”

这时，四娥的娘也在一旁帮腔。她爹倒是一句话都不说，低着头拎着旱烟袋在那里吸闷烟，刺鼻的味道跑的屋子里到处都是。

四娥的心中就有些动摇了。

不久，她收到了老马从部队上寄来的信，虽说答应要去邯郸接他，到底是没有去了。

……

这时，老马的脑子里别的什么都不想，只装着四娥的舅舅是怎么知道自己在部队上受伤的消息的呢？当时在与四娥的来信里可是什么都没有透露。为这事连长和指导员还强调要特别保密呢，难道他是长了千里眼、顺风耳不成？

再一想，一定是二蛋，一定是他！他也是与自己一同出来当兵的老乡，虽然不在一个班里，但都在一个排里。那一次评模范，他没有评上，反而忌恨戴上了红花的自己……

5

本来部队上所给的假期还没到头儿，可老马怎么也待不下去了，就狠了狠心提前回到了部队。

在家的这些天里，他本来想去找到四娥说个清楚，可迈出去的那只脚就是放不下来。心想，还是算了吧。也许人家有着自己的难处，只是自己不知道罢了。

回到部队后，他又不愿意让连长和指导员看出自己的不高兴，于是就处处摆出一副十分开心的样子。当有些调皮的战友来找他要喜糖吃时，他也不扫人家的面子，说着一些喜庆的话，可内心深处那个难受劲儿只有他一个人知道。

但是对于自己内心深处的痛苦，他只有一个人不想瞒，那就是自己战友中的一位老乡五蛋，他俩是一同入的伍，又在一个班里，早已达成了一种难得的默契。

那天傍晚，两个人在连队的操场上坐到了很晚很晚。

老马与这位老乡虽然来自同一个县，但并非是一个公社。五蛋是家中唯一的独子，母亲早逝，家中只有一位年过六旬的老爹。

平时，他们俩在一起时，五蛋谈论最多的也是自己的老爹。有时，一边喝着酒一边谈，谈到激动之处时老马也很想说，放心吧，你的老爹就是俺的老爹呀。可是他并没有用语言表达出来，只是记在了自己的心里。

第二天，老马和这位老乡五蛋又上到了筑路一线。

本来，部队上考虑到老马的身体情况，想让他多休养一些时间，他却坚决地拒绝了。他想借用那些疲劳来排除心中的烦恼。

他的脑海中不断地浮现出的仍是四娥的影子，有时也会出现那位被他救下的年轻女子的影子，但那些影子又很快像电影一样一闪而去了。他的耳边只是回响着那些厚厚的冰层被工具撬开的声音。

老马已经完全清楚，他所在的那个连队已经接到了上面的任务，必须在明年的开春前把这条战略公路打通，可是这个地方早已飘起了鹅毛大雪，战士们每前进一步都会耗费很大的体力。

老马的内心深处虽然不时地出现一些隐隐的疼痛，但是他不怕这些，还在老家的时候就已经习惯了这些。由于他是家中的长子，他经常跟着爹到很远很远的国营矿山上搞副业，一天到晚都钻在石头窝里，只是为了能够让全家人吃饱肚子。

忽然，老马听到了一种尖细的声音，一开始是细细的，后来就变得粗壮起来。老马意识到不对劲儿，他马上站立起来，向着老乡的那个方向扑去，但是已经来不及了，厚厚的冰层遮盖住了眼前的一切，周围白乎乎的一片。

老马趴在地上伸出双手使劲儿地挖着那些冰块儿，一滴一滴的鲜血浸染在冰块儿上。

他的神情麻木了。

……

开春后不久，那条战略公路终于被打通，连里超额完成了任务，并荣立集体一等功。

基于老马本人的突出表现，连里准备考虑老马的入党问题，并且还想从仅有的几名转志愿兵的名额之中给老马挤出一个来。本以为他会感激涕零，没想到他板着面孔一口回绝了，还提出了提前复员的请求。他提前复员的理由竟然是回去照顾牺牲的战友五蛋的老父亲，因为早已经在心中答应了他。

连长和指导员相互叹口气，什么也没有说出来。

老马离开连队的那天，好多人都喝了酒，就连平时喝酒收放自如的连长和指导员也喝高了，两人的眼圈红红的，拉着老马的手不愿放开。

6

老马果然没有食言，回到家乡后不久，他就去了那位牺牲战友五蛋的家中，并且承诺要照顾他的老爹走完这后半生。

五蛋家住在一个更加偏远的山沟里，通向山上的路只有一条羊肠小道，连吃水都得到几里地外的地方挑水。

老马一步一步地走进了土屋，他跪倒在了老人的面前，并认真地说道："老人家，五蛋虽然走了，可是还有我，我就是您的亲儿子！"

老人不敢相信自己的眼睛，总以为是在睡梦中。

这时，左邻右舍那些好奇的人也过来看热闹，都认为这件事要是成了，那就是太阳从西边出来了。

这件事不是明摆着呀，这老头子的家里钱不钱，物不物的，肯定不会拴住那个小伙子的心！

但是，时间长了，那些个嘴巴就都闭上了。

其实，一开始老马的全家也都不同意，好几天娘都拉着他的手不放，可见他的态度那样坚决，连九头牛都没法拉回来，也就只能默认了。

这个时候，上面的政策已经慢慢放宽，可以光明正大地去搞副业了。老马的心劲儿就来了。他与老家的爹娘和兄弟姊妹商量，筹钱买了个拖拉机到矿山上拉矿石，这样来钱可以快些。

一开始，他爹还有些担心，不要买不上米来再丢掉了布袋，可眼看着家里的几个孩子都虎生生地站在自己面前，大饥荒转眼就要来了，都在家里种那几亩责任田也不是个办法呀，便咬了咬牙同意了。

这样一来，老马就带着兄弟们拉起了矿石。他在部队学的开车技术正好派上用场。他们每天开车拉矿都要翻过几个山头，再下一个坡才能到达县上的选矿厂。当然，拖拉机上放着水壶和干粮，饿了的时候可以随时取下来顶顶。

有一天，老马刚把车停在了一个大柳树下准备吃干粮，忽然，他看到前面土堰上的一个核桃树下，有一个闺女正在拿绳子上吊，赶忙扑了过去把人家救了下来。谁知那个闺女并不领情，还一个劲儿地埋怨他。老马有些不明白。

可反应过来后，他就意识到，这个闺女一定是有了什么难处，才要走这条路的。想到这里，他也顾不上吃干粮了，做通弟弟的工作后，宁愿少拉一车矿，也要把人家安安全全送回家。

后来，他听村上的人说，这个闺女先是跟矿上的一个工人好上了，还被人家弄大了肚子，可人家又把她甩了，这才要去走那条路的。

老马把人家送回家里后，就要开车离开，可被这个闺女的娘给拦住了。她掐着腰对老马说："小伙子，你既然救了俺闺女，就好人做到底，干脆娶了俺闺女算了。她虽然怀了别人的孩子，可在人才上也不会丢了你的人！"

"这，这……"这下轮到老马犹豫了。

不久，那个闺女的娘又让人找上门来，再三要结这门亲，并且放出话来，老马要是不答应，她的闺女还会再去老马拉矿要走的路上寻短见！

事情到了这个份上，老马的爹说话了，"孩子，你的兄弟姊妹多，负担重，就咱这条件，去哪能说上个媳妇呢？就认了吧"。

这时的老马，想想爹娘的心情，也顾不上去想啥牛郎织女了，一闭眼就过来了。

7

婚礼是在战友五蛋的老家举办的。只有他的几个兄弟姊妹来凑了个热闹。女方的娘家倒是来了不少人，其中就有新娘子在部队上当过兵的一位叔叔。他对老马的印象挺好，还说以后有时间了请老马到他县城的家里单独喝几杯。

在这之前，老马已经正式把户口办到了这里，并找来县里的公证处进行了公证，以彻底打消老人的疑虑。

只是老人的几个本家亲戚有些不高兴了，他们眼巴巴地看着老人的那几间土坯房和后山的一处空白宅基地指望不上了。可打一开始，他们都还以为这个年轻人是心血来潮，不会来真的呢？

老人的眼里现在坑着泪，见了每个来祝贺的人只是点头，一句话也说不出来。

老马的新婚妻子很高兴。她好像也听说了有关老马的一些事情，在客人们都陆陆续续地离开后，她依在了老马的肩上说："那个四娥虽然走了，可是还有俺哩！说不准老天爷叫俺生下来就是为了让俺填换你呢。"

老马只是在那里"嘿嘿"着傻笑。

"你在傻笑啥呢？你以为俺不知道，你是不是嫌弃俺怀有身孕啦？"

"没有，看你想哪去啦？"

"没有就好！其实，其实，俺并没有怀孕，还怎么会怀上那个负心人的野种呢？"

"你，你说得是真的？"

"当然是真的。不信你来摸摸。"

"那，那……"

他的脑子里忽地又闪现出了有关牛郎织女的民间传说，只是对那个织女的印象由越来越模糊变得越来越清晰了。

8

那个曾经被老马救下的刘燕此时此刻还在念叨着老马，不知老马现在怎么样了？结果只能有两种，不是留在部队上，就是转业回到了自己的家乡。

她现在很想看到老马，曾一度产生过离家出走寻找老马的想法，但都放弃了。

她现在还算混得不错，从北京的那所大学毕业后，第二年的后半年就考上了某省一家省直机关的公务员。

本来，她完全可以得到在中直机关工作的父亲的帮助，在北京就能找到一份好的工作，可是她没有那样做。她要依靠自己的力量闯出一片天地来。

她手上的圆珠笔在办公桌的一张白纸上随意地抹划着，一条一条的曲线被不规则地叠加在了一起。

9

老马现在又找到了一份工作，是在国营矿山上的一个采区食堂里当饲养员。对于这项工作，他并不感到陌生，在部队上的时候就曾经干过，并且在年底的时候得到过连里的隆重表彰。

在这之前，他把拖拉机丢给了几个弟弟，而且不让他们承担一分钱的债务。作为一个老大哥，他只能做到这些了。

老马对这份得心应手的工作很是珍惜，仿佛又回到了部队，感受到部队营房里欢声笑语的情景。

这个采区的正南方向就是县里的烈士陵园，离这里有三四十里地。他比任何人都清楚，与自己一起在天山筑路时牺牲在那里的战友五蛋的遗体就安葬在了这里，连同他的那种诚实和可爱的笑容。不少时候，他都会利用空闲时间到那里去看看，在战友的石碑前伫立良久。

这一带的地形大多由沙包石组成，那上面的树木稀稀疏疏，连刮过来的风都带有沙石味儿。

有一天，他忽然想到，自己的战友在这里会不会感到孤单？要知道，即使是在那长年累月与冰天雪地打交道的天山上，五蛋也是喜欢绿色植被的。那次收工后准备往回走时，他忽然发现了一株雪莲花，虽然很小很小，但他毫不犹豫地走上前去，即使差一点儿就要掉到深不见底的冰窟窿里去，他也丝毫没有一点儿悔意。

不久之后，老马就萌生了一个大胆的想法，能不能成立一个绿化有限公司，再承包一些沙滩地专门培育树苗，用自己一生的时间把陵园一带的荒山都绿化了呢？

冷静下来后，他也知道这个想法有些不切合实际，但就是有些不死心。

晚饭后，他走出了采区给安排的家属房，想在那空旷的场地上走一走，忽然一阵凉风吹来，顿时觉得清醒了许多。

对了，妻子的那位当过兵的叔叔不是对自己的印象挺好吗？他现在就在县里的一个重要部门工作，肯定能够说上话？看看他能不能帮上忙？

他使劲儿地吁了口气，迈步向前走去。

10

又是一个周末。采区让老马等人到县城检查身体。他觉得这是一个机会，就在检查完后去了妻子的叔叔家里。人家十分热情地接待了他，还请他喝了存放多年的老酒。

到最后，他又顺便说了自己的想法，人家却没有马上应答。沉思了一会儿才说："小马呀，我知道你的意思，可你说的这一切涉及土地等问题，确实不是一句话两句的事。"

"那咋办呢？"

"你也不要性急，我倒是可以托个人。正巧我的一个老战友的女儿从省里调到了咱们县当副县长，前几天还到家中来看我呢？你可以找找她啊。"

"好，好，我一定去，一定去。"

老马应答的挺好，还真的去了，但并没有看到县长，人家下乡去了。

老马再一想，干脆算了，就这点儿事还麻烦人家县长？不如先在自家的地里干算了。

这一次老马没有直接回到采区，而是先回到家里。他想听听妻子的意见，虽然知道自从结婚以来，她一向都是支持自己的，就是想亲口听她说上一句。

她现在已经是一位母亲了，每天既要伺候老人，又要照顾孩子，可以说家里的担子都压在了她的身上。

11

到了年底，矿上的采区里还要扩大饲养规模，并且要给老马提高待遇，他却辞掉了这份让许多人眼馋的工作。任凭采区的领导再三挽留，可他就是不回头。

他回去后就在自家的山洼地种下了各种树苗，什么槐树、柏树等应有尽有。

微风吹来，那些干枯的叶子在脚下飒飒抖动。

这时的老马仿佛看到那些品种不一的树苗已经拔地而起，一棵一棵地遮严了陵园一带的山山岭岭。

他在感到高兴的同时，也有几丝隐隐的不快。

前天晚上，村委会主任来找过他，言外之意是要他有思想准备，外地的一个大老板看中了这一带的山山水水，要来这里投资旅游事业。

“你打算在这里培育这些树苗，将来肯定是白搭！人家老板可是放话了，现在把地拿出来可是大有甜头！”

老马站在那里不吭声。

“我说老马，你倒是同意不同意呀？有啥你到县上给刘县长说去，可别把我们给为难上！”

老马只是在那里抽烟，村委主任接下去还说了一些啥，他一概没有听清，只觉得耳根子里嗡嗡作响。

12

刘燕从省直下到这个山区小县后，决心在发展旅游事业上做出一番事业来。这不，准备在老马那个村子一带投资的大老板就是她给引进来的。

为了那个项目，她进行过一些调研，摸清了一些底数。至于一些阻力，她是早就想到的，特别是对地方上的那些缺少大局观念不予配合的村民，一定要给他们些颜色看看。

她有一次听到老马所在的那个乡的乡长汇报了老马的情况后，当时就有些生气。可再一想，村民嘛，就是在钱上面说话，再多加些钱不就得了吗?

“不，不完全是钱的事!”

“那是什么?”

“主要是思想问题!”

“思想问题？我倒想去会会这个老马!”

“上面的投资老板催的急呀！要不咱下午就去。”

“下午还有个会。随后吧?”

“要不，先让您看一下他的材料，这家伙还在新疆当过兵呢？这是我让人拍下的他的照片。”

“还在新疆当过兵？拿过他的照片来我看看。”

“好，好!”

就在乡长点头哈腰地递过照片的一刹那间，一个有些熟悉的面孔出现在了自己的面前。她一开始还以为是看错了，又把眼贴上去看。没错，没错，这就是他，就是他呀?!

自己从省城往这里调动的时候还想到了他，想到了第一次相遇的那个瞬间。也就是那么一想，谁知竟会真的遇上他。

她随即对乡长说：“咱们现在就到你那里去!”

“您不是还有会吗?”

“会先不开了。”

“那好，那好，咱就先把老马这个刺儿头给敲掉，往下的工作就好做了!”

……

附记:

老马是我的好朋友，是我将近四十年的好朋友。自从认识他的那天起就在听他讲述自己的故事。我也每天都在被他的事迹温暖着、沉思着。他已经七十多岁，只不过我现在所写的是老马一生中的几个瞬间，是一个在艺术上所塑造的老马的形象。这是一个单纯而又重情重义的形象，这又是一个时常处于尴尬境地的形象。

早就想完成这篇小说，可是直到现在才写完，差不多用了三十多年的时间，我把老马写在了厚厚的山峦上，也写在了自己的心里。

大　丑

太行深处的女娲山下，早已移交地方的国营女娲铁矿有一座奋进门，这座奋进门是矿山通向女娲村，也是通向矿外的唯一一座大门，从上到下由钢筋水泥铸成，正中间嵌着“女娲铁矿”这几个字，出来这个大门就算走出了矿山。

在这座大门外的右侧，有两个用矿山废弃的泥沙和红砖砌成的几间小房子，里面住着一位神态依然优雅但已呈现老态的女人。这个女人的一生几乎与奋进门里的矿山连接在了一起，所以也就成为当地人们眼里的“矿山女人”。她也从内心深处认为自己就是个矿山女人。

雨淅淅沥沥地下着，每滴都落在了她的心上，落在破旧的水泥房顶上，又渗透进她的房子里。她一下子不知怎么打发这些潮湿而又阴暗的日子。

矿山女人的名字叫大丑。虽喊大丑，人却不丑，是离矿山十几里远的女娲村里出了名的俊俏闺女。

矿山女人的村里因为有一座上千年的女娲庙，所以自古以来就被喊成了“女娲村”。

而女娲村西边的后山上因为储藏着不少的矿石，村里古辈流传下来说那是女娲补天时留下来的石头，于是也就有了矿山。

可以这样说，矿山、女娲村、矿山女人大丑，这三者是紧紧地联系在一起的。

不过，让这三者联系在一起的，还多亏了矿山女人的爷爷赵中祥。他又是一个怎样的人呢？

那还是20世纪50年代中期，刚诞生不久的新中国正处于百废待兴的时期，这让出生于女娲村赵中祥似乎一下子有了用武之地。

他平时好吃懒做，又不喜农耕，整天握着几本已呈黄色但跟矿山勘探和开采有关的书左看右看，连晚上睡觉都是书不释手。

不少时候，他还要到女娲村后的西山上转来转去，直到有一天，他拖拉着鞋片子披散着头发像疯了似的冲下山来，逢人就说看到了，看到了……找到了，找到了……

村里的大人小孩儿也不知道他看到了什么，找到了什么，还以为他在发神经呢。

也有人上前去问："中祥，你看到了什么?"

他说："我看到了女娲老奶奶，女娲老奶奶。"

"那你找到了什么?"

"我找到了矿石，女娲老奶奶补天时留下来的那些神奇的石头，现在都成了矿石。"

"啊，啊，那好，那好，你能耐啊!"

问者以为他真的疯了，赶紧走开。

谁知没过多久，远在京城的国家地质部真的派了几个人来到女娲村里，逢人便打听赵中祥住在哪里?

村里的人不约而同地都把手指向了远处的西山上。他们就到山上找，终于找到了这位衣着破旧蓬头垢面的奇人，当即先给了他一瓶矿泉水，一瓶村子里的人从来没见过的矿泉水。

这时赵中祥才知道，他写给地质部的那些信有了信儿，还派这些人到这里来探查。这位新中国成立前曾经在郑州上过几天地质学校的人高兴得跳了起来，嘴里不知道嘟哝着什么。

后来，这些人，不，是一批一批的人不断到山上勘探，终于确定了矿石所在的方位。为此，上面还特意奖励了赵中祥 500 块钱和一套地质专业方面的书籍。

1958 年后半年，女娲村西的女娲铁矿正式开工，后虽遭遇三年自然灾害被迫停工，1966 年又重开工，成为国家在太行山南麓河北、山西交界地带开采的一座大型矿山。

矿山第二次开工并走向兴盛时，大丑已是一位十七八岁的大姑娘，刚刚高小毕业。依着大丑父亲的意思，最好再往上走走，可大丑娘不这样想。她认为，一个农村的闺女片子，识几个字就可以了。再说，家里上有老，下有小，闺女家长成个儿了就得到生产队里挣工分，到矿山上捡些个废铜烂铁，用这些换得的收入来补贴家用哩。

大丑本不想按娘说的去做，可、可后来还是答应了。她也知道大户人家出生的娘在这个家中的难处！

她明白，自己只有听娘的话，才能减轻她内心深处的一些痛苦。

大丑每天除了下地就是到矿上捡废铜烂铁。

与大丑一起下地和到矿山上的还有大头、二头等村里的伙伴。

大丑虽然衣裳破旧，但却有一种不同寻常的气质，两条辫子在脑袋瓜子后面甩来甩去，高挑的身材里透射出一种健壮的成熟，特别是两只大眼睛炯炯有神。

大头个头高，说话声音洪亮；二头个头低，说话柔声细气，活脱脱一个女孩子样儿。

只要生产队里没啥活儿，特别是到冬季的时候，大丑就和大头、二头他们到矿山上去，每人的背上都搭着一条从矿山的黑胶皮管子上撕下来的黑胶布做成的粗布口袋，或手里扢上一个用荆条编的枣篓头。

好多时候，他们不走奋进门前的那条布满了碎石子的坑坑洼洼的大路，而是专挑旁边的小路走，因为这样能避开护矿队那些人布下的眼线呢。

不知是哪一次，反正是一个下午，好像要过五一节，矿山上的食堂里正在煮肉，一块儿一块儿的猪肉在铁锅里咕嘟咕嘟地响。那个香啊，把食堂外围大柳树上的山黄雀都给香晕了。

大丑他们这帮年轻人当然也被香晕了。她召集大头、二头等人，今天傍黑儿准备夜战。大头、二头等人的精神马上抖擞起来，一步不离地跟在大丑的后面，只要她一声招呼，前面即使有万丈深崖他俩也要跳下去的。

夜幕时分，等到矿山上的大喇叭不响了，甚至连夜虫也不鸣叫了，他们几个悄悄地向食堂摸去。

食堂的饭厅很大，几个卖饭的窗口却很小，只能把脑袋伸进去。

大丑的声音比夜色还要轻，说："大头，上，先想法儿把小窗口弄开。"

"好，别管了。"

接着，她又说："二头，抓牢口袋，随时准备进去取肉。"

二头黑暗中的小身子有些瑟瑟发抖。他其实早就等大丑的这句话呢。当大丑说出这句话时，他的脸上有些暗红。不过，周围的人谁也没有看出来。

大丑先后看了大头、二头一眼，他们又都在心里头狠狠地喊了一声："行，我们时刻都在准备着呢。"

大头的眼睛在昏暗中亮了一下。很快，他的身体就朝其中一个卖饭用的小窗口移去，人高马大的他几下就把窗口给弄开了，而且没有一点儿声响。然后，他向不远处的大丑摆了摆手，像报功似的。

大丑又轻轻地喊了声二头，二头便像水一样轻轻地溢了过去，他身后的两条人影似乎比二头更小，但行动的力度却很粗壮。

二头等人依次从窗口爬进去后，差点儿就挨住了那些早已煮熟但仍冒着热气的猪肉上，二头强忍着不让自己倒下去，一块儿一块儿地拿起来往黑皮口袋里放。然后，他再从窗口递出去，外边的大头等人赶紧接住。

轮到自己往外爬的时候，二头又用手死死地抓了一大块儿瘦肉，想让这些肉，离自己的嘴更近一些，但一想到外面的大丑，他就忍了下来。

他们从食堂退出后，就顺着河沟往矿山学校的方向跑，因为那里有一条最近的小路，翻过山头再往东拐就可以望见女娲村了。

这个时候，他们每个人的心里都有一种特别酥香的感觉。

二头本来还想把手里的肉瞅个机会给了大丑，可也被这酥香味儿给香的忘乎所以了。

脚步声在山路上沙沙地响着，夹杂着一种难得的愉悦的声音。

正当他们几个过了河沟，爬上山坡，就要望见女娲村的时候，忽然听到了一种声音，一种紧张的让人窒息的声音。几个人的心马上跌到了最低处，一直沿着河沟的污水向下流去。

原来，他们这几个人的行踪早已被护矿队注意到了，一直在暗处看着呢。护矿队早已算好他们回返的路线会经过这里，等他们几个快要翻过山岭的时候，护矿队很快就出现了。

其实，护矿队的注意力也是始终被那些浓浓的香味儿所吸引的。

走在最后面的大丑心里先是轰地一阵发昏、发麻。停了一会儿，才清醒过来，这要被他们抓住可不好，尤其是自己，还是个闺女家……

恰好，旁边有一个石崖，她准备瞅个猛子跳下去，她不能给爹娘，尤其不能给曾把这座矿山视为自己生命的爷爷丢脸。

她闭上了眼，翻了下还贴在背上的发烫的肉口袋，脚往前挪了挪，就要……

忽然，有一双手猛地从一旁拉了她一下。那双手是那样有力，不容拒绝，但又分明不是大头、二头的。可那又是谁的呢？她顾不上去想这一切，就后退着蜷缩在了一个角落里，而且整个身子像陷在了大地的深处似的。

后来，大头、二头等几个人被护矿队的人带走了，在办公室里被关了一天一夜，直到大队书记出面才被保了出来，但他们几个从始至终也没有说出过大丑的名字。

再后来，大丑才知道，那天晚上在关键时候拉了自己一把的人是矿山上的一个人，他的父亲在矿山里还大小是个领导呢。

那天晚上，他本来也想到食堂去打猪肉的主意，没想到却碰上了大丑他们几个。他一直远远地尾随着，直到他们在前面被护矿队的人堵住，他才猛地上前拉了大丑一把。

其实，他早就知道大丑是谁，每次大丑到矿山来都留意她，只是大丑没留意，不知道他是谁。

今晚，小伙子特别庆幸，终于有了这样一个机会让他和大丑相识了。

后来，他把大丑送回了女娲村，直到大丑进了家门，他才悄悄离开。

不过，直到他真的离开后，大丑才隐隐约约想到有这么个人，一个高大却不能算英俊的小伙子。她每次到矿山上去捡破铜烂铁，或去职工俱乐部和灯光球场看电影的时候，曾经多少次看到过他那双眼睛，那双眼睛透射出的能够钻到人的心里去的目光。

她也曾多少次把这双目光与大头、二头的那些目光相比，一时也说不清区别究竟在哪里。

他原来叫矿子。

有了这次奇遇，大丑和矿子接触的机会便多了起来，矿子亲自领着大丑到俱乐部和灯光球场看电影，还到矿山上最高的选厂楼里去参观。

大丑呢，有时也会领着人家到女娲村与矿山相接的山岭上去摘柿子，那些像小灯笼似的或红或圆或方的柿子在他们的眼前不停地晃来晃去。

不过，这一切却让远远地看着的大头、二头心里酸酸的，可是，大丑却不在乎这些。就像什么也不知道似的，有空还依旧和他们来往。

大丑和矿子的来往越来越多。

一天，矿子把大丑领到家里去见父母，只是，他的父母虽然很客气，但却回绝了儿子的请求。

不过，矿子不在意，他依旧和大丑来往，好像一天不见都不行。

大丑呢，虽然对人家有好感，真心喜欢这个年轻人，可又担心自己家的条件配不上人家。

对于她的心思，爹娘似乎明白了一点儿，可从来没有问过她。

尤其是娘，她对自己身边的这个小棉袄是既心疼又怨恨，心疼的是自己的闺女心劲儿高，在今后的人生里应该像她爷爷说过的那样飞得更高些；怨恨的是闺女考虑问题不切合实际。有一句老话是爬得高跌得重。不如找个像大头、二头那样的。她也看出来了，这两个孩子都对大丑有心，又都不赖。

又是一个傍晚，矿子领着大丑在俱乐部看完电影后告诉她，他就要到矿山上上班了，也就是说就要成为一名正式的矿山职工啦！

大丑没等他说完就跳了起来，手里的冰棍儿也差点儿掉在地上，好像是她自己将要成为这矿山上的职工似的。

这一晚，他们手拉着手在那轮弯弯的月亮的映照下爬上了女娲村后高高的女娲山。在女娲山上，大丑好像听到女娲老奶奶在轻轻地呼唤着自己的名字，大丑，大丑……

又仿佛听到那位找到这座矿山的爷爷在呼唤自己的名字，大丑，大丑……

然而，谁也没有呼唤她，只是一缕一缕的微风从她的眼前飘过。

不知什么时候，两个年轻人的心紧紧地贴在了一起。

这天晚上，大头、二头弟兄两个的心里也在翻滚着，他们是那样的喜欢大丑，可谁都不好意思说出来。

事实上，比大头小四岁的二头一心想成全哥哥，而憨厚的大头也在想着成全弟弟，但弟兄两个又都在面临着一个共同的窘境。

不久后，他们终于同时听到了大丑和矿子就要结婚的传闻，而且那个传说中的时间是越来越近，弟兄两个的头同时垂了下去，又各自扭向一边。

只是，他们两个又谁也没有想到的是，有一天矿子会在矿山上出事。

那天晚上，浓稠的黑暗把整个女娲铁矿，把女娲村后的整个女娲山都严严地罩了起来。矿子是在进入八百五采区的坑道里后出事的。他本来已经下班，走出生产工地后脱下来工作服，准备上到坑道外后到那个洗澡堂里去好好洗个澡，到食堂吃些饭，然后再找大丑去。

就在这时，坑道上面的一辆铁罐子车像脱缰的野马一样脱轨而下，他还没有感觉到是怎么回事就倒在了地上……

得到消息后，大丑的心里暗了下来，整个女娲铁矿和村后的女娲山都向她压了过来。

大丑发疯似的往矿山上医院的太平间跑去。

她的内心深处实在不知道没有了矿子的矿山究竟会是个啥样子？

但是，但是后来，她又比谁都清楚，她不能就这样去见矿子。因为矿子的父母从来就没有同意过他们的婚事。在这之前，矿子的父母已经从矿山里的姑娘中给他定了一个对象，而且还是一位领导的女儿，只是矿子仍不愿接受这一切。他在一点一点地摆脱着。

此刻，她就可能跟矿子相守在一起，一定会在一起，她也是喜欢矿子的。

大丑的脚步慢慢地停下了。她不由自主地坐在了大柳树旁的那块儿歪的石头上。她闭上眼睛，泪水却从心里涌了上来。

不知什么时候，大头却来到了她的身边，轻轻地递上手绢让她擦去泪水。

其实，大头是没有勇气追上来的，只不过是在二头的再三鼓励下才来的。他追来的时候步子迈得不太坚定。

大丑接住了手绢，眼睛却一动不动地看着大头。大头虽然没有回避，但也有些不安起来。

大丑直直的把话甩过去："大头?"

"嗯。"

"你愿意说我吗?"

"你……"

"对。"

"我……"

"你愿意说我吗?"

"愿，愿意。"

"那你听我说，你去买一双被子和一身新衣裳拿到这里来。"

"这，这里?"

"对，就是这里，我就在这里等你。"

"现，现在?"

"现在。"

"你……"

"我要给矿子送行!"

"这……"

"这什么?"

"这……"

"你要是不愿意我也不会勉强你!"

"愿意，愿意，我愿意!"

沉默了一会儿，大丑又说："我也不想隐瞒你，我已经怀了矿子的孩子。"

"这，这……"

"这是真的。"

"这，这……"

"你，你要是后悔——现在还来得及。"

"我，我……"

"我啥，有啥就快说。"

"我，我是说不后悔，不后悔!"

这天傍黑儿，大丑在女娲山旁一个离矿子出事不远的山坡上为矿子送行。她把大头带来的被子、衣裳、纸钱用火柴点燃，火光马上映红了她那透着殷红的坚毅的脸庞，那一滴一滴的泪水也抹上了一层红红的颜色。

不久，大丑与大头结婚，全村的人都来为他们祝贺，二头也跑前跑后地忙着，向自己的哥哥和大丑祝福。

只是，哥哥的婚事办完不久，他就跟人到外地做工去了。有人说去了新疆，有人说去了上海，有人说去了海南，还有的说到了国外。

只有大头知道，二头跟支书下了一夜的跪，要了个指标到山西下煤窑去了。

大头在村口女娲树下的那块儿高大的女娲石上磕着旱烟袋锅子磕了许久。

大丑与大头的生活倒也过得平静。

不过，大丑还是经常到矿山上去。她不是做零活儿，就是到矿山上的副业队去打短工。

开始，也有人说她可能还在想着矿子，可慢慢地，就没有人说了。以后的人便更不知道了。

大丑好像换了个人，比以前沉静了许多，她也和大头一起下地，无论是割麦子还是拔玉茭，无论是场上还是场下，她都不会比别人差到哪里去。

但每当面临那短暂的休息时刻，站在地头或麦场上，她都会朝着矿山上的方向望上一望。就是在这短暂的一望中，她似乎也会忘掉周围的一切。

后来，村里在邻近矿山的地方修水库，她一个妇女家既推排子车，还要抡大锤，是出了名的铁娘子，水库上的喇叭桶子里时常要喊上几回她的名字。

喊过来喊过去，日子还是那样的沉重和鲜活。她先后有了三个儿子，两个女儿。这些张着嘴的小生命们每天都需要她往里填东西呢。

大头是一个勤快人，他把一身的力气都用在把那大锤砸在水库工地的石头上，那一声一声沉闷的声音让他的脑子慢慢地模糊起来，什么也不去想了。

就是这样铁打一样的人，有一天却在水库工地上站不起来了。他患的是一种腰疼病，整个人马上垮了下去。

大丑没说什么。

她除了照顾大头，下工后便到矿山去捡些废铜烂铁，然后，再到那邯长路边的山货站上去卖掉补贴家用。

有一次，大丑背着一口袋废铁往村里走，在半山腰上偏偏碰上了护矿队长。这是一个有着一双阴沉目光的老男人，他本能地向大丑扑去。他在心中竭力想象着大丑的惶恐不安。她一定会说出让自己饶恕她的话，可大丑没有。她就怔怔地站在那里，把口袋也放在了地上，让自己的目光与护矿队长的目光对峙着。

护矿队长的心先虚了一下。他本来以为大丑肯定会像以往的其他妇女一样有求于自己的，甚至甘愿把身子送给自己，在那一线白光的闪动中他不要都不行的。

可眼前，这个女人好像一点儿这方面的意思都没有。护矿队长一时不知怎么收拾这个局面，怔在了那里。

后来，还是后面跟上来的一个队员捅了他一下，说这是大丑，以前跟矿子好过的大丑。她家里现在特别困难，孩子也多，男人又是个病秧子……

护矿队长心里结成的冰块儿一下融化开来，特别是听到了矿子这个名字。他还在世的时候自己就很喜欢这个年轻人。那次事故前，他们是并排走在一起的，幸亏矿子在关键时刻推了自己一把。

这时，远处矿山上的广播声响了，护矿队长狠狠地喊了一句："他奶奶的，收队。"便消失在了大丑的视野之外。

而大丑回到村里后，那些爱嚼舌头根子的娘儿们看到她时便有些异样，好像大丑做了什么见不得人的事似的。

大丑本来想发出一些轻蔑的笑声，但只是让嘴唇轻轻地翕动了一下。她比谁都知道，这就是自己的生活，自己的命。

不错，她的这个命一直持续到了这个国营大型矿山的破产。

就这样，日子一天一天地往前翻腾着。随着国营矿山有一天真正的落幕，大丑也成为一位垂暮的老人。

不过，摆在她面前的是，大头早已弃她而去，大儿子没活上个岁数来，偏偏二儿子又是采矿受了伤，三儿子神经兮兮的，在外边到处乱跑，也没能成上个家。两个女儿又远在新疆照顾不了她。

更要命的是两个儿媳也看不到。她们总是说忙，一年也见不了几回面。她只得在矿山上原来的一位人事科长帮助下，在奋进门前盖了几间房子。因为这位科长是矿子生前的"铁"矿友。

她也不愿回到女娲村里去，虽然矿山早已移交给地方，但她在这里也能卖个烟酒什么的，闲暇时还能看会儿夕阳下昔日的矿山，想想矿子和大头他们。

雨还在下着，她房子里的水渗得更厉害了。她一晚上没有睡好。

那雨滴，一下，两下……

忽然，她听到了门外有什么声音，好像带着一种熟悉的味道，不禁推门走了出来，一位背有些驼、头发花白的男人站在那里。

她还以为是自己早已过世的爷爷赵中祥呢。多少回，自己在梦里见到他，好像都是这个样子。问他当年为什么要去找那些矿，他都不会回答。

后来，那个男人慢慢地扭过身来，竟是二头，二头！她有些不敢相信自己的眼睛。他怎么回来了？这些年到哪里去了？

大头走后，她也不是没有想过他，但那只是一瞬间的事。

他现在就站在了自己的面前，真真切切的一个人。

只是大丑没有想到的是二头离开女娲村后，竟然到现在都没有成家。他在外面走南闯北学了一身的木工和泥瓦匠手艺。他现在回来了，再不回，也许就永远回不来了。他要为大丑修房子，他要让大丑住这个世界上的他眼中的最好的房子。

大丑不知该哭还是该笑。

致 小 树

——献给那些致力于乡村扶贫事业的人们

还是上初中的时候，李慧慧就爱上了诗歌，这一切都得益于她在县图书馆当馆长的姥爷的耳濡目染，并且一步一步唤醒了她的写作欲望。考入大学后，她虽然学的是理科，但心中那束诗歌的火花始终在闪烁着，每次到图书馆时都会被舒婷、顾城等现代朦胧诗人的名字和作品吸引，尤其是舒婷的那首《致橡树》，虽然最初发表于 20 世纪 80 年代初期，表现了那个时期人们的情感，但仍然让成长在新时期的她久久不能忘怀。作为一名大学生村官，她就是在心中吟唱着这首诗时到磨盘镇的小树村进行扶贫包村工作的。

与她一起来到这里的还有扶贫工作组组长老马和韩琳琳、赵爱花、王伟 3 个年轻人。老马可以说是老江湖了，十八岁就接了老爹的班到镇里上班，只是那时还叫公社。他几乎走遍了全县所有的乡镇，末了算是熬上了一个人大副主席，可磨盘镇所有村子的双委干部都愿意称呼他“马书记”，他也就那么马马虎虎地应答着。这次扶贫包村，王书记和甘镇长经过再三思虑，还是认为不能忘了那句老话，应该让他这块儿老生姜在临退休的时候在扶贫的战场上好好辣上一辣。虽说是扶贫，但是大大小小的事情都要负责的，大到今后发展，小到吃喝拉撒。

老马本人虽是无奈，却也豁达，到了这把年纪，让去就去吧，别在乡镇里听了一辈子领导的话，末了却弄个不好使唤，那就不值当了。

韩琳琳的父亲虽然在县委的农牧局工作，她却是凭着自己的努力通过选调生的考试来到磨盘镇的，一来就到了党政办公室。赵爱花呢？则是自己的家里人在较早时通过各种关系找到当时的县委书记签字进来的，占的是事业编制，吃的也是全额事业费，一直在文化口上工作。

只有那个王伟没有什么特殊背景，父母都是常年摸爬滚打在山沟沟里的老实巴交的农民，他当兵转到地方后被安置到磨盘镇的计生站，先是财政差额补贴，后来又成了自收自支的经费渠道。

啊！这一切都是诗的味道，一种让人陶醉的味道

1

李慧慧是怀着一颗纯真的心来到小树村扶贫的，她不管别人是怎么想的，反正她是要向这个静静地横亘在大山皱褶里的小山村致以最崇高的敬意。

不知怎么，从跨入这个小山村的第一天起她就产生了一种特别的感觉，这里的一切都流溢着一种熟悉的味道，对，就是她的姥爷身上所散发出的味道。清清的溪水流淌着，漂亮的鸟儿鸣叫着，可人的风儿吹拂着。

啊！这一切都是诗的味道，一种让人陶醉的味道，她要让自己这轻飘飘的身子融化在那种味道里。

磨盘镇是临水县东南方向上的一个镇子，全镇大大小小有自然村三十多个，而行政村只有十三个。小树村则是磨盘镇最为偏远贫穷的一个小山村，周围高山林立，仅有一条皱皱巴巴弯弯曲曲的土路通向山外。

至于小树村为什么叫小树村，倒没有什么讲究，只是从村里的残碑断壁上人们才知道，小树村的先人是明初时从山西洪洞县一带迁来的，从那时起人们就小树村、小树村的一直叫到了现在。

再说小树村为什么成为贫困村，也是有点儿阴差阳错的意思。前任的镇党委书记认识市政府办的一位副主任，本来是要为磨盘镇的一个大村去争取的，对方也花费了一定的时间和精力，可临到最后审核时，扶贫办又都认为那个大村虽然也有难得的红色资源，抗日和解放战争时期有不少机关驻扎在这里，但现在有矿点等企业，跟贫困村的要求比来仍是不符合条件。为了安全保险，又不负所做的努力，那个副主任这才让

人临时调到了小树村的，把个支书赵有根高兴得好几个晚上睡不着觉，神不知鬼不觉就摊上了这么个拾着麦子打烧饼的好事。

听说李慧慧要到小树村扶贫，她的姥爷坚持要到磨盘镇里来看她，只是由于身体原因才没有成行。慧慧听说后心里一阵激动。她理解姥爷的心情，姥爷对小树村还是很关注的，因为他很小的时候跟着长辈们到那里躲过日本鬼子的“扫荡”，那里的杨槐花和山野菜以及乡亲们的热情救过他们全家的性命，一遇人多的时候他就小树村主任小树村短的。现在，自己的外孙女慧慧将要到那里去扶贫，他怎么能不感慨万千呢？

那次书记和镇长在办公室里还没与他们谈完话，慧慧的那颗心就飞向了二十多里外的小树村。当时，人高马大的镇书记王大麻子再三强调：“现在国家对扶贫工作这么重视，这次扶贫包村工作绝对不比往常，直接关系到全县的验收过关，因为磨盘镇唯一的贫困村小树村，很有可能在将来代表全县接受全省甚至国家的专项检查呢！”

从书记嘴里透出来的每一句话、每一个字都让慧慧的心里发紧。她到镇里担任村官以来还没有遇到这样的场面，其他几个人却跟她的感觉不太一样。

书记在那里喷着唾沫星子大谈特谈的时候，赵爱花的眉头先皱了起来。她早就报了一个电大文科班，准备好好给自己充下电，以便为下一步的提拔重用打下坚实的基础。这不，那位签字让她成为事业编并且已经调到市里去的领导又让人捎回话来，“现在的工作标准越来越高，一定让小赵不断充实和完善自己，这样才能有利于今后的发展”。她这才报了电大班。如要下去扶贫，会不会影响电大的学习呢？这也正是她最关心的问题。

这也难怪，她原来在县委书记的家里当保姆，主要是照看他偏瘫在床的老父亲。他们两口子都特别看好赵爱花。她也特别卖力，端屎擦尿的比亲生闺女还要亲，而且不提工资，真是把县委书记给感动了，临调走之前终于给她办了那份工作，成为磨盘镇文化宣传服务中心的一名工作人员。

现在，镇里让她到既偏又远的小树村去扶贫，她可是揣着一肚子的心思呢，只是一时不好表现出来。书记谈话的时候，她的目光不时地飘向窗外的淀水河畔早已泛黄的柳树梢上，又从柳树梢上飘向更远的地方。那是省城、市里的方向。现在，原来的县委书记就在市里呢，他从临水县里出去后先到市里一个大局任职，后来又到一所省办大学担任党委副书记。

她当时只是自己在肚子里嘀咕，别看你们一个个不是书记就是镇长的，现在在这里跟一帮小年轻们唱高调，其实你们的故事我们也没少在下边传唱。就说你王书记吧，在乡镇里也不是一年两年了，走马灯似的从这个乡镇转到那个乡镇，早已成了老油条，不用说提升副县级，就是做梦也想着到县里的哪个大局任职呢？据说转到磨盘镇这一站，县里的某位领导也答应过你，不出一年肯定会让你回县里，可现在两年都快过去了，还是一点儿音信都没有。而你甘镇长，也算是凭着自己的真才实学转到公务员这个岗位上的，又托着外县一位在当地任职的老乡的关系年纪轻轻就到这里当镇长，可你又有哪一天不想把王书记取而代之呢？为此，你在背地里也没少做功课哩。

这个时候，韩琳琳的脑子也没闲着，一股劲儿地琢磨着自己早日提拔副科的事呢。就是前几天，在县农牧局担任局长的父亲刚刚给自己谈过话，要她一定精神着点儿，睡觉都要睁着眼，一定要处理好与领导和同志们的关系，在一些具体事上沉得住气，这样才能不断进步。

她也曾当着母亲的面半是调侃半是认真地问父亲："您老人家在单位开会时可是板着个脸光唱高调，咋就在家里对自己的闺女这样低调呢？"戴着一副高度近视眼镜的父亲马上垂下脸来说："你小孩子家懂个啥？我在会上讲的那些都是大路边儿的话，只有回到家里对着你们娘俩说的这些话才是实打实的心窝子里的话。"

见父亲的眼圈红红的，额头上的青筋也暴了起来，她马上转回话头儿说："我这么大了还不知道您是为我好，我是故意那样说的。"

听她这样说，正在一旁织着毛衣的母亲也忍不住插嘴："你这小丫头片子，咋给你老爹说话呢？我们俩可是一个心儿的在你身上呢。"

"知道，知道，还真把你闺女当傻子啦！"

记得父亲曾经让她看过一位落马贪官曾给自己儿子写过的一封信，其言行已突破了人类良知和道德底线以及他对现实制度和人性的理解。她看完后出了一身的冷汗。其中特别写道："不要追求真理，不要探询事物的本来面目。对自己有利的，就是正确的。不但要学会说假话，更要善于说假话。要把说假话当成一个习惯，不，当成事业，说到自己也相信的程度。要有文凭，但不要真有知识，真有知识会害了你。有了知识你就会独立思考。"

……

韩琳琳相信，父亲之所以选择在自己将正式走上工作岗位前些天让她看这封信，绝不是要让她做这样的人，而是希望她能够以此为鉴，在人生的道路上有所思考并且能够做出正确的判断。

王伟就不一样了，虽然心里也免不了打些小九九，但考虑到自己的身份和背景，还是决心踏踏实实地把这一站熬下来。偏远就偏远吧，也不是啥天大的问题。自己的老家不是也坐落在一个偏远的山沟沟里吗？再说啦，也不是成年论辈子待在那里，满打满算也就是两年多的时间。

2

李慧慧到县扶贫办替老马开会，背地里又听同来开会的别的乡镇的人说，这次的扶贫工作，县里可是要动真格的。李慧慧的心里免不了又有些紧张。自从到了乡镇里，她还从来没有经历过这么严肃的场面。从县扶贫办的会议室里出来顺着楼梯往大门外走的时候，她的神情有些过分专注。

这时，韩琳琳却冷不丁在背后推了她一把，还打着哈哈说："怎么了慧慧，还把脸严严实实地绷着，莫不是还在为下乡扶贫的事放不下？"

慧慧望了她一眼，有些吃惊。她不是到市里去开会了吗，怎么会出现在这里？不过她还是很快反应道："放下了，怎么会放不下。你这是才从市里回来？"

"早就回来了，去看一位同学。她在县政府办上班呢。"

"你在县政府办里也有同学呀？人家咋说的？"

“他就是说县市的有关部门也要下来的，市里的人也要到咱们县来指导。放心吧慧慧，咱们会把小树村扶好的。”

其实，韩琳琳是为自己能够借调县政府办的事去走动呢。可这又怎能与还一心沉浸在扶贫工作会议精神上的李慧慧说呢？

慧慧点了下头。手机又响了。她提着装满了文件的文件包就往门外走。刚进会场时手机就响了一阵，她知道都是韩翠花打来的，却没敢接。会开到中间时，又响了起来，她按了下去，仍然没有接。现在已开完会，她知道应该马上接过来的。按照队上的分工，她本来就是分包韩翠花的。

其实，这个电话她在昨天半夜里就接到了，吓了一跳。当时，她刚刚写完扶贫日志，又理了理第二天的工作思路，准备躺下，韩翠花的电话却跟来了。她好像是带着哭腔狠狠地喷出了那么几句话：“李助理员，李助理员，我想杀人！我想杀人！”她喷着喷着就卡住了，李慧慧也愣在了那里。

对于韩翠花的情况，她来到小树村扶贫后才多少了解到一些。韩翠花娘家在离此十多里远的柿树角村，十几年前就嫁给了小树村的赵二蛋，可这个赵二蛋是个遛逛头，常年在外不顾家，好长时间他俩也没能有个一男半女。韩翠花的父母就不答应了，几次出主意让闺女离了这个家，可韩翠花还一时放不下，不愿轻易落下个离婚的名声。说到底，她是看在家里老人的面子上，希望男人能够回过头来好好过日子，可赵二蛋不知道扭了哪根筋，任凭韩翠花怎么担待都没有回头的意思。韩翠花只得咬了咬牙走了那一步，但条件是家里的房子必须给她。因为她现在住的房子本来就是自己的父母帮忙盖的，说赵二蛋一分钱没出是假的，说摊了大头也是万不可能的。

这个时候，村里的一个卖爆米花的男人不紧不慢不早不晚地进入了她的视野，但这个男人的缺陷是去年春天才死了老婆，还丢下了一男一女两个孩子。她白天黑夜反复叨量，虽有这样那样的毛病，但搁着这样一个可心的男人不给他又能给谁呢？

可她怎么也没想到，自己的爹娘死活不同意，还为她私下里选定了村会计的小舅子。听说这个人在好几个地方都有矿点，每年都有好几百万元的收入，光在县城就有好几套房子呢。韩翠花的父母之所以选定他也不光是图钱，还有一个最重要的原因是这个男人顾家，又特别疼爱前妻丢下的那个孩子，是个过时光的好材料呢。

但韩翠花却不是这样想的，她下定了决心要跟那个卖爆米花的男人。这样就与疼爱自己的父母形成了冲突。她既不想按照父母的意见去办，又不能不尊重父母，所以她才会在半夜里与李慧慧打电话“想要杀人”的。

想来想去，李慧慧觉得这个韩翠花是不可能随便说出这样的话的。她的神经本来就十分脆弱，一定是又受到了什么新的刺激，必须尽快找到她。

李慧慧确实想得没错。韩翠花的父母见闺女死活拿不定主意，就双双向她下了死命令，要是再不答应这门亲事就不认她这个闺女了。

李慧慧出了县委的大门就往公共汽车站赶。她在想见到韩翠花后到底该怎么说才合适。虽然说自己正跟本县的一个小伙子处对象，毕竟还没有成上家，也没有多少这方面的经验，有些话也不好意思说出口。

3

这天下午，县信访局的电话像连珠炮似的一遍一遍地轰向磨盘镇，要求赶快派人到市政府的大门口把李麦柱给接回去。镇办室马上通知小树村。小树村的扶贫工作队长老马又通知了王伟，由王伟带队到市里去接人。

说起这个李麦柱可不是个简单的人，自打改革开放起就开始上访，可以说小树村的历任干部很少没被他“上访”过的，大到村里各项事业的发展，小到家长里短，没有他不关注的。就说前任支书和村主任薛来顺吧，由于房基地的事被他给粘上了，转着圈儿到上面访。细细梳理一下，也不能断定他说得一点儿道理没有。镇里无奈，就采取个折中的办法，免去薛来顺的书记职务，由镇里的一位副科级领导兼任小树村的支部书记，可实际上还是由薛来顺主持工作。一开始，李麦柱的脑子没转过弯来，逢人就说是自己把薛来顺给干下去了，但又觉得不对劲儿。村里的大小开支还是由他薛来顺把关。只要他那双伸都伸不直的皱巴巴的双手随便在一张二指宽的小纸条上画上几个狗爪子一样的印子就能到会计那里去下账。另外，又听到一股风，说人家很快还要被选为县里的人大代表。这个李麦柱就不干了。第二天天还不亮，他就赶最早一班公交车往信访局跑。信访局长也是从磨盘镇出去的，原来也没少与李麦柱打交道，深知这个人的套路。当他在办公室里看到大汗淋漓气喘吁吁的李麦柱时不禁吃了一惊！

后来，镇里的几位领导出于好意为薛来顺出主意，干脆回镇里干吧，正好缺个计生站长，工资渠道虽然是自收自支，可以后说不准还能退上休呢？薛来顺没啥说了。镇里就镇里，反正都是挣的公家钱。不过，他强烈建议由自己所信任的一个人来担任这个支部书记，就是小树村现任的支部书记赵有根。据说他也是薛来顺的一个远房亲戚。李麦柱没啥说了。

可现在，李麦柱又告上了这个赵有根和扶贫工作队，原因是磨盘镇帮助小树村发展种植产业要过他的地界，说穿了还是因为占了他的一块儿地在价钱上没有包对。

一听老马让去接人，王伟当时就想怎么是我，可毕竟没有表现出来。赵有根却是不慌不忙干笑了两声。自从当上支书以来，他已积累了不少的接访经验，无非就是找几个年轻人带上车去把他生拖硬拽或好说歹说地哄回来。

王伟和几个年轻人坐出租车一直赶到了市委才知道，李麦柱这回可是把事情闹大了。这个老家伙不知哪来的胆量，竟然要拦人家市委一位副部长的车，还不断大喊冤枉。据信访办的人说，要不是旁边的人拦得快，他差一点儿就要撞到人家的车头上。副部长当即让车停下。李麦柱顺势口吐白沫躺在了地上。这些人哪里知道，这正是李麦柱的上访绝技，他们慌不叠地把他架在了一旁，几个年轻人还大爷大爷地叫着，一时手足无措。

王伟他们赶到这里时，李麦柱还躺在那里，眼睛直直地望着天空，一副满不在乎的样子。倒是王伟愣在了那里，一时不知该去如何劝说。他身后的几个年轻人却都不当回事，一副随时就要动手的架势。李麦柱虽然躺在那里，他的耳朵却好使，眼睛虽然没看到却已知道来人是谁。好像是以前上访时吃过他们的亏，知道他们的手脚重，所以站起身来就往马路对过跑。几个愣头青反应挺快，紧走几步追了上去，却被连着过来的几辆公共汽车挡住了去路，李麦柱一时没了踪影。

王伟愣在了那里。

这时，王伟口袋里的手机强烈地震动起来。他掏出一看，是老马打来的，赶紧接住。老马在那头用有些沙哑的声音对他说："已经到了吧，赶紧下手吧，下手吧，咱们的王大麻子已经开始骂娘了！"

王伟嘴上连说是是，却又不能说李麦柱已经丢了，而且就在刚才，还没有顾得上把那几个人散开来去寻找。

4

李慧慧赶回村里的时候，没有直接去找韩翠花，而是先去了村委会的扶贫办公室。等她见到老马的时候，老马正抱着手机给王伟打电话，他的唾沫星子喷出二尺来长，整个脸都面向着窗外，一只手还插在口袋里。等他打完电话在那里长长地吁气时，才发现李慧慧就站在面前，赶紧说："正满世界找你呢，才开完县里的会吧，赶快到韩翠花的家里去，她可是你重点帮扶的户，一定不要出了啥大岔子！"李慧慧嗯了一声就往外走，一边走一边想着，原来这韩翠花也给老马打了电话，动静闹得还挺大的。

忽然，老马又隔着玻璃窗喊了几声："慧慧，你稍停一会儿！"慧慧只得返回。老马又迎过来说："我想起来啦，你一个女孩子家还没成人，哪能让你去干这个活儿，可谁让咱扶贫扶住了小树村呢？这个事不能不管。你看，王伟到市里接访，韩琳琳开会，赵爱花到县里整理扶贫档案了。我想一会儿让村里的妇联主任陪你去。她毕竟是过来人，经验丰富些。"

老马说的这个妇联主任，李慧慧第一天来小树村扶贫的时候就领教了，高声大嗓，几里地以外就能听到她的声音，可这个人又心细如丝，一说话就能说到人的心坎儿上去。

小树村虽然不到两千口人，却又分成了前后左右四个村，再被一条小河紧紧地串了起来。韩翠花住在后村的新民居里，这套房子还是在离婚前由娘家的父母帮助她盖起来的，那红砖红瓦的装饰在众多的青绿色民居中显得有些扎眼。

李慧慧站在那里等妇联主任的时候，看到一只燕子从远处的柳树梢上飞了过来，把灵巧的影子投在了闪着光亮的河水里，她马上又想到了舒婷的《致橡树》，这是一首充满了对爱沉重期待的诗篇："爱——不仅爱你伟岸的身躯，也爱你坚持的位置，足下的土地……"

这是多么诚挚的感情呀！她马上由此想到了自己相爱多年的恋人赵卫平，他们一起上高中，一起上大学。他现在在县里的一所十分偏远的小学校里当合同教师，每个星期天晚上，他俩都会交流用心写的诗篇。严格说来，那所小学只能算是个教学点，只有一名教师和一名身体残疾的学生，他却有滋有味地在那里工作和生活着，把所有的烦躁和孤独都化为美丽的诗篇。

不知什么时候，妇联主任已来到她的面前，还拍了一下李慧慧的肩膀。她笑了笑就随着主任往前走去。她一边走一边想，韩翠花这个时候正在干什么呢，一定急坏了吧。说起来她也真不容易，除了婚姻不幸外，还算得上是少半个残疾人，那年上树打核桃摔下来摔拐了一条腿，村里应该尽可能地多给她些温暖才是。

可当她们赶到韩翠花家时却吃了个闭门羹，妇联主任就去问人称"顺杆爬"的阙有莲，那女人听到脚步声就在房顶上把头探了过来，正见妇联主任向她喊话，就下到大街门口一五一十地说了起来。她亲眼看到后村里的那个卖爆米花的男人把她拉走了，一直顺着村外的小路走了，至于去哪里可是说不准。

"那你从她家里听到了一些啥吧。"

"也没听到啥。不过，昨天晚上她家里倒是挺热闹的。当时我就站在自家的房顶上往她家看，先是在黑灯瞎火中有一个高高挑挑的男人进到了她家里，接着就听到了相互撕扯的声音；后来又听到院子里的一男一女的声音，再后来就听到了屋内的哭喊声；到最后才听到几个人一起离开……”

“当时吧，我都有些乱了，想过去看看到底咋回事吧，又不好意思。只是到了天明才听人说……”

“说啥来？”

“说啥来？到现在我都不好意思说出口。”

这时，妇联主任看了看站在身后的李慧慧，又问那人道：“咋不好意思说出口？”

“哎，我也想不到啊，这世界上还有这样当老子的人，竟然让外人来作践自己的闺女，还有一点儿人味儿没有啊！”

原来她说的是韩翠花娘家那个村的村会计的小舅子，他昨天晚上来到韩翠花的家里，看样子是想对韩翠花下硬手，把生米煮成熟饭。这肯定也是得到她父母的默许的。却没想到这韩翠花就是认死理儿，死扭活缠不往那个圈儿里钻，还给跟在那个男人后面的父母大闹了一场，这才有了与李慧慧和老马等人打电话说“我要杀人”那一出。

可是现在，天色已有些晚了，她会到哪里去呢？

李慧慧站在那里等着，心想她总会回来的。妇联主任的手机却响了。她一边掏手机一边高声大气地说：“慧慧呀，要等你在这里等，我可是还得到前村去接小孙子的。记着，傍黑儿到咱家吃饭啊，叫着老马，我还给你们做那些香喷喷的抿节饭呢。”

……

5

李麦柱其实并没有走远。他先是躲在马路右边的花丛里，后来又进了附近的一家商场。他闪在一个没人注意的角落里一眼也不眨地观察着周围的动静。

等那连着的几辆公共汽车过去后，王伟和身后的几个年轻人赶紧向前追去，可哪里还有他的影子？当时，王伟的第一反应就是这个李麦柱坐上恰好过来的公交车跑了，一定没有跑远。他们随即拦了一辆出租车向前追去，可是一连追出去十多里地，连个李麦柱的影子都没有。王伟就有一种不好的预感。他可能还在原地没有走远，赶紧往回返吧，可到市委门口后，哪里还有李麦柱的身影？

王伟脸上的慌汗就冒了出来。

这个时候不能犹豫了。他麻利地拨通了老马的电话，老马以为是好消息呢。一听说是李麦柱不见了，早已谢顶的额头上也冒出了一滴一滴的凉汗，慌不迭地对王伟说："啥也不要说了，还不赶快去找！"说完啪地放了电话。可转脸儿他就又拨通了王伟的电话，深怕刚才自己的口气太生硬了把年轻人吓着。所以又说了些抚慰的话，让他悠着点儿，不要太上火。

这时，身后的一个小伙子不失时机地递过一支烟来，王伟本来挺讨厌抽烟的，现在竟然接了过来蹲在地上猛抽一通，淡蓝色的烟雾把额头下紧紧皱在一起的眉头也包裹了起来。

抽着抽着，他猛然想到，依照李麦柱眼下的状况，他应该缩在哪里呢？车站，对，车站，不是汽车站就是火车站。他既然出来了，就肯定带了足够的路费，应该带上人到那几个地方去下下功夫。

想到这里，王伟扔掉手上的烟头站了起来，带上那几个跟自己的年龄差不多的小伙子向车站赶去。

6

月上东山的时候，小树村里家家户户的灯火都亮了起来。李慧慧终于等到了韩翠花，还是那个卖爆米花的男人开着小三马把她送回来的。韩翠花紧紧地依在他宽厚的肩膀上，进门的时候又被人家轻轻地抱了下来。

在一旁看着这一切的李慧慧竟然有些感动。她尽量使自己不要发出声响，在后边跟着走进韩翠花的家里。当韩翠花发现她时，竟然像个孩子一样哇地哭了起来，眼泪珠子吧嗒吧嗒地往下掉。李慧慧上前紧紧握住她那双有些冰凉的手。她似乎有好多好多的话想对李慧慧说，但又不知从哪里说起。

这个时候，妇联主任也进来了，她高一声低一声地喊着：“慧慧，我可是给你做了抿节饭啊，还加了花椒芽、山韭菜花儿呢。”

当看到韩翠花时她又说：“我就说你会回来的，要不你也到婶子家吃抿节去？天都这么晚了，反正也不在乎你这一口。”

韩翠花不说去，也不说不去，只是一个劲儿地抹眼泪。

这时，那个卖爆米花的男人已悄悄地离开了这里，仿佛根本就不曾来过一样。

忽然，李慧慧的电话在口袋里响了起来，又是老马打来的。他说已接到了县妇联主任的电话，韩翠花已经在返回小树村的路上，让她赶紧回村委会，吃完饭后还要开个小会。别看会小，面儿可不小，主要是商量扶贫产业的事，镇党委书记王大麻子已从邻近的省份联系到一个有关种植的好项目……

老马在电话中说这些的时候，心情似乎还是不错的。因为他已在电话中得到王伟的消息，他们已经在火车站的一个角落里找到了李麦柱，现在正哄着那家伙在饭店吃饭呢，还特意上了一瓶丛台大曲，几杯老酒下肚，李麦柱早已有些晕乎了。

这个李麦柱，还真有些捉迷藏的本领，一会儿到火车站，一会儿到汽车站，一会儿到高铁站，一会儿到公交站，到末了还是让王伟他们给碰上，那几个早已失去耐心的愣头青当场就想下狠手，被王伟给拦住了。

李慧慧和妇联主任当然不晓得这些，只是看到韩翠花现在平安无事，就把心放到肚子里去了。她们又一起扶起韩翠花吃抿节去。

一轮明月在小树村的头顶上高高地悬挂着，把那一缕一缕的清辉洒在了村子的每个角落，也洒在了李慧慧的心里。

我们分担寒潮、风雷、霹雳，
我们共享雾霭、流岚、虹霓

1

一个被满天霞光涂抹得彤红彤红的早上，李慧慧坐在小树村被一缕缕霞光浸染的堤岸边的石头上写日记，目光也向着很远的地方延伸。

“卫平，你，还好吧？那个腿有残疾的孩子这几天的学习还行吧？他在外地打工的父亲有没有给他写信？我昨天做了一个甜甜的梦呢。我们扶贫工作队终于有了一个新的产业项目，是我们镇里的王书记通过他一个市里的同学联系到的。我们就要在小树村里建设自己的苹果小镇，让我们脚下的这棵小树成为一棵参天大树……”

那天晚上，老马根据王书记的意思连夜在村委会里做着专题扶贫工作会议的准备工作，对口扶贫单位县教育局的杨局长也急急忙忙往这里赶，磨盘镇的党委书记王大麻子早早就在村委会的办公室里候着，老马和赵有根两个人忙得脚不落地。李慧慧在妇联主任家里吃罢抿节饭赶到会场时，韩琳琳和赵爱花早已在场，只是低着头玩儿手机。王伟最后一个到场，是在快结束时才紧赶慢赶从市里回来的。

老马把县教育局的杨局长迎进屋子里后，王书记上前就握住了人家的手。他一边摇晃着一边说：“杨局长，盼星星盼月亮，终于把您给盼来了，咱们小树村的扶贫产业有希望了！”

“王书记您客气了。我们教育局只是尽自己的力量为小树村做一些小事，主要的工作还要由你们来完成。”

“杨局长要是这样说就客气了。你杨局长家大业大号称“二县长”，这全县吃财政的干部可是有一大半都在你那里，哪像我们磨盘镇呀，里里外外只是一个空架子，这小树村的脱贫工作不靠你们还能靠上谁？”

“我看咱们二位就不要互相吹捧了。要说让这小树村真正脱贫啊，还要看咱们老马。他可是位老江湖，从 20 世纪 90 年代初就在乡镇企业里混。有他在小树村坐镇，王书记你还不放心啊！”

杨局长与老马本来就熟，在信访局工作的时候打过几次交道。一旁的老马嘿嘿着，接住杨局长的话头儿说："杨局长您怎么扯上我这个老家伙了？小树村能不能脱贫关键要看您这个'二县长'，您只要愿意让小树村的钱袋子鼓起来，它想不脱贫都不行呢！"

这时，支书赵有根又把脸紧贴上去说："老马说得一点儿不错，小树村看来不能再叫小树村了！"

"看看，你们书记的书记，队长的队长，一个个变换着法儿想从我的口袋里掏钱，我也就只能认了。本来嘛，我今天到小树村来呀，就是来给你们送钱的，县里的蔺书记前些日子可是给我们下了死命令，全力配合咱们小树村的脱贫攻坚工作。说说吧，需要我们教育局怎样配合？"

"难得杨局长这样理解我们的难处。我已通过市里的一位大学同学联系了种植果树的项目，计划在小树村的荒地上进行大面积种植，可就是缺少启动资金啊。"

老马又不失时机地插了一嘴："为了我们小树村这个'苹果小镇'项目，王书记可是把下岗在家的老婆准备开饭店的钱都拿过来了！"

杨局长皱了一下眉头，叹了口气说："你王大麻子在这里当个父母官也不容易。前些年吧，磨盘镇还能靠着那些铁矿石往前撑着，现在真的只是一副空架子。话说到这个份儿上，你们搞这个项目需要我们拿多少钱吧？"

"至少也得九十万吧。我们也是没有办法，但扶贫这事又不比别的，全国上下一盘棋，现在使出吃奶的劲儿来也得往前推。"

"好家伙，光种一个苹果就花这么多钱？你那苹果不是金子做的吧？"

"我那苹果不是金子做的，但是那些荒废多年的山地得修整吧，占用村民的土地得补偿吧，购买优质树苗得花钱吧，聘用技术人员和日常管理得破费吧。我们还要成立专门的管理公司，把村里的那些贫困户都吸收进来成为股民……"

"得，得，你可不要往下数了，九十万就九十万吧，我可不敢乱讲了！"

……

这天上午一进村委会扶贫办公室的门，老马就告诉李慧慧，让她和其他几个人准备下，一起去山东烟台看树苗，可韩琳琳说手边的工作放不下，是政府办多次催办的。赵爱花又一个劲儿地说她那不争气的身子又有些不爽快，都有好几个月没来例假了，就只能由她和王伟、赵有根陪着老马一起去了。

小树村到磨盘镇的直线距离有二十里，到县城一百里，到市里三百里。小树村的人要是出一回门得先到村口赶公交，坐到磨盘镇后再往县城赶，再从县城到市里，然后就可以坐火车、坐汽车、坐飞机南下北往了。

李慧慧的内心倒是乐意的，首先可以到外边长长见识。她第一时间在微信上给赵卫平说明自己的想法，他却没有及时回复。临近中午时，老马喊他们上车，她又看了下手机，仍然没有回复。

2

其实，老马他们前脚刚走，韩琳琳就想着到县城去一趟了。昨天晚上，那位在县政府办已成为副主任网名称作“冷眼”的同学跟她聊到了很晚。冷眼倒是跟她透露了一些十分重要的信息，县委的蔺书记可能要往市里走一走了。他在临水县的时间可是不短了。最近省市的领导来的特别频繁，几乎都是与蔺书记有关的。一开始，还有人说蔺书记可能摊上了事，因为来的那些人中还有不少是纪检部门的。可随着时间的流逝，就都否认了这个说法。原来那些人都是来考察蔺书记的，或者是来这里做专题调研的。这也就是说蔺书记可能就要离开临水县了，要到市里或别的地方去担任更高的职务。

话说回来，蔺书记在临水县的时间也不能算短了，政绩当然不在话下。如果能有个好的归宿也不负他付出的那些心血和汗水。

这样就面临一个现实问题，他在离开临水之前肯定会有人事变动，调整一批，提拔一批，这种情况似乎也成了一个惯例。

韩琳琳当然明白他的意思，她就是想听听这位老同学的意见，让她给自己指条明路，下一步该如何办？她早就不愿待在小树村了。话再说得难听些，就跟住“监狱”差不了多少。据说，这个村子在抗战年代还驻扎过部队上的一些机关。当初他们之所以选定这里也是因为偏远僻静。

冷眼在与韩琳琳的聊天中，还有意无意提到了自己在县城繁华地段的房子。如果不出什么意外的话，年底就可以拿到钥匙了。他硬往这个话题上拉的时候，韩琳琳并没有说什么。

对于他们这种十分微妙的默契关系，韩琳琳的父母也是多少清楚一些的。他们虽然没有表态，却有些默许的意思。

韩琳琳赶到县城的时候，冷眼早已开着车在公交站的岔路口等着，她上车后就被冷眼拉到了一个偏僻而又不失繁华的饭店里。

赵爱花呢，她没有到县城去，却抱着手机一头扑进了村委会二楼的宿舍里，她要把刚才没有发完的短信发完。

最近，她一直想与那位曾经在临水县工作过的领导取得联系，可不管是打电话还是发短信都没有回复，心里不免有些焦躁。现在，她所报的电大课程还没考到一半，再怎么学都学不下去了，还得在这个小山村扶哪门子贫，不是填表格就是写材料，满脑子里都是材料和数字。

还有就是与那些贫困户打交道。那个死老马硬是让她包了一个半死不活的“神经病”。他原先还从外地讨了老婆，给他生了两个孩子。可到后来一点儿也不想动，地不上，工不做，老婆一狠心丢下两个孩子走了。他整天更是脸不洗，头不剃，不高兴了还要往地上尿。要不是家里有个老娘伺候着，他一天也活不下去。就这样一个主儿，怎么去扶他？有一次上边来检查，亏那个老马还能提得出让她找人去给那个“神经病”理发和洗脚呢！

另外，还要时不时担心县纪委和督察室的人来查岗。就在前不久，市里的一位主要领导突然到邻近的一个扶贫村去检查，结果扶贫工作队正在唱着“空城计”，好几个人受到了行政警告处分，其中一个队员与赵爱花还是要好的电大同学呢。当第一时间听到这个消息后，赵爱花懵了。天啊，那位同学不在村里的那一刻不是正跟自己在一起吗？她们一起在电大听完课后看时间还早就到县城逛商场了。

3

老马的心情还是不错的，好不容易有个出门的机会可得好好放松一下，要不成天憋在那个小村子里闷也要闷死的。可再一想，头天晚上王书记又在电话中一再嘱咐，老马就有些紧张起来。王书记一再强调："这次的扶贫包村工作县里可是要动真格的，来不得半点儿马虎。你们一定要把人家的好做法好经验学回来，把人家的优质树苗买回来。"

赵有根的神情倒是轻松的很，一双铃铛似的大眼一眨也不眨地望着窗外。他要仔细看看这山外的世界究竟与他们小树村有什么不同？对于这次外出的任务，他倒是没有过多考虑。反正有他老马在这里顶着，自己好好当个跟班儿就行了。

李慧慧没有关注窗外的风景。她不时看一下手机，都快一整天了，那个赵卫平还没有给自己发短信或回微信。这在以前可都是很少有的事情。难道他那个小小的教学点上真的出了什么意外吗？她在去年暑假的时候还去过一次呢。那个盖有二层楼房的小院子掩映在绿树丛中，旁边有一条小溪静静地流淌着，周围不时地响起鸟儿的鸣叫声。她记得自己当时真的有些陶醉了。

王伟倒是什么也没有想，也可能连着这些天太劳累了，只是猫在那里打瞌睡。

他们一行到达目的地的时候已是第二天的傍晚，找一个小饭店随便扒拉了几口饭就与人家联系。老马的意思是先到人家的果圃园看看，究竟有哪些好的树苗可以购买，哪些好的做法可以借鉴，可人家的安排是由于天色已晚，先住下来明天再说。老马想要点头，身上的手机却响了。他到一旁接住，是王书记打来的。

"老马啊，抓点儿紧，你们前脚走，教育局这边的人也去了。"

"他们也来了？这到底是唱的哪一出呀？"

"这个杨局长，主要还是想在书记、县长那里表现一下吧。"

"你咋知道的？"

“我咋知道的？他那里的办公室主任原来跟我在过一个单位，那可不是一般关系，一个电话我不就知道了。”

“哪咋办呀？”

“还咋办？他们看他们的，咱们看咱们的，互不干扰。我就不相信他杨局长还能把说出来的话给咽回去。不过，你们下手可要准，也要狠！”

“王书记您就瞧好吧。”

老马喊了其他人，连夜就要去察看苗圃，赵有根还打着饱嗝儿说：“是不是除了今天就没有明儿了呀？”

教育局的人是第二天下午才到的，他们当即就赶往了苗圃地里，一看除了苹果树苗外还有其他树苗，品种果然不错，随即就跟在家里坐镇的杨局长通了电话。杨局长马上拨通了磨盘镇王书记的电话，还没等他说出树苗的事，王书记就先开口说树苗的事已经定下，并且将要启运——杨局长一下怔在那里。王书记后面再说什么，他也没有听进去。

这次出门，让李慧慧开阔了眼界，第一次领略了磨盘镇、临水县之外的广袤世界。这里的一切都是那样精彩，唯一的遗憾就是赵卫平始终没有回复自己的微信，打了几次电话也是关机。

杨局长派去的人虽然没有定下树苗，却把人家苗圃里的一株独特的花给买了回去，他们要把这株花栽在小树村村口的小广场上，让书记、县长等领导一进小树村就能够看到。为了能保持原样，一路上让两个专人照看花盆，杨局长要在第一时间搬到县委书记的屋子里，让平时就注重环保对那些花花草草十分感兴趣的蔺书记一睹为快。可没想到的是临到县城的时候还是出现了意外，两个护花的工作人员在迈进县委大门时由于过度紧张竟然一不小心把花盆摔在地上，当场吓得大气都不敢出。

返回的路上，老马的脸上洋溢着满意的红晕。他想着赶快把地整修好，在省里的督导检查来临前把那些即将到来的优质树苗全部栽上。为此，他想与支书赵有根叨咕叨咕，看他有没有更好的想法，可赵有根就是拉着一张脸不说话，一双眼睛死死盯着窗外的风景。他知道小树村在过去也不是没有栽过树，尤其是果木树，可现在哪还有个树毛儿呢？他这时比谁都清楚，上边来的领导说啥就是啥，反正行也是领导来，不行也是领导来，与自己半毛钱的关系也没有。

老马忍不住从心里重重地喊了一声：“这个赵有根呀，背后可是想藏暗手哩！”

4

回到小树村后，李慧慧的心里还是放不下来。一连好多天都是这样。她想到那个教学点去找赵卫平，看看他那里到底出了什么问题。这天晚上吃饭时，她还悄悄地与老马说了这事，老马竟然答应了，并嘟哝着补充了几句：“这小子，到底怎么搞的？竟敢不接我们慧慧的电话，看我下次见到这小子时不敲断他的双腿才怪哩。”

第二天吃罢早饭，李慧慧就想去赶公交车，可听到村委会的大门口一阵叽叽喳喳的吵闹声就停下了脚步，其中就有李麦柱的。他站在一个高台上高一声低一声地吼着。

老马不耐烦地从自己的屋子里奔出来。他知道这个李麦柱还是在为占地的事出风头。本来，把他从市里接回来后，为了这事又去他家里协商了多次，并且每次都拿出了协商结果，可他总是反吹吹倒打打，始终定不下个调儿来，要不就是喊明了还要到上面去闹访。

李慧慧再一看，韩琳琳又要到县政府办去“开会”，赵爱花昨天到镇上去报表没有回来，赵有根钻在屋内不出来，只有王伟在后边跟着，也就不忍心离开了。

老马走到村委会门口的时候，李麦柱的声音更大了，下边的几个人又跟着起哄。老马拉下脸来对着李麦柱喊了一声：“李麦柱，一个这个，都跟你商量了多少回了，你还有完没完呀？”

老马从楼上往下走的时候多少还是带着一些底气的。他在电话中跟书记、镇长汇报了这事，书记让他放开手脚去干，不用理会什么李麦柱、张麦柱，随后就让综治办和派出所来配合。

“有完？有完就不来找你们扶贫工作队！”李麦柱歪着脖子说，脸上的青筋也在暴跳着。

这时，又有几个年轻人上来与老马掰扯，还抓了老马的胳膊。王伟哪见过这样的场面，下意识地往后缩了一下。那几个人又往前涌，老马往后退着。这时的他不住地在心里念叨着，“王书记，你小子的‘增援部队’啥时才能到啊”？

忽然，李慧慧不顾一切地冲到了那几个人的跟前，她也不知从哪里积蓄的力量，不管不顾地对着他们乱吼一气，连李麦柱都愣住了。

赵有根叼着一支烟，这时不迟不早地从楼上下来了。他来到了大街门口大声地喊着：“干啥？干啥？还不回去，李麦柱我告诉你啊，你们这样可是要被全村的老少爷儿们说不沾弦的呀！”

“不沾弦就不沾弦！你们占用村民的土地不合理补偿就沾弦了？”

“是啊是啊，占用我们的土地就要合理补偿！”

那几个年轻人在那里呼应李麦柱。他们都是李麦柱的本家侄儿，这次占地也都沾着他们的边儿，喝上几两女娲酒后，再听李麦柱一忽悠，就跟着起哄了。

“那你说怎么样？就你那点儿地补偿你多少才满意？谁不知道你的那点儿地早已荒废，上面的黄蒿足有一米来高，要不是扶贫工作队来扶贫，谁会去动那些荒地？”

“是啊，是啊，这位慧慧姑娘说得对。”

“瞧他那副老脸，一辈子就像没见过钱，跌倒都想拾个大元宝哩！”

……

几位路过的上了些年岁的人应和着。

站在高台上的李麦柱才要反驳，却听一个熟悉的声音出来应和，“那几位刚过去的大爷大娘说得对。就是人家上边补偿也要遵循一个合理标准啊。”

李慧慧的眼前顿时一亮，这不是那个李小路吗？他们还是高中时的同学呢？他怎么会出现在这里？

李麦柱从高台上走下来，一边看着自己的儿子李小路，一边离开了这里。他在心里暗暗嘀咕着：“你个小祖宗啊，就在家里好好待着吧，来街上干啥？再说，老子多要几个钱还不是为了你将来成家用呀。”

有些人不明白，这个李麦柱刚才还挺能耐的，怎么一下子就打了退堂鼓呢。

旁边的不少人都七嘴八舌地说："他那张嘴啊，肯定是被自己的儿子给糊上了！"随即响起一阵嘻嘻的笑声。

"李小路？你怎么会在这里？"

"李慧慧？你怎么会在这里？"

"这里就是我的老家啊，怎么就不能在这里？倒是你这位多年不见的校花怎么会在这里？"

"我是磨盘镇驻扎你们小树村扶贫工作组的正式成员，怎么就不能在这里？"

"啊，应该，应该的。"

"原来那位李麦柱就是你的父亲啊。"

"是啊。"李小路摸了一下后脑勺后有些不好意思地说。

他俩还在这里说着，磨盘镇综治委的牛主任带着他的人马终于赶到了。牛主任一边叼着带嘴儿的女娲牌香烟一边喊着："老马，老马，哪里发生了纠纷？哪里发生了纠纷？"可就是不见老马的身影。

李慧慧从李小路的嘴里得知，他在大学学的是计算机专业，毕业后先到北京打工。本来在这期间考上了附近地区的一个大学生村官，具体说不准什么原因，反正没去报到。又在一位河北老乡的引导下去了南方，能干的行业差不多都尝试过了，风里雨里都站过。前天晚上才回到了家里。

"那你下一步有啥考虑？"

"我想回到自己的家乡来干！回到生我养我的小树村里来干！我早已从报纸和广播上得知，咱们县已成为全国首批文化旅游示范县……"

听着这位多年未见的老同学从内心深处说出的这些充满感情的话语，而且又是在这样一个场合，李慧慧的内心有一种深深的感慨！

她随后赶到正在修整的土地现场时，脑子里还在闪现着这位多年未见的老同学的音容笑貌，并在潜意识中把他与赵卫平做了一番比较。

"怎么，你不是去看你那位白马王子吗？咋又回来了？"老马猛然看到她时问。

李慧慧只是笑了笑，就往下一块儿地去了。

5

小树村的头号寡妇薛凤娥披头散发找到了地里，张口闭口喊着韩琳琳的名字。她这些天一直想找韩琳琳，今天一大早就到村委会里找，没有看到人影，这才找到地里了。

薛凤娥是正儿八经的建档立卡贫困户，膝下只有一个儿子和一个女儿。女儿还是从住在镇上的陕西人那里要来的。她的情况也是大家所了解的。按说没有受到污染的小树村是不该有这样的病的，可现实的情形并非如此。她初中刚毕业的儿子患上了一种血液病，学名就是障碍性贫血。这虽然不是白血病，可对一般农户来说也是一种耗不起的慢性病。

刚到小树村的时候，老马就把这户作为韩琳琳的帮扶户，可韩琳琳总共也没跟她见过几次面，就是在逢年过节时为了应付上面的检查去过她家里。当然每次也不能空着手去，不是扛上一箱方便面，就是往薛凤娥的口袋里搧上一百块钱。

现在，薛凤娥儿子的病又有些加重。她多次给韩琳琳打电话，想到县卫计委所属的医院办一个慢性病证明，这样到药房买药时就能达到百分之六十的照顾。可韩琳琳的电话不是占线就是关机。有时，好不容易在街上遇到了，也是点点头就过去了。

老马在一旁皱了皱眉头。他知道韩琳琳又到县政府办去了，就让李慧慧先去应付着。再说，今天参与整地的人并不少，除了村里的人外，县教育局和镇政府机关的人也来了。不管是应付还是实干，都没有闲着。

赵爱花干活儿的时候，自觉不自觉地就凑到了书记和镇长的面前，或者在他们视线的不远处，并且总少不了她的笑声。

王伟就不同了，几次到了书记和镇长的面前又赶紧闪开了。其实，他很想跟他们唠上几句的，说说自己的工资和养老保险问题。他知道镇上不宽裕，可这一直拖着也不是个事啊。

作为过来人，老马倒是知道他的情况，也理解他的心情，可知道、了解又能怎么样呢?

前些日子，他的母亲患病住院，小伙子急得在村委会外边的广场上来来回回地转圈儿，还是老马先从自己的工资里拿出一部分钱来让他应了急。

李慧慧接上薛凤娥就往村委会走，并一再说明：“韩琳琳近来情况比较特殊，县政府办那边的好多工作都需要她去对接。有什么事你就给我说。”

薛凤娥的眼珠子一翻，慢慢说道：“反正哪尊神仙也救命，你这闺女要是能给弄个慢性病手续也行。俺替俺小虎谢谢你了。”

“你千万不要谢。这也是我们应该做的。”

李慧慧知道这回又躲不掉了，干脆好人做到底，帮她了这个心病吧。

李慧慧先是认真看了她的那些资料，又领她到村委会里写了申请，并盖上了村委会的公章，再到镇政府和镇中心卫生院盖章。

其实，像薛凤娥这样的需求不是太难解决的，只是她本人出门不多，又不了解具体办理的程序，就感到像办一件天大的事一样。

这时，她情不自禁地又想到了赵卫平，他那里的情况究竟如何呢?他们一起从县一中考上省内的一所大学，一起报的汉语言文学专业，又在一个班里，学校的花丛里、小径旁都留下过他们的身影。

不过，这都是在一瞬间的事。

李慧慧领上薛凤娥坐着公交赶到磨盘镇的时候，天已不早，就一起到马路边的红玛瑙饭店吃个饭。忽然，她的眼前一下闪过赵卫平的影子，他坐着一辆小车从自己的跟前过去了。他一定是看到了自己的，可他怎么又会在这里出现呢?

李慧慧愣怔了好大一会儿，才拉着薛凤娥向饭店走去。

6

老马不断跟李慧慧打电话，薛凤娥的事办完后抓紧回到村里。

本来李慧慧第二天还想回县城郊区的老家一趟，娘在电话中说姥爷的身体最近不太好，住在了县城的中医院，并且不时地发出“慧慧、慧慧”的叫声。可她第二天还是按时返回了小树村。

回去的路上，她的脑子里不时浮现出姥爷的音容笑貌，他一字一句地教自己念古诗，他认真地修改自己作文本上的每一个错别字……

她看到除了王伟和赵爱花外，韩琳琳也赶回来了。这才知道，今晚县里要对每个驻村工作队进行查岗，还要准备好工作日志。这个消息是镇里的王书记在县纪委的同学那里得到的。她又马上告诉了老马。

在临水县里，蔺书记的查岗可是出了名的。他是白天睡觉晚上查，往往声东击西，神出鬼没，防不胜防！

韩琳琳的心情似乎特别好。她来到李慧慧的跟前感谢她的配合，并着意把一小袋花生放到她的手里，又轻轻拍了一下她的肩膀。

“干嘛这么客气？一定有啥好事吧，看你眉飞色舞的。”

“哪有什么好事？要是有了我还能瞒着你？”

“我说呢。”

“不过，人家赵爱花也许有好事？”

“她能有啥好事呀？”

“真人不露相，露相不真人。听说她就要调到县里一个大单位了。”

“她有那么大的面子？”

“还不是靠她给人家当过保姆的那位老领导？”

“原来真有那回事呀。”

“有没有看看就知道了。”

……

她们两个在这里嘀咕的时候，赵爱花一直在旁边翻白眼。

忽然，老马的手机又在口袋里跳了起来，是王书记打来的。老马拿起来就往里屋钻，并且不断地唔唔着，脸上的面皮也一个劲儿地往一块儿堆积。

王伟抬头望了一下。他虽然不知道什么事，但根据参加工作几年来的经验感觉到，一定又有什么要紧事了。

老马最看不得这种在私下里传小话的情形，但又不得不容忍这种情形，就当没有看见。他只是在心里说："省里的一位领导就要到咱们县里检查了，到时候一多半是要到小树村的。你们还是好好表现吧，是骡子是马拉出来遛遛！"

王伟在一旁低着头玩儿手机。自从手机装上学习强国的软件后，他的分数在全镇一向是最高的。所以，每次开会老马都号召大家向他学习。

7

这天晚上，老马翻来覆去睡不着。他一个细节一个细节地考虑王书记提到的省里的领导，人家这两天就要到村里视察扶贫工作，生怕哪里出现疏漏。

据王书记透露，这位领导的父亲战争年代在小树村一带战斗生活过，生前多次提到过这里的脱贫工作。

现在，小树村里那些整理好的地块儿就处在特别显眼的位置，并且大部分种上了苹果，还别出心裁地在每个苹果树上都挂上了贫困户的名字。那些没有整理好的地块儿上也专门安排了铲车和钩机，还有专门的配套人员。

至于档案资料，也特别嘱咐了几个年轻人，从里到外翻腾了好几遍。不知怎么，这个韩琳琳表现特别积极，赵爱花也没说什么抱怨的话。王伟这个小伙子还跟往常一样，既不落后也不特别积极。

就是辛苦了李慧慧，她到韩翠花家里做工作到很晚才回来。王书记可是再三叮嘱：一定不能在信访稳定上出什么问题。李麦柱那暂时不用去考虑，顾忌到他的儿子李小路，他也不会乱来的。李小路是个好苗子啊，他一回来就给这小树村带来一种新鲜的气息。这绝对是自己刚来时所没有的。将来倒是应该考虑让他来当这个支部书记。

这个韩翠花倒是有些发怵。不过，这些天大家都在忙扶贫产业的事，哪有时间去考虑她的归宿问题？这个娘儿们要是闹起来可是不得了，天上也能给你捅出个窟窿。多亏了李慧慧心细，不时与她沟通，最起码起到了稳定情绪的作用。今天傍晚让她和村里的妇联主任再去跑一趟还是对的。

就是那个赵爱花，她虽然包了那个“神经病”，可也没有过多关注。你看那户人家的家里摊不摊系不系的，哪有个站脚的地方，一点儿扶贫的味道都没有。最重要的是，这户人家恰恰还位于村口的位置，要是领导非要去那里查看可就打尽锅了。

看来明天早上还得带人去那里突击一下。

……

老马就是在这种反复叨量中睡去的。

这天早上八点来钟，在县扶贫办的人到来之前，磨盘镇机关的大小干部就赶到了小树村，王书记和甘镇长当场就和每个人分了工，村委会里放一拨，专门负责档案资料；各个路口放一拨，专门负责信访安全；路上和各个巷口放一拨，专门负责打扫卫生；苹果产业项目的现场放一拨，专门负责平整土地和栽树……

甘镇长尤其对卫生工作特别强调，在我们大家的可视范围内，千万不要放过一个塑料袋，不要放过一个烟盒，不要放过一个矿泉水瓶子，细节决定成败。

他们还没摆布停当，县教育局的人在杨局长的带领下也到了，大家都是黄一色的迷彩服，精神抖擞地走在小树村村前村后的水泥路上。

小树村妇联主任的那双眼一直追寻着老马和赵有根，后来领下了烧水的任务，就领着几个妇女高高兴兴地走进了村委会的大院。其中竟然有韩翠花，她的那双眼睛又一直在寻找李慧慧。

妇联主任今天的情绪高涨，一来因为长期在南方打工的男人昨天晚上赶了回来，夫妻两个好好温存了一回；二来媒人捎过信儿来，孩子的对象有了着落，她就跟打了鸡血一样，浑身上下有使不完的劲儿。

李慧慧不在这里，她一头扎到了苹果栽种现场。王伟去了维稳组。老马到底是不放心那个李麦柱，留个后手还是好的。他要王伟密切关注他的一举一动。

……

九点半左右，县扶贫办的林主任说：“省领导带着督导组已经出发了，估计一个小时左右到达咱们这里。我可把丑话说到前头，一定不要关键时候掉链子！”

“放心吧，林大主任，我和杨局长可是把吃奶的劲儿都使出来了，有什么不足你尽管指示！”

“我这不是随口一说嘛！知道两位老兄都辛苦了。”

“我们哪有你辛苦啊，你来扶贫办之前已换了好几任主任吧。唯有你林大主任来到这里后把扶贫工作做得风生水起。”

“哪像你们说的。我也是勉力为之呀。”

他的话音没落，电话又来了，督导组三十分钟后到达这里，后又打过来，说二十分钟到达这里。

王书记和教育局杨局长相互撇了撇嘴。

这个时候，老马却过来了，把那张多少带些口臭的嘴巴贴在了王书记的耳朵上。王书记的神情立马严肃起来。又是那个李麦柱，告诉赵有根和王伟，无论如何要稳住他！

李麦柱本来要到镇上的卫生院去检查身体，李小路也要陪着他去的，可李小路临时有事去不了，就只能他去了。吃罢饭后，他出门来到大路口，看到多了好些人，就想过去打探究竟。他想，就是儿子小路在跟前也不会干涉自己的好奇心吧？

可王伟以为他要干什么，第一时间就报告了老马，老马又跑去告诉王书记。

说话间，省领导和督导组的车辆已经进到了村里，他们在市县的主要领导陪同下没进村委会就要到苹果栽种现场去，王书记在前面领着，可他的一双眼睛一直在寻找着老马。

老马现在就跟王伟在一起，后边跟着几个小伙子。他们一直在观察着李麦柱，只要李麦柱有什么异动马上采取行动。

可李麦柱只是站在那里看着，一双爱流泪的眼睛眯缝着。他弄不清今天到小树村来的究竟是些什么人。再想想自己的儿子李小路，什么也不想去弄清了。他就这么一个儿子，那可是他的命根子，从小就娇生惯养，要星星不敢给月亮的。

省领导和督导组从地里回来后，又要根据那些苹果树上挂的贫困户的名字到这些户里去，王书记的眉头皱了皱。不领着去吧，怕省领导和督导组的人不高兴。领着去吧，又怕那些贫困户给打了锅。可归根结底还要去，就让老马来安排。老马马上反应过来，喊了赵有根一句就往村里的二娘儿们家里走。这是一个多年的光棍儿汉，一个人住在独门独院里，平时可没少在村委会干轻巧活儿，嘴巴也严实的很，绝不会有什么闪失。

二娘儿们箍着白毛巾正在家里做饭，就他那一口也好做。他做的是南瓜捞饭，先把煮熟的小米捞出来，再把那白菜土豆放进去熬，熬熟后再放些调料。

这时候省领导和督导组进了他的院子，那条花白色的小狗首先汪汪着迎了出来。二娘儿们刚从厨房里探出头来，省领导就握住了他的手，并详细寻问谁是他的帮扶责任人，有没有看望过他，帮助解决了哪些实际问题。

“来过，来过，就是人家镇里的王书记包着俺。不说三天两头儿来吧，也确实没少来了。咱可不能亏了那个心！”二娘儿们不紧不慢地说着。

人家又问：“‘两不愁、三保障’的标准达到了吗？具体看病怎么办？冬天烧煤怎么办？养老保险怎么交？”他都一一做了回答。

人家又进厨房掀起锅盖看熬的什么菜，一股浓浓的带有花椒芽的香味儿已向四处飘散开来，让每个在跟前的人直吸溜鼻子。

二娘儿们干脆上前盛了一碗递过去，省领导兴致大增，接过后认真品尝起来，连说了几句好吃。他记得父亲多次对他说过，“有一次他们被日本鬼子困在了山上，多亏了乡亲们冒着生命危险把这些饭菜偷偷送到山上，才使他们在那种险恶的环境下生存了下来”。

督导组的人看到这种情景，也用那种略带夸张的语气说：“这可是我们在城里都吃不到的稀罕饭啊！”引来眼前好些人的阵阵应和声。

8

省领导和督导组走后没过几天，韩琳琳又上了一次县城，还是冷眼到车站接上她，然后到了上次去过的饭店里。这次是冷眼主动约的她。一开始，韩琳琳还以为他又要谈结婚的事，就没有答应。可他说是有别的大事需要商量，就过来了。

冷眼果然没谈结婚的事，一见面就说起了扶贫检查，引起了韩琳琳的注意。

他从政府办那里得到的消息是省领导和省市有关部门对全县的扶贫工作还算比较满意的，还着重提到了小树村，当然，县委政府的领导也是满意的。尤其是县委的蔺书记，他在内心深处也认为这是自己在临水县的最大政绩。这是他向全县人民交出的一张满意的答卷。

韩琳琳听他这样说时也没有在意。这不用说还不是人家县委蔺书记的功劳呀。可又听他往下说时，就感到与自己有关系了。

“县委宣传部要对现在的扶贫工作进一步加大宣传力度，可报道组只组织了文字报道，肯定达不到蔺书记的要求。我私下里与县电视台的范台沟通过几次，要是用微电影的形式立体化地反映一下全县的扶贫工作该多好?”

“你说是拍电影?”

“对，拍电影，就以你们小树村为背景，反映小树村的扶贫故事!”

韩琳琳顿时感到全身颤抖了一下，想说什么又没有说出来。

“我知道你在大学时就爱好写作，这个剧本就由你来写。”

“我写?”

“你写。”

“可我从来没有搞过剧本呀?”

“那不要紧，你只要搭好基本的构架，再提供基本的素材就行了。”

见韩琳琳还愣在那里，他又说了一句：“不是还有我呀！我还会通过咱县的电视台把你给报道出去的。”

韩琳琳依旧没有说什么，目光却比刚来的时候亮了好多。

吃完饭就要离开时，韩琳琳下意识地问了下他房子的事。冷眼没有回答，只是发出了几声憨憨的笑声。

韩琳琳又特意回家看了看。对于写剧本这件事，她想听一下父亲的意见。他正好喝多了酒在家里歇着，听到闺女回来头也没抬，可韩琳琳说了写剧本的事后，他的神情马上活跃起来，用一双惊喜的目光看着女儿，好像不认识似的。

好大一会儿他才说："写，写，一定要写。你这一生将来一定会比你老子写得好的，也比你母亲写得好！"

9

韩琳琳确实是想通过拍摄这部微电影来扩大自己的知名度，为早日提副科起一些助推作用，却没想到让李慧慧差一点儿付出生命代价。

时间不长，这部叫作《致小树》的电影剧本就写出来了。县里的广播电视台和微信公众号都密集地做了报道。韩琳琳他们紧接着就进入了拍摄阶段。县委宣传部和磨盘镇都当作一项重要工作来抓，磨盘镇还专门成立了协拍小组，李慧慧、韩琳琳等都是这个小组的核心成员。

一听说拍电影，小树村里炸了天。开拍那天，邻村上下的人都到了栽种苹果树的现场。加上围观的，足有几百号人。李麦柱早就说要去的，还准备了一个随时能坐的草垫子。他逢人就说，这辈子除了生孩子啥都经过了，就还不知道拍电影是个啥样儿哩！

拍摄中有这样一个镜头，突遇狂风暴雨，新整修的土地大堰面临被冲毁的危险，一位县领导带领大家奋不顾身前去抢险，最终保护了土地和苹果树的安全，受到了群众的称赞。

拍摄现场，排列着县消防队的几部洒水车，天上电闪雷鸣。扮作县领导的李慧慧第一个上去抢险。没想到那些刚砌的大堰由于被水浸泡过久，真的出现了险情，李慧慧不小心从大堰上摔了下去，她感觉像腾云驾雾一般无着无落。忽然，有一个人向她迎来。她觉得这个人应该是自己一直念着的恋人赵卫平。她竭力呼唤着他的名字："卫平，卫平，你怎么才来啊，我给你打了那么多的电话，发了那么多的微信，可就是找不到你。我现在要紧紧地抓住你，抓住你……"

其实，在大堰下边接住李慧慧的不是赵卫平，而是她的高中同学李小路。他那天也在拍摄现场，见李慧慧从大堰上摔了下来，就奋不顾身地上前接住了她。

出事之前，韩琳琳就在跟前，可她像个铁人一样站在那里一动不动。也许，当时她要往前拉上一把，李慧慧就不会掉下去，可她就是没有迈出那一步。

当时，李麦柱也坐着厚厚的草垫子在远处看到了这个过程，特别是看到自己的儿子猛地扑上前去的时候，惊出了一头冷汗。

事后，李小路到镇上的卫生院去看李慧慧。她当时多么希望他就是赵卫平啊，可那已是不可能了。

后来她从别人口中得知，赵卫平早已不在那个教学点工作，通过关系转成了一名正式教师，并且成了县教育局杨局长的乘龙快婿——这时，她猛然感觉到那天在镇上见到的正是他，他也肯定看到了自己。

赵卫平也是在一个偶然的机会认识的那位教育局长的千金。那次县教育局围绕教师节组织了一次征文活动，赵卫平和杨局长的女儿都有幸获奖。在颁奖晚会上，两人的目光碰撞在一起，似乎要发生一点儿什么似的。但赵卫平很快就冷静了下来，就自己现在的处境，那根本就是不可能的。再说，慧慧已经在自己心中占下了所有位置。可是，他低估了那位千金的耐心，她采用各种方法向赵卫平发起进攻。她的老子，也就是教育局的杨局长，他也托了乡里的文教校长出面，赵卫平就毫无还手之力了。

李慧慧的内心深处五味杂陈。她忽然想到姥爷，自己出院后第一个要去看的人就是他，只有他了解自己。

她依在病床上写道："虽然经历了这一切，但我并不后悔。因为、因为这里有我喜欢和付出的一切，有顾婷的诗和远方，有姥爷的期盼，有韩翠花和李小路。就让'我们分担寒潮、风雷、霹雳，我们共享雾霭、流岚、虹霓'吧。"

窗外，一缕缕的月光透进来，也透进了她的心里。

不，这些都还不够！我必须是你近旁的一株木棉，作为树的形象和你站在一起

1

赵爱花终于横下心来想去一趟市里。她的电大专科文凭很快就要下来了。对一般的年轻人来说，他们要学那些课程并不是太难，但对于她来说比登山还难。她现在主要是想见一见那位老领导，看人家在合适的时候能否给自己说句话。

她在私下里听人说，韩琳琳的副科是没有问题了，那部《致小树》的片子拍完后她的名声大噪，县电视台的报道中说她是扶贫一线的干将，从实践中走出来的剧作家。据说，这部片子还要冲刺省里的艺术奖项呢。

她明白自己的情况，要是不动动脑子就有可能在这小树村里扶一辈子贫。她不能与王伟比，这个傻小子到现在还是自收自支，也没见他着过急啊。

至于李慧慧，倒是不显山不露水的看不出什么，平时里闷着头没有过多的言语。说不好也在背地里把自己的小算盘打的“啪啪”响呢。

她要去市里办这事，绝不能跟老马说，但又必须找个合适的理由。可一时半会儿又找不到。她摸着胸口叨量着，几次走到老马的门口，又几次退了回来，那就再等等吧。

有一次恰巧碰了个对面，老马再三问她有什么事，她又一口咬定说没有。

老马倒是个明白人，谁的心思也能猜上个八九不离十，可他就是不说破。对于赵爱花的情况，他也了解不少。她是怎么参加的工作，现在又想往哪里调整工作，都没有瞒过他的那双老眼。

还有一点他是清楚的，可赵爱花并不清楚。她想去找的那位老领导已经不牢靠了，现在正在停职审查呢。据说有非常严重的违纪问题。大部分都是离开临水县以前的事，只是还没有公开化。他也是从镇里被上

面谈过话的王书记那里知道了个七七八八。

有人亲眼看到，省里来的工作组的人员就住在临水县城最好的宾馆里，一天到晚进进出出不少于十多个人。本来人家没有安排甘镇长谈话，甘镇长却始终都有这样的思想准备。实在等不及了，他就在一个傍晚主动找上了门去，一五一十说了个痛快。

老马现在最想做的就是能够熬到完成这个扶贫包村任务，然后风风光光地回到镇里去办退休手续。

既然苹果树种了，领导都来看过了，电影也拍了，对于小树村的以后，他也不想再去折腾了，就把全部的希望寄托在了那些苹果树上。

可是偏偏有人不让他安生，这个人就是李小路。按说李小路回到村里的时间也不短了，除了劝阻他老子李麦柱上访和在拍电影时救下了李慧慧，别的也没有干什么。

可现在，他是接二连三地来找，老马就知道个大头小尾了。

他这是要开旅游开发公司呀，把小树村的那些资源都开发出来推向市场。可钱从哪里来？人员又从哪里来呢？小伙子表态前也不思量思量。

从他的话语中倒是可以看出，他的老爹李麦柱是挺附和他的想法，甚至把自己买棺材的钱都拿了出来。这个李麦柱，一辈子天不怕地不怕，倒是让自己的儿子给“拿”下了。

李麦柱现在就在自己儿子所办的微小企业里打杂呢，要在以前他根本不知道啥叫快递、外卖小哥，也不知道哪是电商服务、蘑菇养殖，可现在这一切就都鲜活地出现在他的眼前呢，连那个“我要杀人”的韩翠花有时间也要来服装加工厂上班呢。

也许是自己真的老了，也许……

老马长长地吁了口气。

2

临近周末的时候，韩琳琳在农牧局当局长的父亲要请王书记和甘镇长吃饭，当然也有老马在内。他们把地点定在了县城的一家还算豪华的饭店，这也是农牧局的定点招待饭店。老马本来不打算去的，但碍于王书记的面子，也就去了。

王书记也谈不上什么愿意前往。他当然明白人家什么意思，也就顺水推舟想与这位在县城眼观六路耳听八方消息灵通的韩局长交流交流，也许能够听到一些重要信息呢。想想看吧，谁不知道他王大麻子现在是全县三十个乡镇中年龄最大、资格最老的党委书记。不说提拔副县吧，早就该回到县直机关去了，可现在就是纹丝不动，真正被这磨盘镇给压住了。

甘镇长倒是十分愿意赏光，一来他本人有些酒量，二来也想探听些可靠的消息，以便确定下一步的重点努力方向。他现在最关心的是王书记什么时候能够离开磨盘镇，自己是否能够在这里及时扶正。

一开始，他也是全部靠着王书记的，相信他在关键时候是会替自己说话。可后来一想，他觉得自己的脑筋也不能那么死板，因为前几任的书记镇长中就出过类似的问题，书记调走后，本来县里已确定镇长接替党委书记的职务。据说，县里的常委会都开了，就等着第二天来任命，可偏偏就等到又从县里面派下个党委书记来，镇长或是留在原地，或是到别的乡镇任镇长。你说心里憋气不憋气？

韩局长的酒席安排还算大气，他在县交通局当会计的老婆也来了。韩局长一再客气地说着："王书记、甘镇长，现在的形势有些紧张，对不住了，家常便饭，家常便饭。不过酒要管饱，这可是咱磨盘镇出产的醉伏羲和女儿红呀。"

他又特意看了一眼老马说："老马呀，今天晚上你这匹老马可要带个好头儿。谁不知道在下边扶贫包村不容易，还多亏了你这老腿硬胳膊，才使小树村名声在外啊。"

"韩局长说得是，老马真该多喝几杯的。"甘镇长也补充道："真的应该多喝几杯的。"

这一劝倒让老马有些不好意思起来。他在心里叨咕着："你们怎么把矛头指向了我这里呢？"

老马这一叨量就喝了起来，迷迷糊糊的也不知道喝了多少杯。酒席快要结束的时候，老马听到韩局长的老婆提了几句韩琳琳的事，马上就被韩局长给怼了回去，“现在王书记他们正在兴头儿上，你怎么就提到你那宝贝闺女琳琳呢？王书记和甘镇长他们一定会关照琳琳的。”

“是啊，弟妹，琳琳这个孩子很优秀，现在都成了‘剧作家’，一向是我们的重点培养对象。”

“是啊，嫂子，琳琳在咱们的扶贫一线小树村干得挺好的，有我们这么多人关心，你就放宽心吧！”

老马本来也想说点儿啥的，可就是舌头有点儿直，努力了半天什么也说不出来。

这顿饭吃到最后，老马非要赶回小树村去。见他再三坚持，韩局长就退掉早已定好的客房让司机送他回去。王书记和甘镇长在县城都有房子，自然各回各家了。

韩局长两口子一边送老马上车一边说：“也是的，这个老马，都在下边工作这么多年了，也没在城里弄套房子！”

其实，他们是不了解老马家中的情况，他身边兄弟姊妹多，过得都不怎么样。再加上还有一位八十多岁的老母亲。他在乡镇的那些工资能在县城买房子吗？

老马摇摇晃晃回到小树村的时候，虽然口干舌燥，头脑倒是清醒了不少。下车的时候，他清楚地看到村委会的门前晃动着一个人影。一开始他还以为是王伟呢，心里说，这小子，怎么这么晚了还不睡觉，难道又是在为工资的事犯愁呢？

他走近一看才知道，这是一个五十多岁的中年人，那双眼睛在月光下透出几缕浑浊的光来。他无意识地用手挡了下。再一问，才知他就是王伟的父亲。

原来他是从二十多里外的老家步行来这里找王伟，一来是看看儿子并送些衣物，二来是还上儿子上次因为家中看病借的老马的钱，可偏偏儿子到镇上去送报表没有回来，他就一直站在这里等，没想到真把老马给等回来了，先把给儿子的衣物给了老马，又从内衣里掏出一卷还带着自己体温的用自家的花椒换来的钱塞给老马，随后他还要连夜往回赶。

老马看拦不住，就让来送自己的车捎他一段路。

送走王伟的父亲，老马的酒劲儿全醒了，一直望着那辆车消失在了夜色中。

3

按照老马的意思，李慧慧出院后可以回去休息一段时间，可她看望了下姥爷后，就又回到村里。那次见到姥爷，她感到姥爷真的老了，脸上的皱纹更加厚重了，但他眼睛里透出的光泽还是那样的绵长。姥爷坚持要把她送出门来，他手中的拐杖都在颤动着。李慧慧眼中的泪水悄悄地涌了出来。

她沿着胡同一直往前走，一直通向公交车的站牌。她要尽快赶回小树村去，她要尽快见到韩翠花。

现在的问题不是韩翠花在闹，反正她和那个卖爆米花的男人已经住到了一起，可以什么都不在乎，而是她的父母三番五次到镇里反映问题，王书记又把老马叫过去，老马也没有什么好的办法。

昨天李慧慧就给韩翠花通了话，再三说明他们这样也不是个事，既然双方相互喜欢，就应该到民政部门去登记，再就是处理好与父母的关系。俗语说得好，糊涂老子就像那不下雨的天，你能和他们一般见识吗？他们现在就是顾个面子，做子女的应该给他们个台阶下才是。

李慧慧这样说时韩翠花倒是没有说啥，口气也不是那样生硬。李慧慧觉得有戏，应该趁热打铁把她攻下来。然后，再到她的娘家做好她父母的工作，双方都往后退一步，这问题不就解决了？

李慧慧所乘的公交车刚在小树村的村口停下，就有人迎了上来。李慧慧一看是韩翠花，不禁愣了一下，她怎么会在这里呢？

韩翠花一看见李慧慧就上前拉住了她的手，有些慌张地说：“慧慧，你说现在咋办呀？我娘她……”

“你娘她怎么啦？”

“我娘她，我娘她住院啦。听人说病得不轻哩。”

“那你？”

“你瞧俺这个样儿咋过去呢？”

“翠花嫂，你就听我的，啥也别说，咱现在就过去，你看咋样？”

“现在？”

“现在！”

“那，俺听你的。”

韩翠花的娘家离小树村只有十里地，从小路走也就六里地，李慧慧拉起她就向小路走去。

后来，那个卖爆米花的男人也来了，他还开来了三马车。

她们上了车后，卖爆米花的男人却把车掉转了头，一直向着镇上的医院方向开去。她俩才知道一时着急走错了方向。

李慧慧拉着韩翠花的手不说话，她感到这双手滚烫滚烫的。

到了医院后，韩翠花却又不愿下车。李慧慧理解她的心情，又上去把她拉了下来，还在她的耳边悄悄地说了句：“嫂子，还有我呢。”韩翠花这才跟在后边慢慢往里走。那个男人也跟着。

进了大门后，医院的走廊并不长，韩翠花却感觉是那样漫长，慢慢地往前走，可等她走进病房后一下惊呆了，病床上的母亲面容憔悴，目光无神，满头白发的父亲守在旁边。

母亲慢慢地抬起头来，看了韩翠花几眼，又转向了李慧慧，有些吃力地说：“闺女，快、快坐。”

“大娘您好，俺和翠花来看您。”

“感谢你来看我，我不行啦。闺女，俺虽然只见过你几回，可第一眼看到你时就感到你是个好人。俺就把翠花托付给你啦。”

她说的那几回是指李慧慧背着其他人去找过他们。她一进门他们就知道是为韩翠花的事来的。但他们两人的态度都不太好，甚至说了一些不中听的言语，李慧慧却没有太在意，仍是和颜悦色与他们交谈。不过，人心都是肉长的，他们见这个女孩子不管怎么都是耐心解释，目光里总是充满善意，就知道这是个可以依靠的好人。

“您老千万别这样说，您会好起来的。”

这时，旁边的韩翠花扑通一声跪在地上大哭起来，那个男人也跪下了，还在她的旁边揉搓着双手。

4

那天在市里开完表彰会往回赶的时候，韩琳琳就想到了李慧慧。她应该从县上回到村里了吧？听说她今天特意为了韩翠花的营业执照才去的，韩翠花也想在自己的院子里办个农家乐，这才找了李慧慧。

不知怎么，她总觉得对李慧慧有一种歉意。本来这次表彰会老马是要安排她去的。那天接到县扶贫办的通知，让他们小树村扶贫工作队里出一个先进工作者，马上要往市扶贫办报，可在征求镇书记王大麻子的意见时，老马从人家的话头话尾里听出来是想报韩琳琳，还说县委的蔺书记特意提到了她写过的那个剧本，并说这个女孩子有志气，还要写她的扶贫续集，也就没有说什么。

她还想起上次，她所包的那个帮扶户急头怪脸地来找自己，也是多亏了人家李慧慧站出来给解围，事后也没有说什么。

这次回到小树村后，除了写好那部剧本的续集，自己也要向人家慧慧学习，多做一些看得见摸得着的事，树立一个良好的形象。

她忽然想到了赵爱花和她所包的那个户。赵爱花是有些破罐子破摔，看来是要干一辈子的基层文化工作了。可赵爱花所帮扶的那一户还摆在那里，每次听说来人检查都让老马胆战心惊的。

第二天吃罢早饭，韩琳琳没跟老马打招呼，她就叫上赵爱花去了赵爱花所帮扶的那个户里，并且还带去了自己从村里小超市买的方便面、火腿肠、面包等一大堆东西。

一开始，赵爱花还挺高兴，这个当上了先进的韩琳琳就是够意思，还特意抽出时间来帮助自己帮扶的贫困户，又是拿东西，又是打扫家，还叫来村里的理发师给他理发，忙得不亦乐乎。她不时掏出手机来用一张张清晰的照片记录了下来。

韩琳琳在认真做着这一切时，她也引起了那个神经不正常男人的注意，他用一双不解的目光看着这一切，似乎想抓韩琳琳的衣服，赵爱花急忙上前站在了韩琳琳的面前。韩琳琳却笑着站起来说："没事，没事，有你在他还能把我咋的?”

不久后，赵爱花突然发现韩琳琳手机的朋友圈里到处都是她帮助自己的帮扶户做这做那的照片，一下子竟然有那么多的人来点赞，甚至还有王书记、甘镇长和老马的赞，就觉得有些不同凡响了。

紧接着，县里的新媒体和市里的日报、晚报、电视报上一组一组地出现了这些照片，并且详细地加上了说明。

只有韩琳琳知道，这一切都是冷眼的作品。他的那些大学同学中有几个特别能干的，不是在报社就是在电视台，要做这些简直就是小菜一碟。

5

临近年关的时候，临水县的扶贫工作还要接受省里的验收，到最后接受国家的检查。上了电影的小树村的扶贫工作肯定绕不过去了。从别的县市传过来消息，上边的来人那都丁是丁、卯是卯的。有一个地方由于弄虚作假，好多镇村干部都受了处分。再加上人们每天都会从广播电视里听到类似消息，每个人都会有一种不舒服的感觉，而这种不舒服又源自一种无名的压力。

近几天来，老马感到自己的体力有些不济，思考什么东西都恍恍惚惚的。记得当初来这里扶贫时，他就给王书记说过，拉不动这盘磨的时候，他就会卸下的。可眼下卸给谁呢?

他眼下最为惦记的就是自己家里的那些事，唯一的儿子虽然早就成家立业，但至今都没抱上孙子。为了这个心病，儿子和儿媳不知跑了多少医院，吃了多少中药和西药，可一年年过去了就是不起作用。

他先后考虑过几个人，韩琳琳虽然是正儿八经的公务员，各方面条件都很好，但她的心根本就不在这里，尤其是成了“名编剧”之后，一门心思想着提了副科后立马离开这里。不用说她那个当局长的父亲，她那个在县政府办公室的男友冷眼一直在不遗余力地为她操持着。据说，他才是那个《致小树》剧本的策划者。

赵爱花也不行，特别是失去了市里的那层关系后。也许现在她也了解了市里的情况，每天没精打采的，像丢了魂儿似的。

王伟就像是个扶不起的阿斗，每天见了面不是工资就是养老保险，好像除了这些就没有别的话题了。不过把话说回来，他的问题也该解决了，还有跟他类似情况的十多个人。

老马已给王书记和镇长说了好多次，总算有了一点儿口子。千里做官，为了吃穿嘛。

这也难为了王书记，为了解决这些人的经费问题，他可是到处烧香磕头，不知喝醉过多少回。

李慧慧倒是个苗子，刚下乡那会儿就热情很高，后来又把村里的好多事都处理得妥妥帖帖的。可难道她就没有什么想法吗？

不过近来发现，她与李小路走得很近。这也不奇怪，都是年轻人嘛，还是老同学。还别说，他俩倒是很不错的一对儿呢。

……

他想与书记王大麻子通个电话，可拨了几次都不通。又给办公室打，才知王书记去了县里。他就想回县里一趟，正巧镇里的车要到县里去给贫困户拉米面，可以搭他们的车。

临走之前，他还对李慧慧说，李小路那个小伙子的想法不错。小树村是得走生态旅游的发展路子，咱们扶贫工作队得帮助他把手续先跑通。他能够从外地跑回来干这事也确实难得。

6

李慧慧是在第二天的傍晚时分得到老马出事的消息的，当时她正在村委会的办公室里研究李小路的生态旅游发展方案，李小路就在旁边。韩琳琳和赵爱花也在旁边的屋子里。忽然，王伟带着哭腔走了进来，一边走一边嘟哝着："这个老马，早不出事，晚不出事，偏偏在这个时候出了事，俺这几年的工资和养老保险谁去给解决。他可是明明白白地答应了俺的。就在昨天往城里走的时候还把俺拉到一边说，俺的问题他已给王书记说好了，过些日子就会解决的。"

王伟是从镇党政办的小苗那里得到消息的，由于天黑路滑，老马所坐的拉米面的车在回返时滑进了路边的荒沟里，等交警队的人赶到现场时才发现，老马和司机早已气绝身亡。交警队的人寻找遗物时，在他的上衣口袋里发现一份李小路所办公司的注册申请，还有一副已坏掉一个腿儿的老花眼镜。

李慧慧当时就呆在了那里，不知道说什么。韩琳琳和赵爱花也从另一个屋里跑了过来，边跑边说："老马怎么啦，老马怎么啦。"

反应过来后，李慧慧不顾一切地冲出门去，然后下了楼梯，一直向外走去。李小路紧紧地跟在她的后面。

不知什么时候，天上飘起了雪花，一片一片的，慢慢地覆盖了整个小树村。

7

老马的老家是磨盘镇百里之外的一个小村子，同时与山西、河北交界，可谓一村踏三省，三管三不管。

送别老马的那天，磨盘镇机关大院和十几个村的双委干部都去了，谁也不愿多说一句话，大家都用沉默来表达对老马的怀念。

老马八十多岁已看不到任何东西的老娘一听到儿子出事了，就没有吃过一口饭。老马的老婆和儿子在灵前哭得跟个泪人似的。

让大家没有想到的是小树村的李麦柱和韩翠花、薛凤娥等人也来了。他们都坐着那个卖爆米花的男人的小三马摇摇晃晃赶到时正好出殡，震耳的两响炮连续在空中响着，李麦柱等人就连哭带喊地跪在了石板街上，李麦柱破锣似的嗓子中一句一句地往出挤着："老马，老马，你是个好人啊，俺以前可不该，可不该……"

在人群中看到这种情形的李慧慧眼睛一酸，几滴眼泪就止不住地涌了出来。

……

当天晚上，王书记真的喝多了。他在磨盘镇机关大院的院子里不停地走来走去，一边走一边喊着老马的名字。谁也没去劝他，因为大家的心情都跟他差不了多少。甘镇长也钻进自己的屋子里不出来。

原来王书记拉了镇上有名的矿老板李通天到饭店里去喝大酒，他张口就要李通天借给镇里一百万元，李通天也是见过世面的，并不吃这一套，一连说了几个少客气，别来这一套！

王书记当场就把杯子摔在了地上，也回击道，在老子的地盘上，就要归老子管，哪怕他是天王老子！

众人见状，忙把两人拉开。王书记却又在一旁大声喊着："老马，老马，你一路走好，走好，镇里的弟兄们风里来雨里去跟着我王大麻子不容易。我就是说成啥也要为那些自收自支的弟兄们发上工资，交上养老保险！你就在那里看着吧，看着吧！"

后来，王书记冷静下来后也觉得自己有些过分，你镇里困难跟人家企业家有什么关系？就想着啥时候跟人家赔个话去。

其实，那位李通天也觉得不好意思，自己这些年靠采矿致富难道少了政府的支持吗？现在政府在经济周转上暂时有些困难，自己就是尽些力又能怎样呢？

几天后，他真的借给了镇里一百万元，把王书记感动得不知说什么好。王书记比谁都明白，与其说是借，倒不如说是"给"，现在的磨盘镇随着采矿业的转型，正处在负重爬坡时期。不过他相信，磨盘镇是会走过这道坎儿的。

8

暮色虽然已经浓重，但李慧慧屋里的灯还亮着。

白天她又去了县里一趟，主要是为村里解决一位贫困户的孩子的户籍问题。这虽然是件小事，却影响到这个孩子明年的高考。她也是在一次检查中发现的，而且造成人家户口被注销的主要原因是当地的派出所。为此，她几次到县镇反映情况，终于引起了县里主要领导的重视，已责成民政、公安、乡镇等部门协调解决。想到那个将会在明年顺利地参加高考的大男孩，想到那个男孩脸上即将出现的灿烂笑容，她心中长长地吁了口气。

乘着派出所的车回到村里后，她随便扒拉几口饭，就趴在桌子上写起了小树村未来的发展规划。小树村通向山外的路要拓宽，村内那些抗战时期保留下来的红色旧址要尽快得到保护。

再过一段日子，也许更短，李小路的生态旅游公司就要开业了。他承包了前边老村的一个早已废弃的小学校，整修后成了农家乐。他又在小树村设立信息咨询业务，在小树村开设农家旅游店。将来他还想在网上销售小树村的有机苹果……

省级扶贫检查后，小树村的各项工作都得了高分。随后李慧慧接了老马留下来的扶贫工作队长的位置，并且兼起了小树村的支部书记，赵有根主动退位成了村主任。县里的蔺书记调往市里，县长升任书记。镇里的王书记本来有希望成为县政协的副主席，却因一封来自基层的匿名信给搁住了。不过，他还是调到了县里的一个大局。甘镇长到另一个乡镇任书记。韩琳琳也如愿以偿，提升副科后也调到了县里卫生部门的一个较大的科室。

离开磨盘镇前的那天晚上，王书记竟然号啕大哭，他屁股歪在了镇政府大院凉亭里的石凳上，谁也没有劝住他。甘镇长倒是比较克制，一个人爬到了镇里的楼顶上吹起了那支跟随了他多年的短箫，那声调忽高忽低，忽远忽近，像雾一样溢满了镇大院的夜空。

办公室一向贪酒如命的老石也喝多了，他在院子里走来走去地说着，其中有一句是向纪检会投寄的那封检举王书记的信件是甘镇长让他写的，可是没有人去搭理他，只以为是喝醉了在说疯话呢。

……

人在小树村的赵爱花看不到这些，她和王伟依旧留在小树村里。赵爱花本来要求回镇里工作，后来也改变主意留了下来。

让李慧慧感到特别高兴的是，身体好转不少的姥爷会在一个阳光明媚的上午，在父亲母亲的陪伴下到小树村里来看她，让她那颗已近麻木的心又苏醒了过来。

9

赵卫平虽然成了教育局长的乘龙快婿，但内心却有些沉重。他觉得自己对不起李慧慧，有多少次想去看她，特别是她因为拍电影负伤住院后，但始终没有迈动脚步。好多次，他站在办公室的窗口望着远处的山峦久久不语。

他也有自己的无奈，实在是别无选择。他希望李慧慧能够理解自己的难处。

正因为他所在的家庭比较特殊，他才从很小的时候就背上了精神枷锁。他爷爷原是县水利局的一名水利工程师，毕业于省内的一所专业学校，临水县一带的好多水利设施都是他亲手设计的。可就是这样一位技术精湛的水利专家，却在那场运动中莫名其妙地被评为了右派分子，从此命运发生了改变。一次，他在检测一条渠道的设计数据时精神过度集中，竟然从十几米高的渠堰上摔了下来，肠子都被甩在了河滩上，可由于他身份特殊，谁也不敢上前去看。后来虽然送往医院，其结果也可想而知。临终前，他给儿子留下遗言：勿再读书，安心务农！

赵卫平的父亲成人后牢记父教，谨言慎语，本分做人。到了赵卫平这里，他可不想像父亲那样刻意束缚自己，他做梦都想走出脚下的这片土地，到更加广阔的空间里翱翔。可他又感到自己的力量有限，仅仅是一个人微言轻的小学合同老师，所以他便在县教育局长的千金面前低下了那颗曾经被诗和希望充塞的头颅，而对曾经倾心相爱的李慧慧则选择了逃避和疏远。他的眼睛被厚厚的欲望给蒙蔽了，但那颗有点儿僵硬的心还在偶尔跳动。

他不停地在内心深处喊着："慧慧，慧慧，你真的不知道我现在的心情吗？你能够原谅我吗？"

10

又是一个被满天霞光涂抹得通红的早上，李慧慧坐在小河边的石头上写着日记："小路，那些飘浮的喧嚣早已离我而去，那些可以看到却不能捕捉到的空气早已沉寂在我的脚下。我的整个心灵正加速与小树村融合。我尽情地呼吸着这里的空气。我要让这里的每一寸土地都变成诗的味道。"

“不，这些都还不够！我必须是你近旁的一株木棉，作为树的形象和你站在一起。”这也是诗人舒婷在她的诗中所说的。

附记：

2018年下半年，我有幸参加了河北省文艺评论家协会举办的文艺评论人才高级研讨班，聆听了原省作协副主席、著名文艺评论家王力平关于“怎样写好小说”的讲座。他谈到了全省当前的小说写作状况，尤其是对扶贫题材的小说提出了自己的看法：应该创作更多更好的关于扶贫工作的小说。这是对全省文艺创作的一个宏观上的指导！

我长期生活在基层，可以说对扶贫一线的实际生活是了解的，那些人物、那些事件随时随地会闪现在我的面前，但我缺少通过对这种原汁原味生活的理性提炼，使之成为有血有肉的人物形象，这也是我长期以来所思考的问题！

毫无疑问，乡村干部承担着辖区内的各项工作，扶贫工作更是他们的重头戏，老马、李慧慧等人就是乡村扶贫干部中的突出代表，是扶贫工作的主流，他们虽然平平凡凡，也有一些这样那样的缺点和不足，但却是全身心地致力于这项工作，甚至献出自己的生命！

与他们相比，也有一些不安现状四处投机的人，甚至还表现出不少不讲实效瞒天过海的形式主义倾向，这些虽不是工作中的主流，也应该引起我们的警醒！

王力平主席的讲话使我受到了很大的触动，回来后反复琢磨。我于2020年初创作了这篇小说，后又多次修改才发表。

在创作过程中，不少专家和领导对这篇小说给予关注，提出了许多建议，这也是我在今后的创作中不断努力和提升的方向。

漳水不知心底事

高台村离麻子县县城一百多里，离云梦乡机关五十多里，是一个只有几百口人家的小村庄，就像一条粗布腰袋紧紧地缠绕在清漳河堤岸上一个长不长短不短方不方圆不圆的小山沟里，一年四季都是那样恬静安然。

莉莉、月月、芹芹，这三个女孩子都在高台村里生长，又是初中同学，一起上的高中和电大，是非常要好的姐妹，但她们的人生也像那轨迹不同支流纵横的漳河水一样，有着各自的流向和故事。

莉　莉

莉莉电大毕业后就在高台村小学当代课老师，说是由两个人承担这项工作，其实就是她一个人。那个男老师倒是正式在编的，可平时就是一个病骨桩儿，也不怎么到学校里来，全凭莉莉一个人支撑着这个学校。乡里的校长不是不了解这个情况，就是一个劲儿装聋作哑罢了。

莉莉所教的年级倒不少，一二三四年级都有，高低错落有致，可就是没有几个学生。造成这种情况的原因也都明摆着。凡是条件好的家庭谁还让孩子在家里上学，都变着法儿进了城里，并且还在那里买上了房子。

高台村的小学校像一个老龟一样，它常年四季爬在一个斜斜的阳坡上，下面就是绵延流淌的漳河水，只是那河水这些年来越来越小，有的地方甚至干竭，只有到了雨季才会继续冒出那清亮亮的河水。

那只像老龟一样的小学校一直是懒洋洋的，平时连眼皮都不愿多抬一下，仿佛永远沉浸在了漳河深处的一个梦境里。

莉莉成天与这些个孩子搅磨在一起，从早到晚，日日如此，不知不觉间她的全部情感就融在了其中。

莉莉的老爷爷、爷爷，直到她的父亲都当过教员，可以说是教员之家。只有她的母亲是位地地道道的农民。

对于莉莉的终身大事，父亲倒是不怎么参言，全由自己的老婆主张来主张去。莉莉母亲的娘家开过药铺，各种各样的中药都卖过，她从小就在卖药的经历中知道人生的艰难，比起自己教书的男人要有见识的多。

莉莉的母亲每天一睁眼就要对莉莉念叨，一定要找一个“老保本”“争上游”，千万要胜过你爹这样的教书匠！

莉莉只是在那里看书，对母亲的话总是左耳朵进，右耳朵出，像是听进去了，又像是没听进去。

莉莉每天除了上课还是上课，可也在寻觅着自己心中的白马王子。这个人说远不远，说近不近，一直就在她的身边，但又像梦一样捉摸不定。

她好像对村里那个农大毕业的二虎印象不错。人家没有打工前，有事没事总爱往乡文化站的图书室里跑，光莉莉去乡文教报材料时就碰到了好几回。

当时，她就在不经意间想到，这个二虎，倒也有些怪怪的。现在的年轻人，不是到外面打工，就是去承包工程挣大钱，或者就去报考公务员和事业单位，谁还到那里下这闲工夫？他难道就与别人不一样吗？

五大三粗的母亲虽然文化不高，却是一家之主。她平时常常爱说的那句话就是，我以前要是好好费功夫去念书，那还能显出你爹这个教员来？

她现在无时无刻不在操着莉莉的心。不久，她终于千托人万托人给她闺女介绍上了一位干部子弟。那小伙子的父亲曾当过乡里的副乡长，主管着乡里的所有企业，也结交上了不少的有钱户老板，在这一带要风得风，要雨有雨。后来，他又成为其他乡镇的镇长和党委书记，最终又成为县人大的副主任。他的老婆也是从乡里的妇联主任当到了县里的妇联主任。他们就这么一个心肝宝贝蛋子，名叫小顺儿。大学毕业后，他们就变着法儿让他通过考试到了县里的一个让人眼热的部门，还被分配在了宣传科里搞资料。

小顺儿在认识莉莉前，其实也对她有个大概的印象。那是在团县委组织的一次演讲会上，莉莉代表乡文教去参加比赛。她当时发挥得特别好，就像行云流水一样把要表达的思想清清楚楚地摆在了每个人的面前，给所有在场的人留下了深刻的印象。当然，也包括他这个县人大副主任的儿子小顺儿。

现在，有人愿意费心给他介绍莉莉，当然是打着灯笼都难找的好事儿，立马应承下来，好几天都像打了鸡血似的。他竟然在一天之内就整下了一篇大篇幅反映全县教育事业快速发展的通信材料。

要知道，在这之前也有人给他介绍过，人数也不能算少了，可不是驴不走就是磨不转。他愣是一个也没对上！

但是小顺儿的父母在背地里犯起了嘀咕。这个莉莉虽然出脱的不错，也有几分口才。但说到底还是个代课教员，究竟与自己的宝贝儿子尿到尿不到一个壶里还很难说。不如先观察一段日子再说，不能急着下结论。

小顺儿却不理会父母的心思。他一有时间就要到乡下去采访，一去采访就要到莉莉所在的那个小学校去。他每次都要带上一大堆东西，不是吃的就是喝的，弄的莉莉很不好意思。要是把东西留下吧，关系确实还没有到了那个份儿上；要是不留下吧，他又在那里死扭活缠，更加说不清楚。

对于自己将来的婚姻大事，她现在确实还没有考虑清楚。她曾经拐弯抹角地征求过当了大半辈子教员的父亲的意见，他只是轻轻地叹了口气，什么也没有说出来。

二　虎

对于那个二虎，莉莉倒是有些感觉。他是在县城的第十中学毕业后上的农大专科，是有关种养植方面的。上完后没多久，他就到市里打工，到现在也没有回来。可他仍没有改掉在学校时就爱抹抹画画的“老毛病”，断不了写些有关乡村振兴方面的文章，竟然陆陆续续发表在了省市的一些报刊上，莉莉每次到乡文化站查阅报刊和有关公务员考试的资料时都会看到他，便又进一步增加了对这个二虎的印象。心想，这个年轻人就是不简单，一边打着工，还一边想着那些文化方面的事！

至于二虎的父母，那可都是老实巴交的庄稼汉，生下了大虎、二虎、三虎兄弟几个，只有二虎算是识文断字的。用二虎父亲的话说，俺二虎肚子里的那些文化都是从文曲星那里偷来的，竟然能认得那么多的狗爪子！

二虎本身也识趣的很。他知道自己所处的这个家庭没有什么本钱，只有依靠个人的奋斗才能闯出一条路来。

其实，村里的人都不知道，他在市里什么都干过，包括端盘子洗碗，伺奉卧病在床的老人，只要能够挣钱他就干，甚至还偷偷地去报名参加了几回事业单位考试，只是没有考上罢了。

前几天，二虎不知因为什么事回了趟高台村，正好被路过村口牌坊的莉莉给看到了。她本来想上前打个招呼，可是又有些犹豫。就在她有些迟疑的那个瞬间，背着一个沉甸甸的塑料包的二虎已从她的眼前闪了过去。过了好大一会儿她才反应过来。莉莉难以理解的是，他的那个白色塑料包里裹着的竟然是书，好大好大的一包书，在阳光下是那样的耀眼！

莉莉的心中一片茫然。

几个月前，县里的文教局发下通知，又要招考在编乡村教员。莉莉听到消息后，就产生了试试看的想法，然后就抱着书本更加认真地复习起来。可闲下来时，她又觉得没有十足的把握，心里也有些闷闷的。

芹　芹

芹芹的爷爷到山西当过煤窑工，父亲曾经是国营矿山的副矿长，母亲也在那里当过招待所长。她电大没毕业就找开了对象，而且最终找的是一位矿老板！那个矿老板曾常常开着豪车到电大的门口接送她。这让好多人都不能理解，她母亲却十分想得开。她母亲常常在人前说：“俺闺女找的这就叫‘人前有’‘有法儿人’哩。”

半年前的一个深夜，她忽然给莉莉打来电话，就像放连珠炮似地放了一通，可莉莉听了半天才明白，那个矿老板已称许她将来到国外去，还要给她办一个美国的绿卡，用不了多长时间就能迁到那里去的！

莉莉当时就是一惊。心里说，那个大国的疫情闹得那样厉害，你怎么还敢让他把你的户口办过去，好多办过去的都想回来呢？可到底就是没有说出来。不过，心底却是有些酸楚。看看，人家都要到国外去了，自己还在高台村的小学校里稳稳当当地当着这个代课老师！

莉莉的眼前不时地浮现出从小学到初中再到高中时跟芹芹在一起的情景。她好像在哪一方面都要强上自己一头，自己也好像永远都是她的点赞者、羡慕者。

……

莉莉的心中着着实实地不平静过一阵子。但静下来后，她又觉得千万不能走她那样的路子，总觉得哪里不踏实。

月　月

相比较，莉莉较月月倒是有几分优越感。

月月性格沉稳，安于现状，父母都是靠土地吃饭的农民。可是莉莉又隐隐地有些瞧不上她。

月月电大毕业后在家待业，竟然研究起了村里的土壤有多少种成分！

有时，她还到村里帮下忙，或者到文化站查阅资料。

早在 20 世纪 80 年代初，县里就想在漳河的上游修一座大型水库，彻底解决当地的用水问题。现在，这件事终于有了眉目，已被列入国家重点项目，说着就要开工建设。

由于高台村位于将要修建水库的核心位置，自然列入搬迁之列。可月月看到一些村民在搬迁、占地等方面不予配合，再三提出过分的条件，这里面的人竟然包括月月那个“喊破天”的姑姑。月月就天天到她家里去软磨硬泡，还真把姑姑的那个“方向盘”给转了过来，连县水利局的领导都说月月了不起！

今年年初，在那抗疫最为紧张的时候，她又主动报名去当了那个志愿者，还被县里评为了最美志愿者呢。

有一次，她大摇大摆地从大街上走过。说是大街，其实也就是铺满了青石的石小巷，两边坐满了左邻右舍那些热心的大爷大婶们。他们正在那里你一句我一句地议论因为修建水库全村搬迁的事，看见她后又转换了话题，免不了要问一下她的将来有啥打算，特别是她的终身大事。有的还提到了人家芹芹，很快就要到美国定居了，那才是有眼光呢。月月一听这些就烦，她竟然冷不丁的甩出一句，自己的理想就是找一位农民那样的风凉话！

“啧啧，‘农民，农民’说得好听些就是个‘实受汉’‘能靠住’！说得难听些就是一个受苦汉！”

这让那些过于热情的老婆老汉们一时间相信不是，不相信也不是。待她过去后，有个男婆女妇又快人快语外号人称“顺风耳”的老头儿在心里实在憋不住了。他一边嗑瓜子一边斜着眼说了句：“这孩子，莫不是吃错了药吧！”又有人接住他的话说：“现在的年轻人，真不知道是咋想的，说风就是雨，跟我们那个年代一点儿都不一样了！”

其实，月月对那个在城里打工的二虎真是有几分意思，就是不知道怎么向人家表达。

有好几回，她还曾想到小学校里对莉莉说说自己的心里话，可又有些不好意思。

莉　莉

初秋时节的阳光还是那样的温软，高台村小学的院子里特别静谧，几个不同年级的学生爬在院子里的青石条上温习着各自的功课。莉莉在他们的身旁走过来走过去，不时地把目光投向那棵依旧枝繁叶茂的老槐树。

忽然，她听到一阵汽车响动的声音。这声音不紧不慢，由远而近。

她马上就知道这是那个小顺儿又从县城赶来了，肯定还提着一些大包小包。

不知怎么，她现在倒是希望小顺儿的到来，有些话想对他念叨念叨，可又不想念叨的太深。

上个月的最后一天，她思考了很久之后，终于到县文教局的办公室报了名。她想参加那个招收教员的考试，虽然底气并不是那样的足。听乡里的文教校长说，前年年初就招过一回。本来说要招一百名教员，却一下子报了两三千人，足可想象当时竞争情况的激烈！

她现在真的有些想离开这个地方，通过考试成为一名正式在编的国家教员，那样就可以到县城，最起码能像自己的父亲一样到镇上的中学去教书了。那该是一件多么体面的事情！

果然是那个瘦瘦的小顺儿，他提着一包东西脚步很轻地迈进了院子里。本来，他还想像往常一样把东西放到窗户底下就要离开，可一看到莉莉站在院子里，只得打着笑脸迎了上去。

要说小顺儿的家庭条件那样好，自己本身已是正式的国家干部，还是县里一个部门的资料员，应该有一种趾高气扬的样子，可他在莉莉的面前就是趾高气扬不起来了。

莉莉让小顺儿把东西放进屋里，还给他倒了一碗水。这可是以前从来没有享受过的待遇。小顺儿马上感到全身的热血都沸腾起来了。

就在这时，莉莉想问他教员考试的事。虽然这之前有好几次，小顺儿都主动提起过，可以通过自己的父母想些办法，让莉莉成为一名正式的教员的。

当时，她的心确实动了下，可也没有在意，甚至还以为那都是不正当的途径。而现在，她却要主动跟人家提起这样的事情，真的有些不好意思起来。

莉莉在一旁劝小顺儿喝水，还在碗里放上了茶叶，可最终还是没有把自己想要表达的意思说出来。

恰好下课的钟声响起来了，小顺儿站起来要走，莉莉只是把他送到了校门口。

月　　月

月月这些天倒是忙得很。她竟然在乡里包下了一家门面，搞起了电商服务，县里、乡里都很支持，还跟乡上的好几家合作社签下了合同，要把这一带的农副产品通过这种形式销售出去。她没想到的是自己的效益这样好，还引来了周围的人们前来参观学习，一下子成了全县的“明星”人物！

这不，二虎也从城里回来了，要与月月联盟经营这家门面哩。

据说，水库将来修成了，至少也要打造成一个山清水秀的大景区，他们两人还要在那上面开超市呢。

当第一次听到这个消息的时候，莉莉马上想到了二虎前些天回到村里的情景。当时，她实在有些纳闷二虎的背包里为啥放着那么多的书，原来那都是他从外面搜集回来的宝贝咧！

凭着女孩子特有的敏感，她觉得二虎那天肯定去看了月月，并且还说了许多悄悄话！

莉莉狠狠地在心里说了句：“这个死月月，竟然把我也瞒的死死的，没有透露丁点儿的口风！”

莉莉比谁都清楚，月月的家庭背景与二虎差不了多少，都是兄弟姊妹较多，两家相距也不太远，彼此之间的情况也都知根知底儿。

据说，在上初中的时候，他们俩就相互留下了很好的印象，并且还偷偷地来往，只是没有留下什么蛛丝马迹。

现在，莉莉真没想到这一切来的这样快！

芹　　芹

芹芹这个人倒是没有什么秘密可保，还没有个什么屁大的事就都给莉莉透露了出来。就是十多天前，她竟然用微信告诉莉莉，已经为那个矿老板第二回打胎了，可那个家伙就是不提结婚这个事。

前几天的一个晚上，她又在深更半夜打来电话，还用十分夸张的语气对莉莉说，那个矿老板真的为她拿到了国外那个大国的绿卡，还在那里给她买下了洋房！

……

当时听到她的这些话，莉莉的第一感觉就是想吐。心想：被称为人间天堂的那个大国正在闹疫情，连命都快保不住，你要那个绿卡有啥用？他给你买的房子有啥用？再说啦，那个邻村的矿老板只是挣下了几个臭钱，他哪有本事去给你芹芹办什么户照，说不定又是在糊弄你呢？这个傻芹芹，怎么也是大学毕业呢？在学校里念的那些书都给狗吃啦！

莉莉的睡意顿时全消。她披上衣裳走出屋门，在小学校的院子里走来走去，清凉的月色如一张大网把她的全身紧紧地罩了起来。

这些天，连续下了几场透雨，到处弥漫着一种湿漉漉的水气，包括她所在的这座小学校。

听月月说，水库工程年后真的就要开工了，那时随着整个村庄的搬迁，这所小学校也要搬到别的地方去，自然也就不存在了。

不远处，那清澈的漳河水还在静静地流淌着，仿佛在倾吐着无尽的心事，可是，它又怎么知道莉莉的心事呢？

不过，莉莉相信，芹芹会醒悟过来的，会的，一定会的。自己从小跟她一起长大，了解她的脾气。必要时，与她面对面的好好谈上一谈，就是痛痛快快地吵上一架也行，只要能够把她拉回来。

这个时候，她不知怎么想到了小顺儿。心里想着，等他下次再来的时候，是不是还有必要再跟他说起那个事呢。

不，可能已经永远没有下次了吧。

附记：

“漳河水。九十九道弯，层层树，重重山，层层绿树重重雾，重重高山云断路。清晨天，云霞红艳艳。艳艳红天掉在河里面，漳水染成桃花片，唱一道小曲过漳河沿。”

……

七十多年前，著名诗人阮章竟在太行深处清漳河畔写下了长诗《漳河水》，刻画了荷荷、苓苓、紫金英三个女青年的形象，她们都有着不同的命运轨迹，“荷荷配了个半封建，天天眼泪流满脸！苓苓许了个狠心郎，连打带骂捎上爹娘！紫金英嫁了个痨病汉，一年不到守空房！”

但她们在解放区各级政府的关怀下，通过艰辛的努力获得了翻身和自由，有了满意的人生归宿。

可是七十多年后，她们的后辈是如何生活的，有着怎样的精神追求呢？

有人说，亲眼看到她们的后代，她们的孩子、孙女，特别是曾孙女莉莉、月月、芹芹不仅解决温饱问题富了起来，而且还要努力寻找真正属于自己的崭新的生活！

莉莉的曾祖奶奶就是诗人阮章竟当年所写的长诗《漳河水》中的那个紫金英。当年，那个痨病汉不幸丢下了她们娘儿俩后，紫金英经过了一系列的思想斗争终又重新改嫁，算是找到了一个“抓心丹”式的如意郎君，一家人和和睦睦地生活在一起，算是一代一代地延续下来，延续到现在的莉莉这一代人身上。

芹芹的老祖奶奶就是诗人阮章竟的长诗《漳河水》中所写过的苓苓。月月的老祖奶奶就是诗人阮章竟的长诗《漳河水》中所写过的那个荷荷。

于是，我又沿着诗人阮章竟当年的足迹苦苦追寻，最终根据莉莉、月月、芹芹三个女孩子的故事，写下了这篇小说形式的新的《漳河水——漳水不知心底事》！

暗　香

1

杨花吐絮的时候，赵二岗被一纸调令从县里的高开区调到了文广旅局，赵局长虽是搞工业的出身，但偏偏在内心深处喜欢文化。他现在的重点工作就是要在文旅融合上下番功夫，一心一意让县里剧团的演出延续下去，可是面临的问题就像小山一样压得他喘不过气来。

过去，已像走马灯似的连着换过多任剧团团长，也都是二合的笑话大合的，一合的不如一合的。不是他们不能干，不是他们不想干，可是面对不断变幻的市场形势，面对一个又一个的具体困难，即使有浑身的力气也缺少足够的信心。

有人说，现在的年轻人连电影电视都不想看，一部手机包打天下，哪还顾得上去看那些老掉牙的戏剧呢。

也难怪，他们每每车拉马驮带着那么多的香马到达一个村子演出时，台下就只有老头老太这样为数不多的几个观众维持着，演着演着心里的那口热气就难免凉下去了。

就说最近这一任吧，人家硬是凭着关系贷款买了大车到新疆搞运输去了，局里给人家烧多少高香都没有拉回来，横竖他就是要推掉戴在头上的那顶团长帽子哩。

现在，赵局长不想眼睁睁地看着这个剧团毁在自己手上，这才想到了李天保。他虽然已有一大把子的年纪，退休后又办起了自己的戏班，可吃过的油也比那些年轻人们喝过的水多，走过的桥也比那些年轻人们走过的路多呀。也有人对他说，既然市场形势是那样，就是李天保回来也难以扭转乾坤，他也没长啥三头六臂。可赵局长就是不到黄河心不死，一定要尽到自己的最大努力！

赵局长再想想改革开放初期全县剧团兴起时的情景，全县乡乡有剧团，村村锣鼓响，《中国青年报》上还专门登过一篇报道呢。国家文化部也专门派人到县里召开座谈会。

而现在，并不是那些古老的戏剧形式没有了市场，并不是曾经红极一时的演员们没有了自己的价值，而是缺少持续的关怀和扶持！

他不禁一阵感慨！

2

还是几天前，赵局长去看李天保，可连着去了几次都没在家，就留下话来，请他有时间到局里坐一坐。

他李天保怎么能不知道人家局长的意思，可就是有些拿不定主意。

这天上午，李天保坐在自家客厅的椅子上抽着闷烟，思绪也飞得很远很远。他本来不想去趟这股浑水，可一想到师父，想到乔香，他那颗有些沉寂的心仿佛又浮动了起来。

3

一轮浑浊的月亮在西山顶上静静地爬动着。

一段一段的老戏的声音在山脚下响水村的上空游动着，有一种说不清道不明的香味向四周漫溢着。

一双双呆滞而又执着的目光在流动着。

其中肯定有一缕目光，透射出一丝浓烈的清纯。

李天保知道，那是乔香的。

说不清什么时候，竟然又有几声狗叫声掺和了进去。

……

还在很小的时候，每到逢年过节，李天保就要跟着师父学老戏，他不知不觉间就扮演起了张飞、马超、杨林等角色，尤其是虞姬和白氏夫人等，扮演的那叫一个惟妙惟肖。

师父范先生特别看重他，当然就把好多的心思花费在了他的身上。

响水村的老戏又叫赛戏、对戏、老赛，是专门唱给村里的山神、土地、龙王等神仙的，还有女娲等奶奶仙姑们。

李天保就是在师父的敲打下喊着老戏长大的。与他一起长大的还有师父的独生女儿乔香。

师父的本意是要把自己一身的老戏传给女儿，但碍于老戏的规矩，传男不传女，这才传给了李天保。

李天保知道，师父不仅把老戏传给了自己，也把他那宝贝女儿的心传给了自己。

4

李天保不止一次听自己的师父范先生说，清水县里村村都有老戏，就像响水村的老戏一样，已有很长很长的历史，只有动作和唱词而没有唱腔，也叫“喊腔”，是从心底喊出来的，而不是唱出来的。

只是到了民国时，八路军来到太行山一带抗日，也把那些秧歌剧、舞剧带了过来，以后又有了落子、平调等地方剧种，慢慢地，就很少有人喊那老戏了。

以后，抗日政府又在这些地方戏的基础上组建了县剧团，与部队上的剧团联合演出。新中国成立后，县里的剧团一直发展得很好，特别是到“文革”时，剧团的发展到了极致，一律改唱了红一色的样板戏。

改革开放后，剧团开始演出古装戏，什么《逼上梁山》《十五贯》《春草闯堂》等等，往往是演到哪儿就火到哪儿。

可闲余的时候，就又有人想到了老戏，断不了在茶余饭后时喊上几嗓子。慢慢地，又在逢年过节时恢复了过去那样的祭神演出。

一开始，还有人担心会不会被当作封建迷信遭到批判，可时间长了，这些老戏不但没有遭到批判，还引来了文化部门那些专家的关注，竟然成了宝贵的非物质文化遗产，李天保也成了为数不多的传承人之一！

实际上，李天保打头时就参加了县剧团，正儿八经端上了公家的饭碗，但他的脑子里始终还装着那些老戏，装着师父范先生，装着乔香。

李天保比谁都清楚，自己能够吃上唱戏这碗饭，若是说多亏了师父范先生，还不如说多亏了乔香，是她在父亲的面前不断嘀咕的结果。

5

李天保跟着剧团走南闯北，虽不是什么团长、书记之类的领导，但凭自己的演出条件，吃的可都是上眼人的饭，更是吃出了名堂。

李天保一上台就是秦琼、林冲之类的角色，把台下那些老老少少的目光全都拽了过来，特别是那些大闺女小媳妇们，有事没事老爱在他的身边转悠。

清水县的县剧团所走过的地方差不多都留下了这样的民谣："丢了锄，扳了种，也要看看天保配和顺!"

李天保每每感到有些把握不住自己时，他就想到乔香。一想到乔香，马上就会平静下来。平静下来后，就会感到一种浓浓的香味儿向自己飘来。

有一天，他们在山西一带的农村演出，那天晚上演的是《大会垓》，演出演到一半时，李天保突然感到尿急，就临时下台找个暗地解决问题去了。他走着走着，忽然感到有一双软绵绵的小手抓住了自己的胳膊，并且轻轻地叫了一声："你个天保，俺的乖乖!"

他马上就知道是剧团上的一位女演员。她早就对自己有意思，当即就把身子紧紧地贴了过来，并且悄声说着："俺知道你喜欢乔香，俺也喜欢乔香，可乔香得了白血病呀！俺前几天回去才听村医疗所的为东说的……"

李天保吓了一跳，全身的尿意也去了一半儿，呆呆地站在那里。

他怎么能够忘记，还是今年春天回到村里的时候，他和乔香约好在黄昏后的那片小树林里见一面，等他高一脚低一脚地踩着脚下的月光赶到时，乔香早已等在那里，一听到脚步声就过来搂住了他。他们早已约好，等那一簇一簇的花椒红遍前坡后坡的时候，他们就把自己的终身大事给办了。

他们在那里谈呀笑呀，仿佛有着谈不完的话语，但谈论最多的还是老戏。他们还会偶尔相互喊上几句：

头戴金盔日月明哎，
腰缠宝带透玲珑哎，
若问吾乃名和姓哎，
复姓诸葛字孔明哎。
……

乔香那银铃似的笑声不时地在一旁响起。

当时，他们怎么能够知道，这些唱词、这些笑声都会被身旁的那些夜虫给听了去。

那天的演出结束后，李天保第二天就赶回了县里，并且专门回到老家去看乔香，但她硬是躲了起来没有让见，李天保的心里凉了半截儿。

这天傍晚，李天保在门外，乔香在屋内，两个人只是相互喊了一段老戏，是《大会垓》中霸王和虞姬分别时的片断，算是两人的正式告别。

虞姬：（白）大王今日也杀，明日也杀，直杀得霸业与众灭！

霸王：楚国今无主哎，虞姬泪双流哎。汉王贪酒色哎，你命必存留哎！

虞姬：嫁鸡怎不随鸡飞哎，叫奴如何舍得你哎？

霸王：（白）既然如此，这是钢刀一把，自寻无常去吧。

虞姬：妾乃江东女哎，随君有数年哎，蛾眉双婉转哎，鬓插两蝉娟哎，玉貌夫君爱哎，花容西楚转哎，临危刀下死哎，自刎在君前哎！

……

两个人一边喊着，一边哭着，泪水都打湿了老戏中的那些唱词。

乔香比谁都清楚，要是天保看到自己这个样子，哪儿还有心思把老戏喊下去。她要让天保永远活在自己以前的样子里，活在那个月色朦胧的黄昏里，活在老戏里。

在离开这个世界之前的最后的日子里，她又让人把一支玉箫捎给了天保，并要他永远的把老戏喊下去，把那些落子平调儿唱下去，也替自己把人生最后的戏唱下去。天保哽咽着答应了。

只是他永远不会想到，曾经唱响太行内外的堂堂的县剧团会唱成现在这个样子，工资不能按时发放，养老保险也不能及时缴纳，比村子里兴起的那些吹歌班也强不到哪里去。

……

6

黄昏时分，李天保一个人走在那条狭长而又幽静的巷子里，他又想到师父，想到远去的乔香，想到了乔香留给他的那支玉箫，仿佛不经意间真的有一种淡淡的香味儿向自己飘来。

他的主意终于定了下来，明天就去见赵局长。他要勇敢地把团长的担子挑起来。至于那些困难嘛，只要大家拧成一股绳，只要县里和赵局长支持，剧团总会迈过这一步的。老伴儿和孩子们那边嘛，他可以慢慢地跟他们讲清楚这方面的道理，自己挣的钱再多也不会有个头儿。

晚饭前，剧团里的几个师弟们又打来电话说，县里正在考虑解决剧团的场地问题，让县里的第一中学腾出了半栋楼呢。另外，还要在演出经费方面给予补助。

更加让他们想不到的是，赵局长竟然一个人跑到北京去找了他的那个在文化部门的亲戚，专门咨询了申报国家艺术基金的有关事项！

……

李天保的眉头又往开舒展了几下。

不知什么时候，那轮金黄色的圆月又从龙山半坡间的柳梢上爬了出来，溢出一缕缕淡淡的香味儿。

山　市

你可能看到过海市蜃楼，被它昙花一现般的神奇曼妙所吸引，可你见到过“山”市蜃楼吗？虽然只是由一些虚幻的故事所组成，但在它那可怕短暂里面也有让人感到深思的地方！

1

三叔说他是在我奶奶的故事中慢慢地长大的。奶奶的故事浓烈而悠长，似乎没有尽头。

那个时候，三叔被我奶奶紧紧地攥在她那沾满了粗糠裂开了血口子的粗糙的大手里，被那个故事紧紧地包裹着。他在里面一抖一抖的。他的眼泪和鼻涕糊得到处都是……

随着岁月的流逝，三叔却越来越清晰地记起了那个故事，那个故事中的那只火红火红的神狐，由于年岁的久远，它的额头上的红毛也变得雪白雪白，把一双眼睛衬托得火亮火亮。

随着奶奶那张大嘴不断起伏，三叔仿佛看到了村后高塘山上那只神狐的身影，它沿着陡峭的山体向自己飘来，渐渐地抖动成一条红线，一条极细极长的红线，几乎要把三叔缠住时，那条红线却又忽地消失了——消失得无影无踪，只剩下黑乎乎的山峦。

三叔的梦醒了，疑惑地望着这个世界。

三叔更加沉凝于那条神秘的红线，在他的感觉中，整个山峦也随着那条红线一起飘动，飘动。他几乎没有办法从奶奶嘴里叙述的那种梦境中逃离出来，真的！

那条红线又飘起来了。越飘越快，他清清楚楚地看到——好一条油光闪亮的红线！他要上前抓住它。可就在这时，有一支乌黑的枪口也对准了那条红线，那枪口阴森森的，冒着幽幽的冷气。

三叔的心倏地沉了下去，把目光投向那阴冷的枪口，但又不自觉地把自己的眼睛闭上了。他害怕听到那轰的一声——真想让那些疯狂的弹片击打在自己的身上。

奇怪的是，轰的一声过后，那条细长有力的红线并没有消失，反而飘得更远更快了。三叔再睁眼看，那杆乌黑阴森的猎枪，早已碎碎地散了一地，猎人的双手也没有了，殷红的鲜血一滴一滴地往下流，浸透了一大片山石。

三叔怔住了。他身子骨里的血液仿佛凝固了似的，被我奶奶的故事缠得越来越紧，几乎透不过气来。

奶奶又说："到了最关键的时候，神狐自然又出现了，放开四蹄飞快地向我们跑来。那一年，日本鬼子踏上了高塘的地界，漫山遍野蝗虫似地飞舞着，我跟着你爷爷和你父亲，还有其他乡亲，慌不择路地向高塘山的最高处跑去，身后的脚步声越来越杂，枪声越来越密，眼看着就要被他们追上，奇迹出现了。身后的鬼子渐渐地与我们拉开了距离，以至于越来越远。我们上山的脚步反倒越来越轻盈，山顶上的目标也清晰起来，并排着许多现成的房子，飘起了一缕缕炊烟，还有早已蒸熟了的食物浓浓的香味儿。我们也忘记了在什么地方，只是急切地寻找食物和水填饱肚子。那些白面馒头的味道太诱人了！

我突然发现这些馒头都是从一个地方来的。在一个石洞里，有一头金色的小牛，它不停地在拉着石磨，速度不快也不慢，可磨出的粮食慢慢又变成了馒头……

后来，山下平静了，我随着你爷爷和你父亲下山，才发现我们是从一个洞里往外走，那洞好深好深啊，可转眼的工夫又不见了。原来还是在山顶上。再后来，你爷爷说，那个从石磨里磨出白面馒头的小金牛就是神狐变的，它常年住在这高山上的神狐洞里。它还能屙金尿银呢？"

……

三叔说，当时他是从我奶奶的目光里发现自己的异常的。他的眼里射出了一种奇异的光，在黑暗中把奶奶爬满皱纹的脸照得发亮。直到他又重新进入梦中，那些隐隐约约的光亮还没有完全消失。

我奶奶叹了口气，轻轻拍着三叔圆实健壮的身子，一下一下像雨滴那样温柔。

三叔后来说，当时隐隐地感觉到在我奶奶的拍打下，听着夜虫的和鸣声，他的脑子中又闪现出了那条迅疾狭长的红线，从起伏不平的山峦上飘来，像一阵风，如一片云。

2

三叔是在那条神秘的红线缠绕下长大，长成了一条壮实的汉子。

不过，使三叔成为一条汉子的重要标志却是始于对那个神秘悠长的故事的怀疑、动摇。他想摆脱这一切。他渴望有一个属于自己的独特而又充满魅力的故事。

但是，三叔最精彩的故事是从当上镇铁厂的厂长后处理高塘村支书牛全海的矿石品位问题开始的。

准确地说那是一个非常烦闷的下午，我在厂办室看报纸，三叔涨红着脸进来了，眼睛瞪得老大，啪的一下就把桌上的茶杯推到了地上，溅起了一大片冒着热气的水沫儿。

我抬眼望他一眼，没敢吭声，弯腰去拾地上的碎瓷片儿时想，他上任这么长时间总是笑眯眯的，待人十分平和，谁会勾起他这么大的火气呢？

约一支烟的工夫，他的脸色才恢复平静，拍了拍身上的雪，斜靠在沙发上慢慢地说：“小二，我是不是有些失态了。”他说这些时使劲儿地把脖子往起仰了仰。

其实，他进屋前在原料科接电话时还是笑嘻嘻的，没有一点儿发火的迹象，直到出屋来还十分和气地跟人打招呼。

三叔倏地从沙发上站起来，在地上一圈圈地走，左手托着下巴，目光沉稳，眉头紧皱着。我给他重新倒上了一杯茶水，他只是斜了一眼，并没说什么，也没去端。我感到屋子里的气氛更加沉闷。后来，主管原料的副厂长老李进来，可他没待多久就出去了。三叔并没太注意，依旧在地上一圈一圈地走着。

透过玻璃窗，我看到鹅毛般的大雪还在下着，给瘦得仅剩下几根骨头的镇办铁厂穿上了厚厚的一层绒装，那并排而立的五个三十立方小高炉依旧断断续续地喘着热气，那热气飘向灰暗而又高远的天空。

那是五点半吧，老李又进来了。他没有马上走，迟迟疑疑地靠在桌子边上。三叔问他有啥事，他才抖动着身子说："刚才，刚才是牛书记亲自打电话，他指名道姓叫你接。"

"你去告诉他，就说我出去了。可能一时半会儿回不来。"三叔依旧笑着。

"我才说了，可人家不信，说这么冷的天他会到哪去呢？你再去找找吧。是不是他不想见我？"

老李疙疙瘩瘩地还要往下说，三叔就抢过他的话头儿说："你这个老李，不管怎么，就不能说我不在吗？他还能把你吃了？"老李笑了。

后来我才知道他们是为了矿石销售的事。我们高塘村支书牛全海个人的矿石想往厂里上，可平均含量都在百分之四十以下，三叔看着面子尽可能地提到了百分之四十九，可牛全海并不买账。他要的是百分之五十五，甚至更多。但那样就太显眼了，影响效益不说，还会在很大程度上造成负面影响。我三叔当然犹豫，又不能说啥难听的，就只好就这么拖着了。

3

三叔多次说，自己这厂长当得够味儿。

几年前，那个镇办铁厂，还是荒凉一片呢？厂长已像走马灯似的换了十几个，愣是一点儿劲儿没搁上，不是进不上矿石，就是没有焦炭，所有的炉子只好停下，欠下了上百万的外债，仅丢下几个摇摇晃晃的老头儿镇守着四个大门，还有空旷的院子里很深很深的积水中带着凄凉的蛙鸣。

我三叔第一天上任时，办公室的墙上还挂着几个好大好大的蜘蛛网，几只蜘蛛头领带着它们的部下大摇大摆地在上面运动着；墙角有几只尺把长的灰溜溜的老鼠瞪着贼亮亮的小眼睛在十分安闲地朝四下望着。

三叔望着它们，用公文包拍打下桌子上的灰土不禁笑了。笑罢以后他又陷入了沉思，其中流动资金的问题想得最多。

本来，镇里说给解决一大部分，可那都是放了屁使手捉没准儿的事。他只有从不错的几个朋友那里借些钱，再把以前自己贩卖矿石的一大部分钱拿出来。

我三叔也知道，运转这样一个厂子，除解决资金外，还要有一整套的治厂思想，再实打实地落实下去。可他的头脑里仅仅有一个比较粗的架子，还有好多细节需要补充。

有一天，他在办公室里叫住了我，整着脸说："小二，你就按我说的，把咱厂里的一些规章制度都写下来，再找镇上的广告公司挨个儿写好用玻璃框子圈起来，正儿八经地挂到各个办公室的墙上。谁违犯了就狠狠地治他。你看行不？"

"当然行啦！"我朝他扮了个鬼脸，就按照他的意图做起来。为了开阔我的思路，他还让我到附近好几家厂子参观。我不敢有一丝一毫的大意，生怕惹他心烦。

与此同时，他格外注意把好矿石、焦炭和石灰等原料的购进关和销售关，随时掌握全国各地的销售形势，及时把货款收回来。

应该说，他的做法是正确的，尤其是把好原料这一关。以往历届的厂长在经营中都吃了这方面的亏，进来的矿石和焦炭价钱高而质量低，使厂子的整体效益受到影响。

4

我三叔的为难主要是考虑到了和牛全海的关系。他总不能轻易冷下那副面孔。

那牛全海连续几届市人大代表，现在还是高塘村的党支部书记。20世纪六七十年代时，他抓民兵工作成绩突出，还到上面开过表彰会，省里领导不但握了他的手，还奖励给他一支小手枪，至今还挂在自家的墙上呢！

这支枪简直就成了他自豪的一个资本！

靠着这支枪，上边来的一些干部须得高看他一头。他们每逢到县里视察，总要抽空儿到高塘看看，也顺便看看那支很不平凡的枪。多少年来，他几乎没费多大的劲儿就在自己的头上扎下了一个光怪陆离的光环，叫人看了晕乎乎的。

三叔说在自己成长的过程中，的确受到过牛全海的关怀，高中毕业回到大队后是大队副书记还兼着民兵连长。

三叔忘不了，大队北山果园的苹果熟了时，在金风的吹拂下红艳艳的特别刺人的眼。

晚上，牛全海在炕上翻过来掉过去盘算着这些东西该给谁送去，送多少，怎么送，然后就想到我三叔，派别人去他不放心。就这样，在好多次的迎送往来中，我三叔经了风雨，也学到了好多东西。他逐渐明白了就是这些东西像一根牢固的绳子在缠系着好些人之间的所谓友好关系，硬是能办成好多事情。

后来，乡村经济逐渐放活了，还允许搞个体经济。我三叔看着这个副书记没啥大的油水儿可捞，干脆推掉了。

他凭着多年来替牛全海跑腿儿的经验，搞起了倒卖矿石的活计。他低价从本地收进，再高价卖出去，硬是发了不少财。几年下来，口袋里装了个几百万元，在周围也有了点儿小名气。

不过，三叔并不满足于这些。他的心野了，就像高塘山上大大咧咧的荆疙瘩，只要雨水充足就往疯里猛长。他彻底冲破那只神狐在很小时就罩在他头上的那张无形的网，甩出一个完全不同的自己。

他往往在一个人时叨量：过去跟着牛全海奔跑，为了钱甘心让人变戏法的当猴耍，一年到头儿也只能得个仨瓜俩枣。现在，他像捡树叶似的捡够了钱，有了小车，也住上楼房了，甚至还在合适的时候悄悄地尝过外国女人的滋味儿。不过，那是个日本娘儿们，三叔在与她干那事时就想到了电影上日本鬼子欺负中国妇女时的情景，便在心里加了把劲儿，但做罢后仔细琢磨又觉得没多大意思。

这到底为了什么呢？难道还没能彻底摆脱那只神狐的阴影吗？

他终于慢慢地悟透，这是缺少一种精神上的东西，它跟眼下的富裕是永远连接在一起的。如果能进一步满足它，还会达到超越金钱的更大的富裕。

就在三叔蒙着头苦想时，机会落到他头上了。

那天，牛全海捎信儿请他去家，说有重要事情商量。他迟疑一下，但还是去了。

本来，不当副书记后，他很少过去，一路上就想着这老家伙到底有什么事呢？会不会叫我回去担任那个只干活儿又没多大好处的副书记？要是那样，我坚决不干。好马还不吃回头草呢。

偏偏没想到叫他去挑镇铁厂的那副没人敢挑的烂摊子！

在挂枪的那间屋子里，牛全海斜躺在沙发上抠着脚丫子慢悠悠地说："占国啊，来了就好。我已和镇党委书记杨大金说得差不多了。"接下去就是不经意地拿眼瞅三叔。

起初，他还担心三叔嫌铁厂的臭名声在外不愿接这副担子呢？要是那样就还得费点儿口舌，得变着法儿说服他。

没想到三叔一口应承，而且非常爽快。牛全海终于长长地吁了口气。

其实，三叔开始听到牛全海的那个意思，他就动心了。他后来说那时马上就想到了那只诱人的神狐，红线似的飞快地向他飘来，飘来。它身后起伏不平的山峦也飘动了，飘动了。他要抓住那条红线，紧紧地抓住……

这样他才不知不觉地答应了。同时他也完全明白了牛全海的意图。老家伙不就是图自己的矿石有个好品位，在价钱上又能高过别人吗？想来想去没其他合适的人了才想到自己，因为以前有过交往，感情上比较接近，也容易听从摆弄。

至于党委书记杨大金，三叔也很熟悉。他来高塘镇后，三叔曾多次私下里为他办事，好多都是牛全海不知道的。

这次他们俩之间达成一致意见，三叔以为也是相互妥协的结果。

杨大金和牛全海的关系常常是时好时坏，不过总是坏的时候多。虽然表面上是那样和谐，什么也看不出来。杨大金始终以为自己好赖是这高塘一带的父母官，在多数意见上都得按自己的一套来，哪能都听你牛全海这杆快要老掉牙的枪瞎放呢？他有时还不自觉地做出一些过激的举动，这就很容易导致牛全海的反感。

牛全海觉得说什么自己也是受过上面领导的接见，有一支枪不说，还是市人大代表呢！你杨大金算什么，你喝过的水还不一定有我喝过的油多呢！

三叔上任时，我刚好高中毕业，他身边离不了个写写算算的，这样我自然就成了他的大秘。

5

那天傍晚，雪似乎下得小了些，但天空更显得灰暗了。三叔很长时间都望着窗外发呆。桌上的茶水我已换过几次，他都没有动过。三叔的手里还捏着一支石林烟，也只是来来回回地捏着。

我不忍看他，只是在一旁坐着看一本文学杂志。其实并没有看进去，两个耳朵直竖着，准备随时听从他的召唤。

三叔终于又说话了，轻轻地说："小二，我今晚就去你家跟你挤一挤睡行不?"

"咋不行？就怕你不去呢?"我随后说道。

三叔笑了笑，又说："咱们去伙房吃点儿饭吧，要不一会儿看不清路了。"

司机过来问要不要车送，三叔非常果断地说了声不用，就拉着我走了。

吃罢饭，我们爷俩儿深一脚浅一脚地走在了通往村里的大道上。

那雪真白，把渐渐堆起来的黑暗映衬得也有些褪色了。四周除了高炉的嗡嗡声什么也听不到。

我隐隐约约地看着三叔那严峻的面孔，听着脚底下咯吱咯吱的沉重的踏雪声，像听着老鼠在夜的深处咀嚼着什么东西。

到了我家，三叔又说：“小二，你再悄悄去我家跑一趟，告诉你婶儿我在这儿呢？叫她放心。有人去电话也不要接。”我麻利地去了。

我忍不住在路上想，三叔这厂长也够窝气，真成了缩头乌龟！难道他的内心深处就那样紧张吗？不就是几个矿石品位呀，你说给他加就加，不加也就算了。要是其他事也都像这，这个厂子还搞不搞了。

等我回来时，三叔已躺下了。他看着我时那双大又圆的眼睛里发出一种特有的柔和的目光。从这种目光里，我觉得他太累了，就像一条负重的航船在经历了长时间的漂泊后需要一片宁静的港湾。我不禁有些怜惜三叔，我怕他瘦弱的身子承受不住。

半夜里，我几次起来尿尿发现他都没有睡着。他还不时地在枕头边儿摸什么……

大概想找电话吧。

窗外，一阵阵的白毛风把屋顶上的瓦片掀地扑棱扑棱响，那声音清脆而激越。

6

三叔的神出鬼没引起了镇党委书记杨大金的焦虑，不能说是如热锅上的蚂蚁，但也有点儿像乱撞的没头苍蝇。

按说，他该高兴才是，怎么还会主动为牛全海的矿石品位问题大伤脑筋呢？

本来，他一开始听到我三叔敢碰牛全海的软钉子，就让老家伙的血压升高了，在家里气得直骂娘，心里也是忍不住的暗暗高兴。心说：这个高占国，还有那么一股子愣劲儿！果然不是个软包，自己当初没白同意他。

可没多久杨大金到县里开了个会后，他的态度马上来了个 180 度的大转弯儿。

三叔后来说，杨大金是从县委李书记那斩钉截铁的讲话中慢慢地领悟到，县里要一改过去的软着陆，在当前经济形势普遍面临困境的情况下，克服一切困难，再来一个发展高潮啦。李书记要求人人解放思想，不做庸官庸吏。只有依靠大投入大发展的硬道理，才能使企业从困境中走出来。

李书记还特意点了高塘镇的名，很明显地指出，这里自然条件优越，矿石资源丰富，交通便利，很有可能在现有基础上有个大的发展，彻底摆脱困境，为全县带个好头儿。

开罢会，李书记还特意留他到家里吃饭。李书记挺着胖胖的肚子语重心长地说："大金啊，你在高塘有些年头儿了吧。当一个地方官要能让本地的经济有个大的发展，让老百姓实实在在地尝到甜头儿，这很重要啊。你还年轻，工作能力也强，应该在这方面多动动脑子。根据你们高塘镇的情况，我再三考虑还是应该以矿业为主，在已有的炼铁基础上发展炼钢，形成彻头彻尾的一条龙生产线，那你们可就不仅仅是咱全县的龙了。"李书记说这些时满脸的严肃，两只软塌塌的泡泡眼一直紧紧地盯着杨大金。

受宠若惊的杨大金很快从这种目光中感到一种什么。那是一种鼓励，又是一种默许；那是一种期待，又是一种关怀！兴许……

杨大金全身的血都燃烧起来，左手攥得紧绷绷的，狠狠地喝下了一大口酒，眼圈红得更厉害了。

李书记新续弦的年轻漂亮的夫人在旁陪着，在夹菜时不断用那双热热的目光扫他。这又让杨大金添了一层感激。

吃饭快要结束时那女人忽然说："大金啊，我家老李还是很看重你的，这你也不是看不出来。他为了你们高塘的经济发展格外的操心。如果你要上炼钢，我们全家都愿出一把力的。我兄弟就在一家私人建筑公司当着那个负责人，那些厂房建设对他们来说并不生疏。"

"那太感谢您了。我一定请他们来。"

杨大金正这样说着，冷不防被李书记打断了。

"大金，别去跟她们女人家唠叨了。她们只知道在家里抱孩子、做饭，哪懂地方上的事。再说，我这饭桌又不是生意场。"

"也不能那样说李书记，发展经济，造福乡民可是人人都有的一份责任啊。”杨大金红通通的脸上透着笑说。

李书记没吭声，只是把老婆递给的一杯黄澄澄的飘着幽香的茶水端在手上，用一双和善庄严的目光端详着杨大金。

从李书记家里出来，杨大金的心头像被一种什么东西压着。他并不是个笨人。在李书记家里时就很坚定了要上炼钢的信心，可他更清楚那东西是靠钱喂起来的，最少也得两三千万。现在的高塘镇，总的经济形势却是“黑云压城”，大多数企业处于半死不活的状态，不少下岗工人不断到镇里闹事。如让镇铁厂硬上炼钢面临的风险是很大的。他犹豫了。

可从李书记的目光中，他最终懂得该怎么做了——只有抓住李书记给自己的大好时机，在高塘这片死水里甩出一片浪花来，才有可能提上去。他现在已经四十过五，如果再不加劲儿就可能没有机会了。

他在心里一笔一笔地盘算着。

若上炼钢，镇里只能筹出很可怜的一部分资金，大部分都得从银行贷款，而要贷款可不是一件容易的事。别的不说，县农行的郑万喜行长又是牛全海的亲内弟，他连县里的一些主要领导都不尿，却十分尊重牛全海的意见。

这几年自己偏偏和牛全海暗暗地摽着一股劲儿，他要知道上炼钢能支持吗？即使办得有点眉目了，他也会悄悄地伸上一腿把水搅浑的。他对牛全海的这种做法是有心理准备的。

杨大金的脑子在往下转时就想到了他和矿石品位，因为他意识到这是个接近牛全海的好机会。如果自己出面调解成功，让他得到大把的好处，老家伙就是块儿铁揣在怀里也会发点儿热吧。再退一步说，他就是不帮忙，也不会去执意破坏吧。想到这里时，杨大金透红的脸上冒出些轻松。

回到镇里，杨大金仍沉浸在这种情绪里，他几次拿起电话想和牛全海通话但又放下，可最终还是拨通了。

他说前段忙于开会没在家，刚一回来就听说了占国对矿石品位的事儿一直拖着未办，心里很放不下去，会再找他谈谈，这也许不是什么大问题。顺便，他又谈起了县里的会议精神，准备在现有铁厂的基础上上炼钢，至于在解决资金上，还得请出他这杆老枪来好好放放啊！

杨大金的心里虽然紧张但语气不乏轻松和诚恳，就像和一位很知心的老朋友在谈一件共同关心而又十分愉快的事情。

牛全海的情绪也仿佛受到感染。他挺爽快地笑着说："大金你太见外了。我作为高塘镇的一个老兵，为咱高塘经济的发展还能不尽一份力量。我也早有这个想法，只是没有你考虑得深刻。"

放下电话，杨大金像扔下了一块儿重重的石头，用手拂一下脸上的汗，吁了口气。

7

三叔没想到会被杨大金堵在办公室里。

那天下午，天已放晴，热情的阳光照在开始消融的雪地上，杨大金拉着我三叔的手说："占国，你这一段时间确实辛苦了。厂子搞得蛮像回事，为全镇争了光。我在县里开会还受了表扬呢！这其实都是你的功劳！"

我三叔没有回答，脸上挂着几丝平淡的笑。他想杨大金咋一大早就会堵着门来表扬自己呢？该不会有啥事吧？

正这样想着，杨大金又说："占国啊，咱可不能受了表扬就翘尾巴。下步有什么新打算啊。我今儿也没别的紧要事，是专门来找你谈谈的。"

"暂时还没啥打算。只是想站稳脚跟再说。杨书记你也知道，铁厂这个摊子就像一位久病的人，得先恢复体力才能去干别的，要不就前功尽弃了。"

"我知道，你上任这些时间不是把厂子的体力恢复得差不多了吗？生产销售各道工序都很正常，工人的情绪在很大程度上趋于稳定。"

"这仅仅是个表面现象，关键要从根本上解决问题。我虽然加强了原料、生产、销售等方面的管理，但还是有不少漏洞。人言可畏啊。如果有什么不完备的话，我还想多听听您的意见呢？"

"我没别的说。我只能代表党委、政府全力支持你，对你的工作给予充分肯定。但是在任何时候都要把目光放长远些，那才会有个长足的发展。县里的会议精神令人振奋。虽然现在还面临不少困难，但也有不少有利的方面。咱们应与县委、政府保持高度一致，用咱的实际行动使目前的经济状况冲出低谷。吃着碗里干现在，看着锅里想以后，你说呢？我已与镇里的其他领导碰了头，他们也认为切实可行，在铁厂现有的基础上建一座年产钢坯八万吨的小型炼钢厂，把高塘铁厂的名字换成高塘钢铁总公司，年增产值几千万，你看怎么样呢?”杨大金用一双有力的目光注视着三叔。

听着杨大金诗一样的描述，三叔的眼中忽地闪过一道红线，那神奇的红线向他飘来，飘来，把背后很长很长的一大段山峦甩出去了，但没停多长时间就消失了，没有一点儿踪影。

三叔只是笑了笑。他动动身子说：“杨书记的思路很不错，我非常赞成。可去哪儿弄钱呢？就凭咱现在这些家底儿，撒泡尿就完了。”

“这个问题，我考虑过，引不进外资就贷款吧。活人还能叫尿憋死。咱不能捏着鸡巴过河过分小心。”

“贷款，容易吗？又不是个小数目。”说罢，三叔把目光定在了杨大金的脸上，一动不动，脸上依旧挂着笑。

杨大金轻轻地摇了下头，也笑，很神秘地眨动了下眼睛说：“占国啊，我再明确地说，今儿我就是为这个来的。咱不能守着‘枪’不用啊。”

我三叔明白了，他是打起了牛全海的主意，但三叔并没动声色。

“我已经打过招呼，他完全同意镇里的意见，准备出面跑这事。”

“他没有再提别的吗?”

“这个吗？倒是没提。的确没提。不过，我听说他向铁厂上矿石的事。我看你是不是再宽容一下，给他提点儿品位吧。”

“那可不行。我已经提的不能再提了。”甩出这几句话后，三叔脸上的笑有些发颤。

杨大金没想到我三叔把调子提得这么高，也不自觉把脸沉了下来。他抽了口烟后慢腾腾地说：“占国啊，看事情要从大处看。作为一个企业负责人，什么时候都不能被一些枝枝蔓蔓的东西遮住了眼睛。从全县经济发展的高度看，牛全海的矿石品位低点儿高点儿都是小事，抓住机遇迎难而上炼钢才是大问题。”

“上炼钢既然是党委、政府的决策，我不反对。可矿石品位不好说。”

“那不行。遇到特殊情况就得特殊对待，刻舟求剑死搬教条是要吃亏的呀！”杨大金的口气里透出了严厉。“这也不是我个人的意见。我相信你会同意的。”

三叔脸上的笑容消失了，叹了口气却什么也没说，算是对杨大金意见的默许。

杨大金脸上的表情却渐渐地活跃起来。他上前拉住三叔的手说：“占国，咱哥俩儿好长时间没聚了。今天中午我请你，怎么样？把郝镇长也叫过来，咱们喝几杯。”

8

一个月后，我三叔跟着牛全海上了本田车才一步步地知道，他名义上是替铁厂跑贷款，找有关领导批字，实际上是想通过关系把杨大金撵走。因为牛全海觉得杨大金在高塘的一切，特别是他想上炼钢时就已开始，或者预示着将对自己构成潜在的威胁。

后来，三叔跟我说起当初的感觉时心里一阵一阵地乱跳。他并不是个一点儿世面没见过的人，只是觉得这事儿滑稽。

牛全海很热情地对三叔说：“占国啊，我知道你这个厂长不容易。我在夜里睡觉也替你发愁。前一段矿石品位的事我实在不知道，那都是孩子们的事。听说给你添了不少麻烦，我把他们好一顿训！”

“没事，没事，你这样说就见外了。”

三叔已对他的那一套非常熟悉了，一点儿也不感到意外。

傍黑儿六点来钟，小车停在郑行长的家门口。

人家并没在家。他们原路返回后就住进了招待所。我三叔始终都没有说一句话。他在考虑着上炼钢的事，资金当然最重要，但还有其他方面的问题。

晚上吃饭时，我三叔喝酒很少，勉强吃了点儿饭。

牛全海大概看出了三叔的心思，笑嘻嘻地说："占国啊，不要费那么多的脑筋好不好。吃罢饭后去轻松轻松。你们年轻人跳跳舞唱唱歌什么的。听说这里的女孩子个个都俊得成了精。其实，你应该明白咱们来这里的真实意图。"

"不就是争取贷款吗?"

牛全海笑了，摆着手让三叔把头伸过去才说："占国啊，你大概还蒙在鼓里吧。你真的就要贷款上啥炼钢？这可都是杨大金的圈套。他的真实意图不过是借此机会捞取一个好名声，为将来的升迁做准备。他只不过是把你我当作可以利用的工具。他这几年在高塘镇干了些啥，你还不清楚呀。听说他个人在经济和作风方面的问题都是很严重的。占国啊，为了我们高塘的未来，咱们得向上面反映啊。我已和县委管组织的张副书记简单汇报过几回。这回咱就详详细细地说一下。"

我三叔愣了一下，有些不敢相信自己的耳朵。

牛全海又继续说："占国啊，你的为人我是再清楚不过的。在关键时刻可不能感情用事啊。听说杨大金收过你一套上万块钱的红木家具，是他女儿出嫁的时候。这是真的吗?"

牛全海慢悠悠地说着这些时一双眼睛死死地盯着三叔，带着一股彻骨的寒气。他想从我三叔身上看出点儿什么来。

三叔的脸上依旧挂着笑。他很坦然地说已经记不起这件事了，像是有，又像是没有，实在记不太清了。

牛全海摇摇头，用异常锋利的目光追问着："你再好好想想，心里不要慌乱。是不是一时想不起来了?"

我三叔还是摇了摇头，苦笑了下说："实在记不起来了。"

牛全海叹了口气，蠕动着嘴唇说："你再好好想想，好好想想吧。"

三叔后来说，牛全海这次上城是做了充分准备的，他还带着一大堆材料呢？其实，他支开杨大金让三叔跟着来，用意是十分明显的。即使三叔什么也不提供，到时也是说不清的。至于如何回去向杨大金交代贷款的事，那还不是随他自己说。三叔明白了这一点。

不过，三叔想，既然来了，就得想法儿见见行长郑万喜。这可是个炙手可热的人物，说不定啥时还能用得上呢？

在县里这几天，牛全海安排得很轻松，除了到张副书记那里就是吃饭喝酒，要不就在房间里看电视。牛全海又像年轻了十多岁，黑瘦脸上的笑色也格外得多。

临回去前的最后一个晚上，三叔坚持要见见郑行长，牛全海一直不好拒绝，就领着去了。

三叔乘机买了不少的贵重东西，大包小包提着。方头大脸的郑行长倒是个爽快人，把东西收下了，似乎还对三叔挺感兴趣。三叔瘦削的身子跟他站在一起，更显出了他的高大。

他喜欢三叔的果敢和精明，目光里也就多了几分柔和。但是，三叔凭自己的直觉从他的目光里发现了一种什么东西，这个人不但贪财，还对色特别感兴趣。他的言谈举止中明显地表现出对家里的这个带点麻子的黄脸婆很不感兴趣。

于是三叔悄悄地在心里想：这次来虽然没有办成什么事，总算认识了这个郑行长，也不失为一个收获吧。

他还乘机问了好些贷款方面的行情，郑万喜笑眯眯地很有涵养地回答着，而且回答得很细致。牛全海见我三叔问的话有点儿多，不禁皱了下眉，但又不好意思说什么。

9

杨大金没想到在贷款上扎扎实实碰了个软钉子。不过，他并不灰心。心想也许是自己急躁了，把本来复杂的事情想得简单了。他三天两头找我三叔商量相关的事宜。

三叔虽然明白牛全海的真实意图，但又不能给杨大金一下捅透，心里也觉得怪不是滋味儿。在他们两者之间，三叔只能是都不得罪，又都得罪。

从心里说，三叔在某些方面倒是赞成杨大金的观点。凭他的感觉，铁厂是得在巩固好现在的基础上有个大发展，虽然目前经济形势普遍不太好，但也不能老是局限在某一个范围内，得完全根据市场的实际情况来定，不能完全靠想象迎合大气候。

从他了解到的一系列市场行情看，再细细算笔账，上炼钢有些好高骛远，贪大求全。首先是市场行情不行，在很长一段时间内呈下滑趋势。再退一步说，即使市场形势好转，也不会解决什么大问题。

从宏观上来说，国家正在逐步取消或限制炼钢方面的小规模生产，虽然在当地的范围内仍有一定的先进性，但从长远看是没有什么发展前途的。相反，生铁市场的形势倒始终是十分的火爆。如果扩建一座一百立方，或一百五十立方规模的高炉，都是有账可算的。首先是投资小。如果上炼钢用三千万，这还用不了三百万。再就是建设周期短，利用好现有基础，时间抓得紧的话六七个月就可以建成，不到一年就能拿回全部的投资。

经过反反复复的叨量，我三叔想取消炼钢，扩建高炉。

开始，三叔还不好意思跟杨大金说，可见他一次次的来催上炼钢的事，就断断续续地把自己的意图说了。

杨大金不相信我三叔会说这些话，当确定是时，他的眼里几乎能冒出火来。他的身子有些发抖，结结巴巴地说："占国，——你，你去外边跑了半天难道就跑了个这？扩建炼钢是镇党委、政府集体定了的事。我也多次在县领导面前表了态的。你叫我怎样交代嘛？我不管什么市场不市场，我要维护——维护党委政府、领导班子的尊严！维护县领导的尊严！"说完，杨大金猛地站起来，就坐车回镇里去了。

那一次，三叔没想到杨大金会发这么大的火，更没想到牛全海下午就知道了。他打电话给三叔说："占国啊，你这是唱得哪门子戏呢？你不上炼钢还要上个啥炼铁，难道还能提你个党委书记不成？眼睁睁地费那些劲儿干啥？你往杨大金脸上贴金人家能说你好吗？"牛全海的措词在轻松中透着一种严厉。

三叔一直没有表态。

当时，我注意到他的脸上虽有笑容但内里却是紧紧地绷着的，比院里的铁块儿还要僵硬。

10

“到底扩建不扩建高炉呢？”那时候，我三叔的脑子里一直在回荡着这句话。

有一种声音对他说：占国，要坚决上，一切以市场的需要为准则。你是铁厂的厂长，法人代表，有权做出这种选择。为了厂子的发展，为了经济效益的提高，更为了你自己将来的发展，你还犹豫什么呢？

另一种声音却说道：占国，占国，你虽然是厂长，但在决策中要考虑到各方面的因素。既要听从党委、政府的安排，又不能得罪对你有恩的牛全海。这样才能把你的厂长稳稳地当下去。你要明白，这可是为了你自己考虑的啊！

……

这两种声音在三叔的思想中来来往往地交织着，一时一刻也不能摆脱。

在三叔的眼里，不知啥时又出现了那条神秘的红线，有力地向他飘来，飘来，整个山峦飘动了，他的身体也觉得飘动了。他迎着那一切上前去，前去……

11

决定扩建高炉是三叔决心摆脱那条神秘的红线时定下的。

为了取得镇里的支持，他一次次地去找，但却没有效果。杨大金还说要用发红头文件的方式来确定上炼钢。我三叔知道如果那样情况就更复杂了，得赶紧想办法。

那天傍晚，三叔请杨大金商量上炼钢的事，地点定在了离镇招待所不远的“美死你”大酒楼。杨大金以为是三叔改变了主意，就兴冲冲地来了。在那种特别柔和的气氛里，他喝了很多的酒，三叔也陪他喝，边喝边说，越喝越带劲儿，越谈越高兴。

第二天早上，杨大金醒来时却见自己一丝不挂地跟饭店的女招待躺在一起，那女人睡得正死呢？打着很响的呼噜，一只手还搭在他的身上。

杨大金吓了一跳，额头上马上就有了细密的汗珠。他想找衣服，可那女人的手死死地搂着他。他稍微动了下，那女人胳膊上的肉一颤一颤的。

不多会儿，我三叔进来了。本来是满面春风的样子，一看见这就把眼睛瞪得溜圆了。可他还是笑着问杨大金昨晚是不是喝多了。

杨大金羞得早已把脸扭向了里边，不顾一切地扳开那女人的手找衣裳。他一边找着一边在心里狠狠地说着："高占国啊高占国，可真有你的。可真有你的。我算服了你了！"

后来，杨大金对三叔坚持要上高炉再没有提出什么不同意见来，更没有发什么红头文件、绿头文件来限制。

随后，我三叔又去了牛全海的家里，老头儿的火气还挺大，把脸扭向一边冷冷地招呼着他。

我三叔后来说自己当时并不在乎，依旧非常热情，该叫什么叫什么。

最后，他对牛全海小声说："听说您的矿点儿最近产量很大，我准备再给您提高百分之五的品位，而且进一步优先保证您的资金回笼。"

牛全海发皱的眼皮先是拖拉着，听着听着就全部摊开了，使劲儿地晃了晃。他再次十分随意地望了下三叔。

我三叔又说："你儿媳妇翠花儿在家没事，我看就让她到铁厂质检科吧。这孩子有眼色，文化水平高，我看不会打锅的。我这也算量才录用吧。"牛全海听到这里时眼睛睁得更大了。

走出他家大门时，我三叔笑了笑，心里有一种说不出的滋味儿。

12

那个下午，副厂长老李来找三叔，说是杨大金书记病了，要不要去医院看看。我三叔笑着说："那你就代表我去看看吧。记住，多买些补品。"

其实，三叔知道杨大金那是心病。这次他非但没提拔成，还受了一顿批评，眼睁睁地看着临近比他差一大截儿的乡书记、镇长们，由于搞了个徒有虚名的跟那些假外商联合的狗屁公司，或别的什么，转眼就成了县委办主任，有的成了各大局的局长。他心里能平衡吗？

我三叔知道牛全海对这点特别感兴趣。本想顺便给他谈起这些时，再恳求他一起去县行找郑万喜，可后来他改变了主意。他以为牛全海不可能去的，即使去也不过应付罢了。

三叔知道他的性格，想办的事一定要办，转过脸不顾屁股；不想办的事也不希望别人办成。谁要去硬办，就是跟他不一条心。

安顿好厂里后，我三叔决定单独去找郑万喜。有了上一次的接触，他觉得这个人虽然刁滑虚伪，颇有心机，但并不是没有薄弱之处。应该从这方面撬开一条缝。

这人不仅仅需要钱，更重要的是急待满足精神上的饥渴。如果从外地找一个有姿色的女子，去他家里当保姆……

不行，那样会引起他老婆的警觉，反而会坏事。

这件事要办得十分巧妙，不露痕迹。不如在县城以厂办事处的名义租两间房子，让那女孩儿住进去，不断地适应郑万喜。那里就会成为一个枢纽，联系着郑万喜和自己这头儿。

这安排郑万喜该不会反对吧。

这些人往往既想吃腥，又怕惹骚。

这样想时三叔的心里很舒服，眼里射出的光也特别有力。

这些三叔当然没有告诉我，是之后我渐渐地从他的眼睛里看出来的。

第一次上县，是三叔一个人去的。他并没有直接去找郑万喜，只是在县郊区的几个偏远的地方转了转。他在寻找一个既干净又清幽的地方。他并不着急，一家一家地寻问，最后终于确定了一家带院子的两层小楼，独居时绝不会引起别人的注意。

回来后没多久，他又去了邻近省的一个穷县。几天后的一个傍晚独自开着车回来时，他真的带回来一个女孩儿。大约跟我差不多的年纪吧，好漂亮好文静呀，好像是从几千年前的一段历史中走来的。她还微微地朝我笑呢。

三叔和那女孩儿在我家简单吃了饭后，三叔说：“小二，这回你也去吧，天不亮就走。”三叔这样说时脸上的表情很严肃，不容我去思考。

上了车后，我们三个人很少说话，只是相互看看。偶尔，那个女孩儿还冲我笑笑，我也很有分寸地回敬一下。

上午十点来钟，三叔在一所房子前让那女孩儿下车了。他让我待在车上，不要走远。我看着他们七拐八拐进了几个胡同后就不见了。

我不禁胡思乱想起来：那个女孩儿今年多大了？在什么地方工作？什么学校毕业？她有几个兄弟或姐妹？她有什么爱好？她那双会说话的眼睛里似乎藏着一股火辣辣的味道。

三叔回来后，我们就直奔县农行。在那宽大的办公室里，我们等够一个小时，郑万喜才瞅空儿接待了我们。

起初，他好像根本就没见过三叔，一点儿印象也没有。停了好大一会儿，他才拍了拍额头说：“想起来了，想起来了。你看我这脑子，上次你和我姐夫到过家里呢?”他说着上前紧紧地握住了三叔的手，比好多年没见的老朋友还亲热。

坐下后，聊了好多不着边际的话，三叔才提起了贷款的事。我三叔详详细细地说了自己上任以来的情况，并说扩建高炉是结合本厂的实际和市场的需求而定的，已得到当地政府部门的理解和支持，大约需要二百九十万元，贷期一年……

三叔一边谈一边看着郑万喜。发现他慢慢地把脸拉下了，明显露出了为难的神色。他连着点了几支烟，速度很快地吸着，不时地皱一下眉头。

他克制着等三叔讲完后就直截了当地说道：“占国老弟，你的雄心壮志我很佩服。我从心里愿帮你的忙。再说啦，咱们也不是外人。可我有难处啊。在当前金融系统不断深化改革的形势下，面对这么多陷入困境的中小企业，有的要吃饭，有的要发展……”郑万喜说着这些时，两手摊着，两片厚厚的嘴唇不停地来回咂巴。

其实，他在说这些时早想到了姐夫牛全海打过的招呼：如果占国以后去你那里贷款，若是解决本厂生产经营方面的流动资金，也不妨稍为解决点儿。若是用于什么项目开拓的，一分钱也别贷给他。

郑万喜从内心里是十分尊重姐夫的。他不能忘记自己当年初中毕业后穷途末路时，是红得发紫的牛全海帮了他一大把，到外边当了工人，直至一步步地混到现在。

三叔看看已近中午，就提出吃了饭再说，“着什么急呢？慢慢谈吧。”

郑万喜一直说没时间，以后再说吧，可经不住三叔再三的相劝，也就不好再说什么。

地点选在一个十分幽静但又富丽堂皇的大饭店里，除了我和三叔外，还有那个年轻的女孩儿作陪。当她一掀门帘进来并且朝着郑万喜笑了一下时，他就有点儿坐不住了。

开始时，他还竭力控制着自己，后来经过几杯烧酒的刺激，他的目光就拉不住的直了，说话的声音也变调儿了。

按说他一个大大的行长经历这样的场合也不少，见过的女孩子就更多，可这样的女孩儿他似乎还是第一次看到。

那个女孩儿很会用眼睛说话，不断地给郑万喜端杯敬酒，使他有点儿忘乎所以了。

出去解手时，三叔乘着醉意对着郑万喜的耳朵说了不少的话，那家伙是弯着腰咯咯咯咯地笑，一句话也说不出来，一口大黄牙完完全全地露在了外面。再进包间时，三叔拉着他的手乘机把一串冰凉的钥匙和厚厚的一摞钱给他塞进口袋里。郑万喜推让了几下，也就没有说什么。

他们再坐下时，气氛更显得热烈了。三叔又让加菜加酒。这时的郑万喜全不理会这些，只是拉着那女孩儿的手有力地揉搓着，像揉搓着一块晶莹透顶略带暖色的白玉。那女孩儿不说一句话，只是嘻嘻地笑着。

回去的路上，三叔的车有点儿开不稳。他喝得确实不少，车也走得很慢。他还不时地回头问我：“小二，小二，叔今儿出洋相了没有。叔没出洋相吧。”

我看着结结巴巴的三叔没有说话，只是想让他把车开得稳当些。而三叔后来说，他觉得我们俩当时就好像乘着那条神秘的红线向前飘动着，飘动着，随时都有掉下去的可能。

13

回去后，三叔躺了好几天。他的胃本来就不好，一次就喝那么多的酒，真出乎我的想象之外。不过，资金问题总算可以让他长长地出一口气了。

以后他又独自跑了几趟。每次回来眼里都放着光，跟人说话时也更干脆了。

他很少到镇里去，除非不去不行。

这倒使杨大金的心里犯开了嘀咕。

这个高占国，不是硬要扩建高炉吗？咋也没见个啥动静，是方是圆也该给我通个气儿呀。

凭杨大金的直觉，他不相信我三叔离了他能建成啥项目。因为自己在高塘赖好占着那个位置，说话不说话是不一样的。除非你高占国去找牛全海，可老家伙并不可能帮忙。因为他不仅不同意上炼钢，还不同意扩建高炉，总怕给杨大金的脸上贴了金。

杨大金虽然佩服三叔的心机，可又觉得他一个人的能力毕竟有限，能巩固好现有的基础到年底给镇里交利润就行喽。反正自己也没提上去，你高占国想怎么就怎么吧。即使高炉上去了，也为我搁不上多大的劲儿。李书记已对我有了看法，特别是他那火气很冲的年轻媳妇。想着想着，杨大金苦笑了一下。他拂了拂顶上的头发，似乎又多了几缕白色。

开春后，天气有些暖和，手头儿没啥特别紧的事，杨大金就想独自出去看看。他不想坐车，倒很想领略一下那路旁长出绿叶的春意。

信步走来，轻柔的暖风在他那胡子有些长的皱脸上很生动地扑闹着。他用手摸了一把，却什么也没抓住，心里却有些高兴。他就顺着铁道那边人少的小路继续缓缓地走着，不知不觉就走向了镇铁厂的方向。

离铁厂不远时，他猛地发现厂里好像多了什么，在几个三十立方的小铁炉之间正在起着一座大炉，那家伙粗粗的，笨笨的，已窜出地面老高……

看着看着，杨大金的眼神就有些发呆。他不愿相信眼前的现实。当确定这一切是真的时，他真想去看看，看那高炉到底有什么奇妙的地方，可没走几步他就停下了。他的脑子在飞快地转动着。终于定在了不能去的那根弦上。觉得还是在旁冷静地观察合适。有时人在圈外比在圈里清醒些。横竖那高炉建成了对自己也没多大好处，建坏了也没多大坏处。他高占国有能耐尽管去使吧。不是想抢市场吗？就让他尝尝市场的滋味儿。

杨大金开始往回返时继续想着，到该我表态时可表——你建好了我还会表扬呢！你建坏了我更能批评，甚至揪住你不放！

想到这里，他笑了笑，香香地吸上口烟，浑身上下一阵舒畅。他一边走一边四下里乱瞅着，见几只小燕子在嫩黄的柳枝上毫无顾忌地扑闹着。他忍不住痛痛快快地放了一个响屁。

14

我三叔在感到得意的同时也隐隐地有一种说不清什么的感觉。不少时候，他确确实实地感到那条神秘的红线断了，断成了零零碎碎的几截，那耀眼的带着风的红色再也不能缠绕他了，它身后的山峦也在悄悄地隐去，仿佛谁在那头儿牵着似的。

我三叔常常从这样的幻觉中走来，额头上爬满了细密的汗珠。他的心里不能平静，点上支烟，仅仅在两手间交换着，久久地凝视着高处的天空。

他后来说，随着资金问题的解决，其他工作一步步铺开，好多旧有的原料都用上了，外地请来的师父也很卖力，但他总觉得哪些地方不对劲儿。

那天早上，他觉得眼皮直跳，有些发麻，就问我三婶：“家里没事吧?”

三婶没搭腔。

等又问时才倔了他一句：“你有病咋的，家里能有啥事?”

三叔说觉得狗的叫声有些特别。三婶笑了。笑罢就去忙别的了。

到厂里后，三叔还那样想，眉头拧着。副厂长老李见他绷着脸就半开玩笑半认真地问："没啥事吧？"

三叔怔了一下，就说起了自己的感觉。可没等他说完，老李也笑了。笑罢以后就说："你是不是神经太过敏了。这一切不是都好吗？"

"啊，啊，对了，对了。"老李猛地拍了下自己的脑袋，身子往起一跳，又加大了嗓门儿说："我忘了告诉你，今儿早上，销售科说东北一客户来订生铁。销售科说现货不足，等大炉建成再说吧。人家二话没说就先预付现金十万元。科里保证大炉投产后所产的生铁优先供应他们。你说，这不是好事？"

我三叔听罢眼前一亮，但时间不长就又收了回去。他不愿让人看透他的心思。

晚上回去后，他和我三婶在饭桌上无意中唠起这事，三婶也很兴奋，脸上红扑扑的，一个劲儿地数落三叔："你看，你看，早上你还神经兮兮的。"

三叔并没有说话。他在盘算着，照这样的势头下去，只要在三两年内行情不变，厂里不但能尽快把全部投资收回来，还能彻底地来个鸟枪换炮！

夜里，他又看到了那条零零碎碎的红线，在逐渐远去的萧瑟的山峦上无力地爬动着，爬动着，还呼哧呼哧地喘着气……

15

谁知意想不到的一件事情发生了。

那天傍晚，三叔从县城回到家还没站稳脚跟，老李就把电话打到了家里，说高炉工地上一个工人被砸死了。这个工人恰好是牛全海的一个侄女女婿……

三叔还没放下电话，他就听见一个女人哭着找上门来，一进门就抱住了三叔的腿，一声低一声高哭得更厉害，怎么跟她解释也不听。

三叔赶紧给杨大金打电话，是她老婆接的。听说这事就齐整整地说了声："不在。"他又给牛全海拨，不知怎么老占着线。

三叔还是第一次摊上这事，一时急得没法儿，愣了一会儿，又给厂里打。没多会儿，老李就呼哧呼哧地赶过来了，还有其他几个人，一起蹲下来做死者媳妇的工作，但越做那女人哭得越厉害。

这下，所有的人都是洋鬼子看戏，傻眼了。呆呆地看着她干哭。院子里早围了不少瞧稀罕的人。老李的一双眼睛死劲儿地瞅着三叔。三叔心里虽乱，但强作镇静，不动声色。

他不知什么时候坐在了旁边的椅子上，把嘴对到那女人的耳旁说："老嫂子，你还不知道吧，前一天离咱这儿不远的矿山上砸死了五个人，死的比元的哥还惨，浑身上下没一点儿好。"

"是真的，俺咋不知道？"

那女人的眼泪马上止住了。

三叔详细地说起来，说来说去又说到了钱上，让她先回去，厂里会妥善处理的。三叔说："至于你和孩子的生活费，我就做主包你个四万五万的。"

一谈到这儿，那女人的眼睛睁得老大，声音也提高，很果断地说："离了十万块钱，不行！半分也不行！"

三叔没及时表态，她"哇"的一声又哭了起来。

三叔说："厂里现在实在没有这么多的钱。咱建高炉还是贷的款呢！"

"这个可骗不了俺。不是有人先预付给生铁款十万块呀？"

我三叔摇了摇头，伸伸脖子，心说这女人，鼻子还挺灵敏的。我就是不给你那么多，看你能怎么办？虽这么想，三叔还是以为应该有个交代，惊动了安全部门那就更麻烦了。

那女人似乎也猜透了三叔的心思，连着几天在这里不吃不喝，以后干脆连哭的声音都没有了。她爬到院里的泥地上，双手紧紧地抱着一棵碗口粗的苹果树，头发披散着，浑身上下脏乎乎的，也不在乎什么刮风下雨天。

第三天早上，牛全海也来劝她，摇着头拍着胸很动感情地讲三叔的难处，讲厂里难处，也讲到死者的难处。他让厂里赖好包些生活费就算了。

可那女人一听牛全海的声音，把本来已经很微弱的哭声攒了攒又全部挤了出来。牛全海也急了，涨红的脸上蠕动着一根根青筋，竟拿出长辈的尊严要打她。他左手又脱下一双硬底鞋来，一边弹着走一边喊着："我叫你不听话，我叫你不听话，我现在就替你爹娘好好教训教训你，免得你给我们牛家丢人现眼……"

我三叔急忙上前阻拦。不过，他看出了牛全海的动作里明显带着一种很勉强的作做劲儿。心里想：说不定都是这老家伙在背地里出点子呢！

到第四天傍晚，我三叔眼看着要出人命，那女人已成了一堆泥，嘴里只有一口气连着，但仍咬紧牙关不松口，一双眼睛翻来翻去十分可怕。

我三叔没法儿，只好主持召开了厂务会，把东北客户的十万元现金作为丧葬费处理。

下葬那天，厂里又去了不少的人，吹吹打打的很热闹。

办完这件事，三叔浑身上下整整瘦了一圈儿。

没多久，杨大金来家里看他，见三叔脸上蜡黄蜡黄的，像大病一场，就连声自责着说："你看，我到外地考察几个项目，偏偏就出了这事。你可受了大辛苦啦。我代表党委、政府感谢你。你可得保重身体呀，咱镇经济的发展全靠你啦。"说着这些时，杨大金的声音有些低沉，泡泡眼里似乎要滚出泪珠来。

我三叔挺了挺身子，想哭一顿，却忍不住笑了下。

16

看着高炉在一天天地升高，三叔的心情才多少舒展开来。但他的视觉中仍是不断地显现出那条神秘的红线，远远地从起伏不平的山峦上向他飘来，飘来。它身后的山峦也飘动了，直冲着他新建起的高炉。他像换了个人，一天天地在高炉周围转悠着，好像怕这高炉一夜之间飞走似的。

老李总在后头跟着，琢磨着三叔的心思。

一天，临下班时，他试着对三叔说：“看你为厂里坐卧不宁的样子，好多人心里都受感动。我就想着弥补前段时间的疏忽。为求个长久安宁，不如去高塘山上请神狐来关照关照吧。兴许早早去了，就会没有那一折。”

三叔只是看着他却没说什么。

老李就知道我三叔同意了。他相信自己的眼力。

老李又说：“那就让我去办吧，叫别人也不一定办好。”

三叔看了他一眼，算是明确回答。

四月的天，已带不少热气。那山沟沟路不好走，老李只能骑自行车，推推骑骑，骑骑推推，浑身上下沾满了灰尘，好不容易才上到了山上。他在寻找着神狐的踪迹。他找啊找啊，神狐没找到，却在一座石房子里找到一个尘头垢面号称神狐化身的个头不高腿有些拐的山里先生。

那人年纪不大，却一副老成相，薄薄的嘴唇里吐出的每一个字都带着一丝古气，好像是从很深很深的洞穴里飘出来的。

老李拍拍衣裳，把口袋里的红包抖抖地递给他时，才又飘出一句：“把你的手——伸过来。”

老李很小心地伸过去。

山里先生双眼微闭着，坐在那里看。约莫有一支烟的功夫，他忽然睁开眼睛，口气很坚决地说：“我知道了。你那个厂子里有黑狗精在作乱。这是一条至少有一千年的黑狗精，幸好只有一千年。我神狐还有办法拿它。”

他让老李回去后找三个三年以上的桃核，三两三年以上的朱砂，还有三两三年以上的不见阳光的四合土，把这些东西用画了道符的黄纸包好，到夜晚星星上全时再一起埋在高炉底下，让厂里主要领导恭恭敬敬地磕上三个头，就没事了。

临下山时，山里先生不仅给了老李几张画满道符的黄纸，还给了一塑料壶清水，说这是山里的神狐经常饮用的，纯净甘甜，能避灾祛邪。

回去后，就让你们厂长喝了。

老李极其慎重地接了过来，手有些抖，像接着一块儿金子。在半路上，老李想：我还是偷喝点儿吧，回去就没有机会了。要是问时，就说本来满满的，可山路特别难走，不小心给洒了。

老李这样想时就笑了。

老李回来，我三叔很认真地听了他的汇报，没有说什么。第二天，他特意洗了个澡，换了身干净衣裳，就叫我和老李去。老李紧紧地跟在三叔的后面。我发现他的腿有点儿抖。

那天晚上，星光很好，映照着三叔一脸的沉静。他先喝了神水，就在地上挖一个小坑，把东西放进后，才悄悄地盖土，最后小心地磕头。老李麻利地跟着跪下。我显得有些迟疑。

三叔的视觉里又出现了那只火红的飘动起来就像一条红线的神狐，向他飘来，飘来，还有它身后的厚实的山峦……

我三叔的眼睛轻轻地闭上了，闭上了。

三叔怎么也没想到的是这次祛灾不久，就会有不愉快的事儿来临。

那天上午，他正在主持召开高炉扩建的后期工程会议，就有一辆小车开进了厂院，先下来的是党委书记杨大金，后面跟着县纪委的同志。

三叔正讲到兴头儿上却被人打断了。他出来后见杨大金后面跟着两个手拿公文包的人，就预感到不对劲儿。

等到办公室时，才知道是郑万喜的事犯了。在他的收贿笔记本里发现了三叔也伸着一腿，三叔不仅送礼，还收有三万块钱的回扣呢？

县纪委的同志说这些时语气不紧不慢，好像在背着一条人人都知道的数学公式。纪委同志又宣布，高占国从今天开始停职审查。同时，封闭厂里的账户。杨大金仍没有表态，依旧一支接一支地吸烟。但从他的神色可以看出完全同意纪委的安排。

等人家又征求他的意见时，他小声地说了声没什么，只是建议由老李来主持厂里的工作。

我三叔后来才知道，他一开始和牛全海上县城贷款时反映的问题杨大金都知道了。杨大金开始听县里有些人说时，还将信将疑，可铁厂的老李在一个下着小雨的傍晚偷偷地去告诉他时，心里的那团火才腾的一下窜起老高。但他一时又不能拿我三叔怎么办。

正巧他想瞌睡时，有人送来了一个挺不错的枕头，郑万喜的事犯了，还牵涉了我三叔。

杨大金心里禁不住一阵狂喜，正好可以一箭双雕，把牛全海那老家伙再带出来。他就不信牛全海在铁厂的手脚那么干净。也许问题还很大呢。那可就有好戏看了。

县纪委的人一来，屁股还没在镇里坐热他就领着上铁厂来，在车上尽量沉稳地吸着烟，不露声色。

在办公室里，三叔在我倒水到他跟前时乘机塞给我个纸条，我暗暗地攥在了手里。我的心里绷得紧紧的。不知道三叔以后面临的是什么。

后来，我眼睁睁地看着他们把三叔带走了。至于到什么地方，我也不知道。

三叔后来给我说，上车的刹那间他又想起了小时候在奶奶的故事中眼泪和鼻涕糊得到处都是时的情景，不禁咧开嘴笑了下，笑得很有些酸苦的味道。

三叔笑着时又望了我一眼。

我猛然记起过去看过的电影中地下党被坏人抓住时的情景，顿时觉得爬在脸上的阳光很重，又紧紧地攥了攥手里的纸条。

我到个没人地方看纸条，上面只写着很简短的几句话：小二，交给你婶，让她按原来想好的办。

我看不明白这是什么意思。可我想三叔不会有什么事的，凭着他和牛全海的关系，在关键时刻该不会无动于衷吧。可这个牛全海始终按兵不动。

后来我才清楚牛全海的真实意图。他当时似乎明白杨大金的心思，一边是内弟，一边曾经是自己最得意的部下，不能过早出面。只能静观其变，先保护好自己再说，绝不能让杨大金捞到什么。

17

我三叔一走厂里就全乱套了。老李这时才真正意识到三叔的分量。

他不断地到镇里问党委书记杨大金该怎么办？

杨大金的心思却不在这方面，他关心的是那件事究竟会有个什么结果。他觉得这段日子特别难熬，每过一分钟都是那样的漫长。他一口一口地抽着烟，看着在旁边抖抖瑟瑟的老李，马上有一种说不清楚的非常厌恶的感觉。

在以后的日子里，他就是这样慢慢地等待着。

不过，令他做梦也不会想到的是，我三叔会在一个早上大摇大摆地回来。本来说是要起诉的，却只给了个党纪处分。

与此同时，杨大金的调令却下来了，仅仅是平调，而且是到全县一个最荒凉最偏远的地方，简直等于“流放”。

按说调动之前，县领导应该先让人和他通通气，这次却连谈话都没有。他擦擦额头上的汗，不住声地叹气。他觉得嗓子眼儿里发虚，浑身上下冒冷气。

我三叔回来的头一天，牛全海就到家里探望了。他说：“占国啊，这回为了你的事，我可是拼了老命啦。总算人家给了面子。”

我三叔笑着跟牛全海说话，一个劲地表示感谢。再三的感谢。

不过，三叔又再三的表白自己有罪，确实有罪，领导这样处理真是太轻啦，以后还得去找他们，加以澄清。

牛全海一时愣住了，像听天书。

三叔却笑了。

“那厂子怎么办？”

“我已向镇里推荐了新的厂长人选。”

“谁？”

三叔没有回答。

我三叔也不在乎什么厂长不厂长了，精神比以前还要好。他有一天到我家里笑着说：“小二，还跟着叔干不？三叔要是去县里反映自己的事，厂里的事就靠你了！”

我望着三叔笑了笑。他也笑了。

18

杨大金走的那天，雨水哗哗地下着，无边的雨幕把整个高塘镇遮了个严严实实。我三叔浑身湿淋淋地站在杨大金的门口摸一把脸上的雨水进去时，杨大金愣住了。他没想到我三叔会来。

我三叔就那样站着，望着他笑。杨大金走过来紧紧地握住了三叔的手，但什么也没说。他目光中透出的意思是我没有去看你，你倒来看我！

我三叔仍是笑，笑得很朴实，也自在。杨大金也笑了，但含有一丝苦味儿。

外边的雨下得更大了，更大了。

我三叔说："我也要走了，去县里找纪委重新处理自己的事，把一切都弄个清楚。"

杨大金一眨眼，没明白三叔的意思。

后来明白了。

杨大金默然。

三叔真的走了，步子很坚决，头也不回。他走了很长时间，才不经意地回头一看，杨大金在送他，站在一个有遮雨物的高台上。

三叔又笑了，继续走着，很快就被无边的雨中的山峦吞食得无影无踪。

他又觉得那条红线似的火红火红的神狐向他飘来了，飘来了，它身后乌青色的山峦也飘动了，飘动了，似乎还看见了早已逝去的奶奶，她还是挤弄着那张煽风嘴……

附记：

1999年7月，我从河北作协、廊坊师专作家班毕业。也就是在这一年，我创作了《山市》这部中篇小说，虽然对20世纪八九十年代大上乡镇企业的生活还不能淋漓尽致地反映出来，在表现技巧上也有生硬之处，但我却付出了自己的热情！感谢刘又峰老师的关注，正是在他的帮助下，这篇作品才发表于当年的《邯郸文学》增刊。

三叔是一个矛盾的组合体，他既有结合实际努力工作的一面，也有为了达到目的不择手段的一面。他在镇书记杨大金和村书记牛全海以及企业市场之间周旋，一次次进行着艰难的选择！人们通过三叔这个人物可以感受到当时所兴起的乡镇企业由盛转衰的艰难发展历程，并对三叔这个人物形象最终的选择感到深思！

我的第一篇报道

20 世纪 80 年代初期，我从地区报社举办的新闻写作班结业后便回到了大山深处的家乡，并且通过县里的考试有幸成为乱石镇文化站的一名工作人员。不久之后，文化站又划归宣传委员“张大炮”的麾下。

正式报到的那一天，父亲一直拉着我的手把我送进那个立着红大门还算洋气的乡镇大院，那是我们整个乱石镇最为显眼的标志，也是整个乡镇的权力中心。它坐北朝南，前后一连三个院子，原是一所地主的宅院，后来在民国时成为太行区党委的旧址所在地。新中国成立后，又先后成为区政府人民公社和乡镇政府的所在地。

我在父亲那双粗糙的大手中传递出的温暖的鼓励下消除了心中的迟疑，慢慢地走向那个红大门。在即将接近的一瞬间，我忽然产生了一种幻觉——我的瘦小单薄的身子慢慢地与那个红大门以及大门内的瓦房、院落、梧桐树、凉亭、水井以及细瘦的妇联主任那笑声融合在一起，而父亲紧紧拉着我的那双手离我越来越远了。他的相貌和身影不断模糊，甚至从他手心里传递出的温暖都要模糊了。

我进入大门后，穿过前院的凉亭，又向右顺着小胡同拐进了后院那个像城堡一样的大屋子，这里是一个大办公室，正面的土墙上悬挂有大幅标语，两侧用砖墙隔出两个小办公室，正室左侧有一个全是木头做成的大办公桌，上面横着一个黑色的手摇电话机，旁边还有一把至少已有几十年历史的太师椅……

这里氤氲着一股冷冷的寂静，漫长的寂静。

我站在这个大的有些空旷的办公室里，一时不免有些迷茫，站也不是，坐也不是，仿佛真的走进了卡夫卡小说中所描述的那个城堡里，只有时间的嘀嗒声还在温柔地敲击着我的心房。

不过，我也在自己的心中竭力搜索着早已听到过有关张大炮的传说。张大炮原是村里的民兵连长，20 世纪 60 年代后期在市县组织的民兵大比武中屡屡夺魁……一时间老张好不得意，不仅在他的村子，也成为整个乱石县最为响亮的人物。

后来，要不是他在地区狠狠地放了那几炮，也许要比现在的位置高得多。

他在参加表彰会时，几位记者到宾馆采访，其中有一位问张大炮："解放都这么多年啦，你们大队群众的生活是个啥状况？一个人一天能吃多少白面?"

一听问这，张大炮的炮门就打开了，直接挑明了大队的社员们是如何的吃不饱，不用说连白面的星子都闻不上，就是吃树叶都有些困难！

……为此，报社的记者唏嘘着，并借此采访写了一篇报道发表在了报社的内参上。

殊不知张大炮放了这几炮倒是痛快了，但造成的影响却不亚于在乱石县放了一颗原子弹，县社的领导都像没头的蚂蚱一样乱蹦乱跳。至于他本人就更惨，县上本来准备一回去就安排他到县武装部当个科长什么的，可现在出现了这种情况，相关领导只好相互笑了笑说："算逑了吧。要是迁就了这小子，还不知再会放出什么炮呢?"就这样，张大炮到县武装部的事黄了，但张大炮的名字却更加响亮了。

后来，这并不影响张大炮走上当兵那条路，转业后到地方工作，算是在乡镇的公社里弄了个宣传委员。

……

忽听吱一声，右侧的一扇木门打开了，一位穿着一身皱巴巴的黄衣服，那灰白的头也在有意无意不断摇晃着的中年男人出来了，他是迎着我来的，原来他就是宣传委员张大炮。

老张用眼角的余光示意我坐下，又用有些弯曲和发黄的手掏出一支烟吸起来，慢慢地抽几口，又紧紧地抽几口，他才慢条斯理地说话，但并不看我。

“听说正式报到之前，郝副镇长已考查过你一回，对你挺满意的。”

“我，我……”

“别老是我，我的。”

“我……”

“不过，我也要考查你一下。”

“那，那……”

“这里没有那么多那那的，你也不要有啥顾虑。俺是个当兵的出身，说话从不拐弯抹角。你们年轻人不会多想吧。”

我尽量使自己的身子往前挪一点儿，时刻记着父亲的再三叮嘱，陪着小心说：“没啥，没啥呀，我怎么会多想呢？再说，您也肯定是为了我好。”

“那就好。”

这时，我的额头上冒出一层细汗，原来他也知道郝副镇长考查我那件事啊。

前些日子，郝副镇长确实让村支书肥肠把我叫到了屋里，我一下子呆住了。原来这个郝副镇长我是认识的，只不过我认识的时候他还只是个办公室主任。他的老家离这里也不远，不过十几里地。他弟兄三个，老大有才，老二水旺，老三才是他丑蛋，好在有才无才，水旺不旺，丑蛋也并不丑，到底熬成了副镇长。不过，他现在也可能记不清我是个购葱的还是个卖蒜的啦。

那还是上初中时，在一个被夕阳抹的烂红的傍晚，我们几个同学兴致勃勃地走在平涉线上，好像是老师领着要去支书肥肠家搬砖，路过粮站门口时，忽然看到有辆笨重的拉煤车，它在上坡时掉下了几包东西，到近了看才知是几袋子在摇晃中还活蹦乱跳的公鸡，肯定是外地的鸡贩子图省事挂在了拉煤车的后斗上，又没挂好才掉下去的。

我们当时就觉得这是天上掉下来个大馅饼，也没多想就和几个同学提起来走。他们几个提议提到支书肥肠家里去。我忽然觉得有些不对劲儿，应该先送到公社去。他们几个还在犹豫，可见我再三坚持，也就同意了。就这样，我们费了很大劲儿把鸡送到了公社，接待我们的领导就是这位郝副镇长，他热情地表扬了我们，还把我们每个人的名字记在了一个厚厚的红本子上，只不过当时我们并不知道，他后来乘机把这几袋公鸡的一小部分卖给了公社食堂，一大部分却给了我们村子里后来当上镇妇联主任的何仙姑。这还是我之后上早自习时，有机会看到他披着崭新的黄大衣吸溜着鼻子心满意足地从何仙姑家的小胡同里出来时还仍保留着的浓浓的鸡肉味儿里才得知的。他当时并没有认出我就是前几天到公社送鸡的孩子中的一个。

那个时候，他十分和蔼地笑着把一张纸条递给了我，我非常认真地接了过来。原来是个取苹果的条子，上面简单地写着几行字和一串数字，连具体的日期都没有。我皱了下眉头，然后往外走，可没走几步他又喊住了我，笑着补充一句："去吧，这是一百斤的苹果。记住，要红元帅的那种。"

我一步一回头地走了，手里攥着像圣旨一样的纸条，害怕它从我的手心里飞走了。但是我又有些不明白，这张盖着村支书肥肠手章的纸条上，只是写着取十斤苹果啊，怎么要我取一百斤，难道上面写错了吗？

我百思难得其解。后来，忽然脑子深处灵光一闪，不就是一个零吗？也许是开条的人忘了写了。我又临时添写了一个，果然取回了一百斤的红元帅，顺利通过了郝副镇长安排的考查。

其实，张大炮现在出的题也很简单，也可能是早已烂熟于心，只不过跟郝副镇长的要求相反。我只能反其道而行之。我把依旧盖着肥肠手章的条子上的阿拉伯数字去掉了一个零，这样不就成了十斤了吗？再后来，我把十斤的红元帅苹果交给了张大炮，考查果然顺利通过。

考查虽然通过，我却有些觉得吃不消这个张大炮，而且就是在这种吃不消中写出了我人生中的第一篇报道。

我在地区报社学的是通讯报道，本来想到文化站后在报纸上多发表一些有影响的报道，也好增加自己在乡镇领导心目中的分量。

恰好，这时候镇里响应上边的号召，掀起发展乡镇企业的热潮，主抓乡镇企业的郝副镇长一直想大显身手，他以乱石镇矿业为突破口，提出了"疯狂地想，大胆地干，一天等于二十年"的口号。据说得到了某位领导的赏识，还指示有关部门来这里搞经验总结。在调查组到来之前，郝副镇长不仅在党委会上与张大炮交涉，还把我叫到办公室，多方提醒要侧重组织这方面的报道。

我当时也是心潮澎湃，认为遇到了好的时机。可是这位张大炮似乎并不在意我搞什么报道，相反却有意想让我去山上管什么矿点。

那个矿点就在离镇文化站不远的送子沟水库两侧，其中西侧就是古塔水库灌区的渠道，可是由于资源条件复杂，再加上经营不善，反倒留下了一系列遗留问题。我虽然不违他的意每天都要到矿点上去，心中却时时处处想着如何写出自己心中描绘的那第一篇报道。

有一次，我和一位姓陈的同事骑着自行车到武安附近的2678工厂去讨要矿款，一路上在横七竖八地布满石头蛋子的山路上颠簸着，我的心肝五脏似乎都快要飞出来了。

在下一个大坡时，一辆山西的拉煤车兀地横了过来，由于来不及躲闪，我们被逼下了一块玉米地里。可就在即将落地的那一瞬间，我脑海中的火花一闪，日思夜想的那篇报道的标题竟然像耀眼的焰火一样猛然闪动了一下。紧接着，我们便重重地摔倒在了地上，浑身上下火辣辣的疼痛。

不管怎么说，经过了一段时间的接触，我渐渐地对矿点上的情况有所熟悉，也对矿洞里的每一位民工，矿堆上的每一块矿石有了一定的感情，从这里了解到好多采矿的情况。

这时，张大炮却又一声令下，把我叫了回去，并且让我去专门搞报道，从此我与矿点再无半点儿瓜葛。

其实，这个时候的我并没理会，古塔水库的很长一截子渠道就在我们的矿点上，由于水渠下的矿点长时间开采，已产生许多缝隙。如果由此造成塌方后果将不堪设想。张大炮一个人曾多次到矿洞里外查看，只不过我对这一切并不了解。

我感觉自己应该有些高兴却又怎么也高兴不起来。

我们这乱石镇虽然不太大，但全镇也有七个村庄，不少时候张大炮硬让我骑着自行车一天跑遍七个村，有时还要跑两遍，并且在某一天还要让我至少写出二十篇以上的报道。

那一天，我清楚地记得，省委书记要来我们镇的钢铁厂视察，连市委书记都早早在厂门口等着。我们镇的党委书记和镇长随其后，郝副镇长再紧随其后。这之前，张大炮在党委会上领到的任务是组织搞好报道，要时时搞、天天搞、月月搞……可是张大炮把任务交代完后，我却不知什原因一篇也没有搞出来，后来竟让张大炮在党委会上挨了批。他倒一点儿也没怪我。

真实的情况是这样的，省委书记走后的当天下午，先是镇铁厂的三个民工从炼铁炉的高架上摔了下来，后镇矿队的老狗洞子里又砸死了五个人，都是异常年轻壮健的小伙子啊！另外，这个矿洞恰好又由乱石村支书肥肠承包，据说暗地里都有郝副镇长和镇妇联主任何仙姑的股份呢？

我得到这个消息时，全身都要麻木了，还怎么去写二十多篇报道呢？

天啊，我的眼前又一片惘然了。

不少时候，我坐在文化站小木楼上那满是灰尘的小屋子里，尽管差点儿就要咬碎了笔杆，却是一个字也写不出。我不明白张大炮为什么要让我去那个矿点？为什么要让我离开？为什么现在又要给我交代那些不切实际的报道任务呢？就是在这种苦闷和思索中，我到文化站后的第一篇报道终于出炉了，很快在我们乱石镇甚至全县的水面上溅起了一层涟漪。

我们乱石镇的主打产业是矿业。现在辖区内不仅有国办铁矿，更有县镇村矿队，尤其是这几年在政策允许的情况下出现了大大小小的个体采矿户。镇里也办起了铁厂、选厂，形成了采选炼一条龙的局面。这一方面使经济有了大的发展，但却使环境受到了很大的破坏，相当一部分的土地被污染和无限期闲置。

我大致留意了一下，乱石镇这几年各种怪病突发，最为突出的是白血病，几乎七个村都有，而且是发生在不同的年龄段上。我曾反复访问镇内外的老人们，没有一个人向我说什么，可从他们的眼神中透露出的是，这在过去可是从未有过的呀！

这究竟是为什么？难道与挖矿有关吗？难道无限度无规划的地下开采破坏了地下的水资源吗？村主任骨头曾给我透露，我们乱石村在村内打井，结果打到四五百米的深处时还是污水，并且有浓浓的矿石味儿。

我也到镇上的村子下乡，曾在一户人家看到一位不到八岁患有白血病的男孩儿。他用自己那日渐黯淡的目光看着这个多彩的世界。他的嘴唇轻轻地翕动着。他对这个世界是多么地留恋呀！

与此同时，支书肥肠和镇妇联主任何仙姑等人又在我的面前不断浮现出来，何仙姑还当之无愧地成为县人大代表和劳动模范，不少次到县里去开会大谈特谈生态资源保护呢！

要知道，这些轰轰烈烈的采矿、选矿、炼铁场面一旦过去后，谁来为这里被破坏的生态资源买单呢？

经过再三考虑，我终于写出了自己的第一篇报道：《乱石镇矿石开采过滥或造成地下水资源破坏——近年来白血病患者数量猛增发人深省！》。写出这篇报道的时候，我的心中多多少少有一些快意，当然也有丝丝缕缕的顾忌。

当时，我也想去征求一下张大炮的意见，但我一时又没有去。我还拿不准他是如何看待这件事的。不过，我觉得还是应该去找他，他就是开炮把我轰出来也得去找。

在一个考完勤的上午，我拿着报道的抄写稿到了他的办公室，开门见山地请他提提意见。我想他一定会支持的。谁知他在看完这篇报道后，先是额头上的川字紧紧地拧动了一下，后来又吸了几下腮帮子才说："小胡啊，我看还是算逑了吧。你年纪轻轻的何必去搅那些浑水呢？"

"怎么，您？"

"我也知道情况是这样的。我不是不同意。可为了你，也为了——我，我现在以一个有几十年党龄的老党员的身份来告诉你，这篇报道还是算了吧。记住，我可是认真的。"

"我……"

“别我了，就这样吧。”

我也不知是怎么从他的办公室走出来的。忽然，我想去找找郝副镇长，眼前马上浮现出了他那老是一副和蔼可亲的样子。我在这之前甚至有几次都忍不住向他的亮着灯光的办公室走去，可在就要跨进去的那一瞬间，我又收回了自己的脚步。

现在，郝副镇长走了过来，真的走了过来。他也看到我，热情地说：“是小胡啊，快进屋，进屋，一定有事吧？”

“没啥事，就是写了一篇报道，想让您……提提意见。”

“好啊，奇文共欣赏。快让我看看。”

我进屋后赶紧把抄好的稿子递了上去，但脸也变红，心跳加快。他十分郑重地接了过去。

约莫过了十几分钟，他一拍大腿，站起身来连声说：“好，报道报道，就是要报道真实的情况。无论从哪方面说我都支持你！”

“前阵子您可是主张我写乡镇企业全面发展的报道，过去是四年上一个台阶，现在是一年上四个台阶的呀？”

“其实是这样小胡，你过去并不了解我。可能是平时沟通得少，是我官僚主义啦！”

“你要知道，我也是个有热血心肠的人。我也知道咱们的乡镇企业像这样发展下去无异于饮鸩止渴，是会付出沉重的环境代价的。可我们作为基层干部又有什么办法呢？县里的领导一再强调的是任务指标，我们只能努力完成……”

“说实在的，你这样一写，倒是写出了我的心里话。”

“这么说，您是支持我的？”

“不仅要支持你，还要保护你。你千万不能落上自己的真实名字！”

“您是说匿名？”

“对，匿名！”停了一会儿，他又说：“你还年轻，也许现在不能理解我的意思，可将来会理解的。”

“我……”

“别再我、我了，就这样办。”

“我……”

“另外我再问你，这篇报道是否让张大炮看过?”

“看过。”

“看过!”

“对，找他看过。”

“他怎么说?”

“他倒是坚决制止我。”

“啊，不过，就凭你找过他这一条就够了。”他下意识地说完这句话时，额头上一直低垂着的双眼里闪出一丝光来。

我又忍不住说：“你……”

他又赶紧拍了下我的肩膀说：“小胡啊，你就把心放肚子里去吧。”

我的身上不知怎么又涌过一阵暖流，好像离开他的办公室好久还在不断回荡。

不过，我的心里还是放不下，又为这件事纠结了一阵子。直到很长一段时间后，我才渐渐地忘了，身不由已地投入到了不断向我涌来的大量的任务报道的河流中去。后来，我还被借调到县委宣传部去，而我的名字也就不断地出现在县广播站和省地报纸的豆腐块大军里了。

当我有些沉浸在自我满足的情景中的时候，一个流动着暖人的和风的傍晚，村主任骨头却找到家里。他用惶恐不安的眼神告诉我——出事了，出大事了。张大炮要背这个黑锅，而那大祸的根由就是你这一篇该死的报道。我的心一下子悬在了半空中。

骨头是我的一位远房亲戚，上一辈沾过我爷爷的光，到他这里跟我父亲关系也不错，得到消息后便第一时间来告诉了我。他说：“张大炮这一回可是够呛，恐怕在乱石镇里待不成了，你也要多长几个心眼儿!”

……

我呆呆地站在那里，仿佛周围的世界一下子在我的眼前消失掉似的。待我有些清醒后，骨头早已离去，一些过去的情形又像过电影一样在眼前一幕幕地闪现起来。

我首先想起了上午见到已成为党委副书记的郝副镇长时的情景，他在院子里见到我时虽然还是那样和蔼地微笑着，但那笑声里又似乎掺杂了什么东西。他还客气地把我喊进了自己的办公室，亲自削好一个苹果让我吃，又用竭力关心的语气问我最近还要写什么报道，生活上有什么困难，工作上有什么问题之类的话语。另外，他还问了一些张大炮的情况，再三说他这个人就是一个直肠子，其实人也挺好的。我在一旁嗯嗯着，最后也不记得是怎么走出他的办公室的。

第二天一上班，我就去找张大炮，一进门，看见他正在收拾行李。由于是脸朝着里，他的背影显得更加佝偻和苍老了，最明显的是头发比平时掉了更多。我不禁有些奇怪，怎么以前就没有发现这些呢？

他扭过头来用跟平时截然不同的和谐的口气对我说："坐，坐吧。"

我像个小孩子一样坐在了他的面前。我用低沉的声音说："我，我……"

"小胡，什么都不用问，什么都不用说了。一切都已结束了。"他用发黄的手指夹起了一支烟。

"怎么，我……"

"其实，你的那篇报道我并不知道是什么时候写的，当时还劝你放弃。可是最终却在新华社的《内参选编》上捅了出来，尽管没有署你的名字，县里的领导可是都签了具体意见。"停了一下，他又说："其实这也是个好事，让更多的人关注我们这里的环境问题。"我额头上的一层细密的汗珠浸了出来。

"只是，只是，镇长、书记他们虽然怀疑你，但又认为你在上面有人，不好说啥，可又认为是我在暗中指使你的。他接着叹了口气。"

"我不是那一次故意让你一天写二十多篇报道吗？谁知道你一篇也没有写，后来却先写了这篇报道，还拿去让我看。"他又重重地叹了口气。

"现在好了，小胡，我就要到别的乡镇去了。"

"怎么，你因为这篇报道就要被调走，而且还要被降职？"

"你去县里开会不知道，组织部的通知昨天就到了，我再也不是什么宣传委员。"

“难道真的是我连累了你？”

“哎，你可别这么说，我也没有怪你的意思。”

“那我，我现在……”

“小胡啊，你不用担心。现在不会，今后也不会——影响到你的工作的。我已在党委会上把责任全部承担了下来。”

“那是为什么？”

“哪有那么多的为什么呀？不过倒有一个原因，郝副镇长，他现在已是郝副书记了，他们不知从哪里听到的，以为你在新华社里有亲戚。再说，咱这一带确实有不少人在那里工作，不然这篇报道是发不到那里去的。”

“另一方面，他们虽然怀疑你，但又不好确定。幸亏那上面没有署你的真名啊！”

“原来这样！”

“还好，我一走就好了，就像什么都没有发生过一样。”

“这，这……”

“你也别这什么，说不定因祸得福，郝副书记他们会更加器重你的。”

“这，这……”这时我才有些明白，他当初为什么让我去矿点，又很坚决地让我回来搞报道。这就是我认识的那个异常严厉平时又很难接近的张大炮啊！

老张调到全县一个最偏远的乡镇后，几乎与我没有什么联系。只是十几年后的一个夜晚，我忽然接到了一个电话，原来他已退休回家，长期与在县城工作的儿子住在一起，现在遇到了一些麻烦。他们住的地方正好与我过去的另一位领导郝副镇长，郝副书记，也就是现在的县公安局局长是邻居。由于人家在滴水和采光问题上找毛病，两家闹起了纠纷。结果是权大势大的挑战者郝局长一家把老张的儿子打伤了，据说还放了狗出来。郝局长本人当时并未在场。

老张也许并不知道，这个时候我也离开了乱石镇，早已成为县委宣传部的报道科长。此时此刻，面对着窗外那有些缠绵的秋雨，我能对老张说什么吗？我只能先应承下来替他再写一篇涉及他家房屋纠纷的报道，只是我没办法向老张说明，我在新华社里并没有什么亲戚，当年的那篇报道也纯属瞎猫碰了个死老鼠。

不久之后，那位担任公安局长已经发福的郝副镇长也来看我了，只是他几次找我都在下乡而已。

哎，我的第一篇报道！

后记：寻找小说的调性

何谓小说的调性？

茅盾文学奖评委张莉女士说：“小说的调性与作家对语词的选择、使用、配比，语句的长短节奏，作品的整体氛围有关。不同小说的调性里，藏着作家对世界、情感及人世的不同理解。”

这里所说的小说的调性，按照我的理解就是一个人在创作中一定要把自己作品的表现内容和表现形式不断地与别人区别开来，同时也要与自己以往的作品区别开来，以达到创新的效果，推动自己在观念、内容、形式、手段上的创新，并且什么时候都不会在市场的大潮中迷失方向，不能当市场的奴隶，不要沾满了铜臭气。当然，这种区别是有难度的，非一时一地之所为。

2017 年，我曾向到涉县调研的全国著名作家梁晓声先生请教过小说创作中的一些问题，他语重心长地对我说：“现在的小说创作真是越来越难了！要想写好小说，必须综合运用多种艺术手段，才能满足不同读者的需求。”

长期以来，不管有多忙，不管有多累，我都没有忘记写小说的梦想。写好是一回事，写不写又是另一回事。2018 年以来，我又拿起了手中的笔，在小说的创作中寻找着自己的调性，连续写出了《夜色》《佛戒》《三天》《漳河小传》《二贵他娘》《致小树》《三天》《漳水不知心底事》等一批中短篇小说，努力使这些作品显示出各自的调性，并陆续发表在《河北作家》《太行文学》《邯郸文学》等报刊和新媒体上，尤其是一些报刊对中篇小说《夜色》进行连载后，引起一些有识之士的关注！

这些作品反映的内容包括太行红色新闻文化的悲壮历程，或者以此为背景所出现的一些人物和发生的故事，或者与当下的现实相关联所出现的人物和发生的故事，也有对遥远未来的憧憬和遐想，在经过了岁月的沉淀之后以文本的形式呈现在了大家的面前。

2021 年是中国共产党的百年诞辰，新华社九十周年诞辰，这对于我们每个人来说都是一个值得挂在心间的重要年份。在这个百年未有之大变局的节点上，我想把 2018 年以来所创作的这些小说作品汇总出版一部集子，并把前些年所发表的一些作品，包括《山市》《我的第一篇报道》《大丑》等，其中《我的第一篇报道》在 2015 年参加了由河北省文化厅主办、河北省群众艺术馆承办的首届河北省群众文学大赛并获奖，也一并收录该书出版。

感谢河北省文联、河北省作协、河北省群艺馆、河北大学出版社、邯郸市委宣传部、邯郸日报社、邯郸市文联等部门的一些领导和专家给予的鼓励和支持！

2021 年 2 月